WUNDERSCHÖNE LÜGEN

DUNKLE LIEBE IM GEHEIMBUND

ALTA HENSLEY

STASIA BLACK

NEWSLETTER

Um über Neuerscheinungen und Buchverkäufe auf dem Laufenden zu bleiben, abonnieren Sie den deutschen Newsletter von Stasia (geni.us/SBA-nw-de-cont) und den deutschen Newsletter von Alta (readerlinks.com/l/727720).

DER ORDEN DES SILBERNEN GEISTES
Lädt hiermit

———

MR. SULLIVAN VANDOREN

———

Für die Vorbereitung auf das *Aufnahmeritual* am
SAMSTAG, DEM ACHTZEHNTEN JANUAR
Um halb eins Morgens
Ein.

OLEANDER MANOR
109 Oleander Lane

Anwesenheitspflicht.

1

Sully VanDoren

Es war viel zu sonnig, um an diesem Tag jemanden zu beerdigen.

Es hätte regnerisch sein sollen mit zugezogenem Himmel, die klassische Szene, die man bei einer Beerdigung erwartet. Stattdessen schien die Sonne hell und klar vom wolkenlosen Himmel und drohte jeden dunklen Schatten, der unseren Seelen schwärzte, bloßzustellen. Und damit meine ich wirklich *all* unsere Seelen. Am Grab meines Vaters stand nicht eine unschuldige Person, nun, vielleicht meine jüngere Schwester Jasmine. Wenn mal allerdings unsere Zeit in der verdorbenen, superreichen Gesellschaft bedachte... tja, dann war auch sie längst verloren.

Altes Geld, Südstaatenakzent und das korrekte Benehmen, all das war nicht mehr als Gift, was uns alle ruinieren würde.

Die Sonnenstrahlen fielen durch die großen Trauerweiden und ließen uns alle blinzeln, was irgendwie zur

Situation passte. Wir standen steif da, aufrecht und wir alle waren nicht gerade froh gestimmt, während wir uns von einem Mann verabschiedeten, den wir kaum kannten. Wir alle waren nicht mehr als Fremde, die den Duft der Blüten der Magnolie ertrugen und schwitzten, während die Moskitos sich an unserem blauen Blut satt tranken, dass wir unserer Erziehung mit silbernen Löffeln verdankten.

„Und ob ich schon wanderte im finstern Tal, fürchte ich kein Unglück", sprach der Pastor, wie er im Laufe seiner morbiden Karriere sicher schon eine Million Mal getan hatte.

Wir *sollten* uns allerdings vor dem Unglück fürchten, vor dem Bösen.

Genau das war das Problem all dieser Menschen, die in ihren schwarzen Designeranzügen und absurd teuren Kleidern hier auftraten. Sie hatten vor nichts Angst, denn sie hatten das Gefühl, unverletzlich zu sein. Sie hatten das Gefühl, dass sie vor allem Unglück geschützt waren, einfach weil sie viel Geld hatten.

Und ja, ich ging tatsächlich ebenfalls an ihrer Seite. Mit jedem Schritt, den ich tat, verlor ich die Person, die ich einst war, mehr und mehr. Bald würde auch ich nicht mehr als eine Hülle sein... Genau wie mein Vater.

Meine Schwester streckte ihre Hand nach meiner aus und drückte diese fest. Jeder, der uns beobachtete, würde wohl einfach davon ausgehen, dass das eine Geste zwischen Geschwistern war, die einander ein wenig Trost spenden wollten. Die Wahrheit war allerdings, dass Jasmine dafür sorgte, dass ich dort stehen blieb. Sie wusste, dass ich nicht hier sein wollte. Sie wusste, dass ich weggehen und nie wieder zurückblicken wollte. Sie wusste, dass ich nichts fühlte als Hass und Verachtung. Für ein Mädchen in Teenageralter bekam sie wirklich viel mit, und sie war deutlich sensibler als all die narzisstischen Arschlöcher, die so taten, als wären sie die Freunde meines Vaters gewesen.

Ich war für sie hier und nur für sie. Glücklicherweise hatte sie mich daran erinnert, bevor ich die Flucht ergreifen konnte. Meine Entschlossenheit war mit jedem vom Pastor gesprochenen Wort weiter gewichen.

Meine Mutter stand an Jasmins anderer Seite. Ihr Ausdruck war stoisch. Sie trug ein Kleid aus schwarzer Spitze, welches zweifelsohne ein kleines Vermögen gekostet hatte. Das hier war ihr Moment. Es war ihre Chance, die trauernde Witwe zu spielen, etwas, was sie sicherlich schon viele Male in Gedanken durchgespielt hatte, damit sie heute die Rolle perfekt verkörpern konnte. Sie tupfte ihre Augen, aber ich wusste, dass all das nur Show war.

Trauer war ein Gefühl, was wohl keine einzige Person an diesem Tag empfand.

Wobei ich falschliegen konnte...

Vielleich gab es unter den Versammelten, die am Grab standen, die ein oder andere Geliebte, die tatsächlich trauerte... allerdings nicht um den Mann, sondern um ihre Versorgung.

Es war nicht so, als wäre sein Tod überraschend gekommen. Mein Vater hatte lange im Sterben gelegen und er konnte niemand anderem die Schuld geben als sich selbst. Kein Mensch kann jeden Tag Zigarren rauchen, Whiskey trinken, als handle es sich um Wasser, Pillen nehmen, um zu schlafen und nicht damit rechnen, dass er Krebs bekommt. Obwohl alles in ihm bereits vergiftet wurde, als er in den Augen unserer Gemeinschaft zu einem Mann geworden war und das Stahlgeschäft der Familie übernommen hatte.

Und jetzt war ich an der Reihe.

Von mir wurde dasselbe erwartet.

Am heutigen Tag würden wir meinen Vater für immer unter die Erde bringen und von mir wurde erwartet, dass ich ebenfalls meine Seele an den Teufel verkaufte. Ich würde in den Geheimorden aufgenommen werden, damit ich das Geschäft meiner Familie und all den Reichtum, der damit einherging, übernehmen konnte.

Der Orden des Silbernen Geistes wartete auf mich.

Der heutige Abend sollte der Anfang meiner Aufnahme sein.

Mein Aufnahmeritual würde beginnen.

Und auch wenn ich gerade erst meinen Vater beerdigt hatte... machte der Orden für niemanden eine Ausnahme.

„Ich hoffe, haben sie inzwischen alles für den Kaffee vorbereitet", sagte meine Mutter, als wir in der Limo platzgenommen hatten, die die lange Reihe der Autos, die sich auf den Weg zu unserem Haus machten, anführte. Sie spielte mit dem weißen Taschentuch und blickte immer von einem Fenster zum anderen. „Jetzt, wo dein Vater von uns gegangen ist, sind die Angestellten faul geworden. Ich war nie sonderlich streng zu ihnen und das wissen sie genau."

„Ich bin mir sicher, dass alles in Ordnung ist, Mama", sagte Jasmine sanft, während sie das dünne Bein unserer Mutter tätschelte.

„Ich habe extra um Zitronenkuchen gebeten. Das war das Lieblingsessen deines Vaters, aber ich habe Ms. Cooper heute Morgen nicht daran erinnert und du weißt, wie es um ihr Erinnerungsvermögen steht."

„Ich habe sie daran erinnert", versicherte Jasmine. „Der Zitronenkuchen wird fertig und alles andere wird perfekt sein. Macht dir keine Sorgen, Mama."

„Ja, oh Gott, das wäre wirklich schrecklich, wenn wir keinen Zitronenkuchen hätten", murmelte ich, während ich die Hand nach der Wodkaflasche ausstreckte und das Glas nahm, das in der Limo bereitstand.

„Sully", kam es über die Lippen meiner Mutter, die wie immer wenig glücklich über mein Verhalten war. „Glaubst du wirklich, dass es eine gute Idee ist, so früh mit dem Trinken anzufangen?"

„Ich habe gerade meinen Vater beerdigt. Ich denke, dass ich einen Drink verdient habe, danke". Nur um es ihr wirklich zu zeigen, füllte ich das Glas bis zum Rand.

„Besonders bei dem, was vor dir liegt." Sie spielte weiter mit ihrem Taschentuch, während sie die Lippen schürzte. „Du hast eine sehr wichtige..." Sie hielt inne und senkte die Stimme, so als bestünde die Gefahr, dass der Fahrer uns vielleicht hören könnte und sie somit ein gut gehütetes Geheimnis verraten würde. „*Veranstaltung* heute Abend."

„Ja, Mutter. Mir ist sehr wohl bewusst, dass ich heute Abend an einer *Veranstaltung* teilnehmen muss."

„Und du glaubst trotzdem, dass das Trinken eine gute Idee ist? Ich würde davon ausgehen, dass du heute bei klarem Verstand sein wollen würdest."

Ich kicherte und nahm einen großen Schluck von meinem Wodka. Ich behielt die Flüssigkeit länger als normal im Mund, einfach nur, um das Brennen zu fühlen. „Bei klarem Verstand? Nennst du so dieses barbarische und beschissene Aufnahmeritual für die Aufnahme in einem Geheimorden, der schon vor Ewigkeiten hätte aussterben sollen?"

Meine Schwester streckte erneut die Hand nach mir auf und rief mich auf diese stille Art und Weise zurecht.

„Es ist Zeit, dass du deinen Platz als Mann in dieser Familie einnimmst, Sully", erklärte meine Mutter, während sie den Drink in meiner Hand weiterhin böse beäugte. „Jetzt, wo dein Vater—"

"Ich weiß genau, was jetzt, wo Vater tot ist, geschehen muss", fuhr ich sie an. „Das heißt allerdings nicht, dass es nicht beschissen ist."

Jasmine drückte erneut meine Hand. Wir waren so erzogen worden, dass wir nicht fluchten, sondern Älteren Respekt zollen und, ehrlich gesagt... nicht selbst nachdachten. Deshalb war mir klar, wie unangenehm ihr diese Unterhaltung sein musste.

„Was wirklich *beschissen* ist", verkündete meine Mutter, die es irgendwie schaffte, diese Worte unglaublich elegant klingen zu lassen. „Ist, dass du einfach nicht akzeptieren möchtest, wer du bist. Dass du nicht der sein willst, der du seit Geburt bist. Du hast immer Widerstand geleistet und ich kann einfach nicht herausfinden, wieso. Als du nach Kalifornien verschwunden bist, dachte ich, es wäre einfach nur eine Frage der Zeit, bis dir klar werden würde, was du alles in Georgia hinter dir gelassen hast." Sie schaute aus dem Fenster hinaus auf die großen Bauten mit ihren perfekten, von Gärtnern gepflegten Grünflächen, die alle Häuser in Darlington aufwiesen. Ich hasste diese Stadt wirklich. „Aber egal, du bist jetzt zu Hause und es ist an der Zeit, dass du deinen Platz einnimmst."

„Auch wenn das nicht das ist, was ich will?", fragte ich und nahm einen weiteren Schluck von meinem Drink.

„Und was wäre die Alternative?", entfuhr es ihr, während sie ihr errötetes Gesicht und ihre großen Augen in meine Richtung wandte.

Sie sollte besser vorsichtig sein. All diese Ausdrücke in ihrem Gesicht würden dazu führen, dass sie Botox wieder früher benötigte, als sie geplant hatte.

„Dass wir alles verlieren? Ist es das, was du willst? Möchtest du, dass wir das Geschäft verlieren? Das Haus? All unser Geld? Bist du erst dann zufrieden, wenn deine

Schwester und ich ohne einen Cent auf der Straße stehen? Ist es das, was du willst? Bist du dann endlich glücklich?"

„Nein, das ist nicht das, was ich möchte, was der einzige Grund ist, warum ich heute hier bin."

Sie fokussierte sich wieder auf das Fenster. „Ja, das weiß ich. Geld bedeutet dir nichts, aber uns schon. Deine Schwester könnte nicht mehr auf die Darlington Academy gehen und wir würden alles, was wir kennen, hinter uns lassen müssen. Wenn du das Aufnahmeritual nicht absolvierst und kein Mitglied des Ordens des Silbernen Geistes wirst, dann verlieren wir alles, was dein Vater und dessen Vater und dessen Vater und so weiter mühsam aufgebaut haben."

„Du musst mich nicht daran erinnern, was auf dem Spiel steht", sagte ich. „Aber hast du dich jemals gefragt, was ich eigentlich möchte? Ich möchte das Geschäft nicht. Ich möchte nicht hier sein und es leiten. Ich möchte mit all dem gar nichts zu tun haben."

„Ich allerdings schon", mischte Jasmine sich schließlich ein. „Ich weiß, dass du immer gehasst hast, was Daddy tat, aber... ich möchte, dass VanDoren Enterprises fortbesteht. Ich kann es nicht so erben wie du, aber ich möchte es. Wenn du das alles also nicht für dich selbst tun möchtest, dann besorge wenigstens das Geschäft, meinetwegen."

Meine Schwester hatte mich nie um etwas gebeten. Nun, wenn man mal davon absieht, dass sie mich unzählige Male angefleht hat, mich mit unseren Eltern zu arrangieren. Jasmine war anders als alle anderen. Sie war gut, unschuldig und hatte ein wirklich reines Herz. Selbst als Teenager hatte sie nicht die Art verloren, die ich an ihr so sehr liebte. Dass Jasmine uns unterbrochen und gesagt hatte, was sie in Wahrheit dachte, führte also dazu, dass ich innehielt und tatsächlich zuhörte.

„Ich habe verstanden, dass du kein Mitglied des Ordens sein willst", erklärte sie mit ruhiger Stimme und beruhigendem Tonfall. „Ich kann mir nicht einmal vorstellen, was du durchmachen musst. Wenn die Gerüchte wahr sind... nun, dann kann ich dir wirklich keine Vorwürfe machen, dass du kein Teil von all dem sein willst."

Unsere Mutter öffnete den Mund, um zu unterbrechen, aber Jasmine hob die Hand und gebot ihr Einhalt.

„Aber Mama hat recht. Wir müssen bei null anfangen, wenn du es nicht tust. Das Geschäft kann nur an ein Mitglied des Ordens vererbt werden, welches zeitgleich männlich und Erstgeborener ist. Und das Haus, all unser Besitz, praktisch alles hängt am Geschäft und wird von ihm kontrolliert. Mein Treuhandfond würde nicht lange reichen."

Sie atmete tief durch und sah für einen kurzen Augenblick aus dem Fenster.

„Es geht nicht nur um das Geld, Sully. Ich möchte das Familiengeschäft bewahren. Es bedeutet mir wirklich viel. Bitte."

„Das weiß ich", sagte ich ruhig, während ich versuchte, mein Temperament unter Kontrolle zu bringen. „Das ist der Grund, warum ich aus Kalifornien zurückgekehrt bin. So sehr ich es auch hasse, ich werde dieses verdammte Aufnahmeritual hinter mich bringen." Ich sah Jasmine direkt in die Augen, damit sie verstand, wie ernst es mir war und dass ich es wirklich so meinte. „Ich werde es für dich tun."

2

Sully

OLEANDER MANOR.

Sie würde die nächsten 109 Tage mein zu Hause sein.

Opulenz, Reichtum und eine Geschichte, die so sehr von Geheimnissen überschattet ist, dass man die Schritte unserer Vorfahren noch heute in den Räumen hören kann. Als Kind hatte ich dieses Anwesen geliebt. Bis zu dem Tag, an dem ich gelernt habe, es zu hassen. Einst war es ein besonderer Ort gewesen, an den mich mein Vater mitnahm. Damals, als ich noch dachte, der Mann könne über Wasser gehen. Ich hatte Freunde, mit denen ich spielte, während mein Vater seinen Geschäften nachging. Alles schien so normal zu sein... aber nur oberflächlich.

Denn unter der Oberfläche des getrübten Wassers, in welches die Könige Georgias hier eintauchten, lauerte das reine Böse. Kein Weg führt an dieser Erkenntnis vorbei.

Ich hatte mein gänzlich schwarzes Outfit innerhalb von wenigen Stunden gegen ein komplett weißes getauscht. Ich hasste es, wie die weißen Smokings aussahen, die für diesen besonderen Abend vorgesehen waren. Tatsächlich hasste ich es einfach, Smokings zu tragen, Punkt. Ich war eher der Typ für Jeans und Baumwollshirts. Wenn ich in einen Smoking oder einen teuren Anzug gezwungen wurde, dann fühlte ich mich immer, als wäre ich nur eine aufgetakelte Ken-Puppe.

„Ich bin überrascht, dass du tatsächlich zugestimmt hast, am Aufnahmeritual teilzunehmen", sagte Montgomery Kingston, während er mit zwei Drinks in der Hand auf mich zu kam und mir mit einem Lächeln eines der beiden Gläser reichte. Er trug einen silbernen Umhang, der den Mitgliedern des Ordens des Silbernen Geistes vorbehalten war, und es war seltsam zu wissen, dass er zwar mein Freund, ich ihm jedoch nicht mehr ebenbürtig war. Er hatte sein Aufnahmeritual absolviert. Er war jetzt ein vollwertiges Mitglied. „Ich hatte nicht erwartet, dass du auftauchen würdest."

„Wenn ich die Wahl hätte, wäre ich woanders", entgegnete ich, dankbar über den flüssigen Mut in Form des Drinks, den er mir reichte. „Hast du irgendwelche Tipps, wie ich das ganze überstehen kann, immerhin hast du es gerade erst hinter dich gebracht?"

„Zähl nicht die Tage, denn du kannst mir glauben, 109 Tage sind eine unglaublich lange Zeit", antwortete Montgomery. „Und, ich werde dir nicht sagen, dass du dich in dein Mädchen verlieben und sie heiraten musst, wie ich es mit meiner Schönheit getan habe, aber ihr müsst euch verstehen. Ihr seid ein Team, egal ob es euch gefällt oder nicht. Das ist die einzige Möglichkeit, die Rituale zu überstehen. Und glaube mir: Einige der Rituale sind wirklich mehr als brutal."

„Das kann ich mir nicht vorstellen. Seien wir ehrlich",

warf ich ein. „Du hattest unglaubliches Glück mit Belle. Du weißt genauso gut wie ich, dass diese Mädchen nichts weiter sind als teure Prostituierte. Sie sind wegen des Geldes hier, aus keinem anderen Grund."

„Dasselbe kann von uns gesagt werden, Mann", bemerkte Montgomery schulterzuckend. „Es kommt immer ganz auf den Blickwinkel an."

Der Rest meiner Freunde und der angehenden Mitglieder kam zu mir und Montgomery herüber, denn es war fast Mitternacht. Es war kein großes Geheimnis, dass ich kein Fan von Darlington, Oleander Manor oder des Ordens des Silbernen Geistes war... Ehrlich gesagt begeisterte mich in letzter Zeit rein gar nichts.

Aber diese Jungs mochte ich wirklich. Wir hatten eine gemeinsame Vergangenheit, waren miteinander aufgewachsen. Wir alle hatten unterschiedliche Wege eingeschlagen, aber ich wusste, dass sie alle im Herzen gute Jungs waren. Wenn ich diese Aufnahme hinter mich bringen musste, dann war ich froh, dass ich nicht komplett alleine war. Montgomery Kingston, Beau Radcliffe, Rafe Jackson, Walker St. Claire und Emmett Washington, sie alle waren Männer, die ich als meine Brüder bezeichnen würde.

„Bist du bereit?", fragte Rafe.

Ich zuckte mit den Schultern. Ich hätte stehen bleiben und mich beschweren können oder mich dem stellen, was auf mich zukam. Ich war ziemlich sicher, dass sie alle so langsam meines wütenden Verhaltens leid waren und dass sie meine Beschwerden einfach nicht mehr hören wollten.

„Wir müssen da alle durch", sagte ich, während ich das Glas leer trank und es im Anschluss auf den Tisch in der Nähe abstellte.

„Wie fühlt es sich an, jetzt Mitglied des Ordens zu sein?", fragte Emmett Montgomery.

„Komisch", antwortete dieser. „Ehrlich gesagt fühlt es sich nicht groß anders an, wenn man davon absieht, dass ich mich jetzt nicht mehr mit all den Steinen, die einem in den Weg gelegt werden und all den Tests rumplagen muss. Ich weiß, dass sie mich von jetzt an bei jedem Event erwarten werden, was mich ehrlich gesagt nicht gerade begeistert. Ich möchte Ehrlich gesagt bei Sullys Aufnahme überhaupt keine Rolle spielen. Ich finde es schrecklich, dass ich dabei sein muss. Aber so ist es nun einmal. Wahrscheinlich ist das der Preis, den ich blechen muss."

„Werde einfach nicht so wie diese Monster", bat ich ihn, während ich die Standuhr im Auge behielt, die den rein-weißen Ballsaal dominierte. „Du gehörst noch nicht zu den Ältesten, aber trotzdem: eifere ihnen nicht nach."

„Niemals", verkündete Montgomery entschlossen. „Ich werde nicht wie mein Vater werden. Ich werde nicht zulassen, dass die Geschichte sich wiederholt. Dieser Orden muss komplett überholt werden und hoffentlich können wir dabei helfen, dies zu erreichen, wenn wir alle zu Mitgliedern geworden sind."

Unsere Unterhaltung wurde von dem Mitternachtsschlag der Uhr unterbrochen. Der wohlbekannte Klang der zwölf Schläge erfüllte den Raum und ihm folgte das Schlagen der Stöcke der Ältesten auf den Boden. Bei jedem Schlag zur Stunde schlugen die Gehstöcke rhythmisch auf den weißen Boden.

„Bringt die Schönheiten herein", verlangte einer der Ältesten, als sein Stock zum zwölften Mal auf den Boden traf.

Die Anwärter stellten sich gemeinsam mit mir in der Mitte des Saals auf, so wie wir es bereits an Montgomerys Abend getan hatten. Montgomery allerdings schritt hinüber zu den anderen Mitgliedern, die alle wie er selbst in einen silbernen Umhang gehüllt dastanden. Ich stand aufrecht da und wartete. Immerhin wusste ich, was mich erwartete und wurde nicht einfach ins kalte Wasser gestoßen.

Die Stille im Saal wurde gebrochen, als die Schönheiten hereinkamen und ihre Absätze auf den Boden trafen.

Zwanzig junge Frauen.

Zwanzig wunderschöne Lügen, die sich vor mir aufreihten.

Sie betraten den Raum im Gänsemarsch. Es erinnerte mich irgendwie an eine kranke Version eines Schönheitswettbewerbs wie Miss America. Anwärterinnen, die zur Schau gestellt werden. Sie alle hofften, dass sie zur Siegerin gekürt werden würden.

Lange, fließende Ballkleider in den unterschiedlichsten Farben schienen die Frauen kleinen wirken zu lassen. Keine von ihnen gehörte mehr in die teuren Kleider als ich in meinen weißen Smoking und sie konnten ihr offensichtliches Unwohlsein nicht verbergen. Wir waren umgeben von Männern in silbernen Umhängen und man konnte es an ihren Augen und ihrer Haltung erkennen und man konnte es riechen.

Sie gehörten nicht hierher und sie wussten es alle. Sie beteten einfach, dass wir es nicht bemerken würden, wenn sie richtig angezogen waren und ihre Rolle spielten. Aber das Aroma, das in der Luft lag, verriet alles...

Angst hat einen Geruch und er stank.

„Führt die Schönheiten vor", verlangte der Älteste erneut mit einem Schlag seines Stocks.

Ein anderer Ältester begann die Reihe der Schönheiten hinter ihm her durch den Ballsaal zu führen. Zunächst führte er sie an den in Umhänge gehüllten Ältesten vorbei, dann an den Mitgliedern und schließlich zu uns herüber.

Das Ganze wiederholten sie dreimal. Sie umkreisten

den Raum so, als wären sie marschierende Soldaten, die unter strikten Befehlen den Ballsaal flankierten, wobei ihre Uniformen durch die Ballkleider ersetzt worden waren, die nur wahre Südstaatenschönheiten so tragen konnten.

Nur, dass es sich nicht um wahre Schönheiten handelte. Sie waren Lügnerinnen. Einige der Mädchen hatten sogar Probleme auf den Absätzen der Schuhe, die man ihnen gegeben hatte, zu gehen. Sie waren Fische, die aus dem Wasser genommen worden waren.

„Sullivan VanDoren", rief der Älteste, als die Frauen sich erneut vor uns aufgestellt hatten. Wir hatten uns nicht bewegt, sondern einfach nur die Parade des Betrugs beobachtet. „Es ist Zeit für dich, deine Schönheit zu wählen."

Der Älteste, der die Parade der Schönheiten angeführt hatte, kam zu mir herüber und öffnete seine Hand. In seiner Hand lag eine Schleife aus schwarzem Satin.

Ich brauchte keine Anweisungen, den der nächste Schritt dieses Rituals wurde in dem Handbuch, das gefühlt jeden unserer Atemzüge vorschrieb, klar definiert. Außerdem war es noch nicht sonderlich lange her, dass ich Montgomery beobachtet hatte, dem eine Schleife in eben-dieser Farbe gereicht worden war.

Ich nahm die Schleife und gab mein Bestes, nicht auf der Stelle mit den Augen zu rollen und ihnen zu sagen, dass sie alle einfach zur Hölle fahren sollten. Dann ging ich hinüber zu der Reihe der Frauen und begann mit dem Ritual, dass „Die Berührung der Perlen" genannt wurde.

Ich wusste, dass von mir erwartet wurde, dass ich auf jede Einzelne der Frauen zuging und kurz die Perlenkette berührte, die sie alle trugen. Es sollte eine wahre Show sein, wahrscheinlich um ein bisschen Pepp in das Ritual zu bringen.

Ich sollte all das hier ernst nehmen. Ich war im Begriff,

die Schönheit auszusuchen, die meine Zukunft für immer verändern würde. Ich sollte diese Zeit des Perlenberührens wertschätzen und ehren, so als wäre es die wichtigste Entscheidung meines Lebens.

Aber wenn wir ehrlich sind, ist eine Hure eine Hure, egal welche Farbe das Kleid hat, das sie trägt, um diese Tatsache zu verbergen.

Schnell ging ich die Reihe entlang und berührte die Perlen, damit die Ältesten nicht behaupten konnten, dass ich mich verweigerte und somit die Aufnahme bereits vor ihrem Beginn vermasselt hatte.

Als ich am Ende angekommen war, tat ich einen Schritt zurück und betrachtete die Frauen. Sie alle beobachteten jede meiner Bewegungen und ehrlich gesagt sahen sie für mich alle einfach gleich aus. Hübsche Gesichter, Hoffnung in den Augen, alle waren stark geschminkt, zu lange Wimpern, Haarspray, lackierte Nägel und alles, was ich sonst noch hasste.

Falsche Schönheit.

Wenn ich in einer Bar gewesen wäre und mir wären dort dieselben Frauen präsentiert worden, dann wäre ich alleine nach Hause gegangen oder vielleicht hätte ich mir die Bardame ausgesucht, denn die wäre wenigstens echt gewesen. Aber diese Möglichkeit hatte ich hier nicht. Ich würde eine der Frauen auswählen müssen.

„Sully VanDoren, wähle jetzt deine Schönheit aus", wies mich der Älteste mit einem weiteren Schlag seines Stocks auf den Boden an. Immerhin nannte er mich nicht mehr Sullivan, denn das hasste ich wirklich.

Okay, dann mal los. Welche dieser Damen hatte es am meisten verdient? Welche von ihnen war der Inbegriff von dem, wofür der Orden und unsere gesamte reiche Gesellschaft von Arschlöchern und Prinzessinnen stand? Tatsächlich würde ich die Beste auswählen müssen, damit ich der Beste sein konnte.

Ich musste jemanden wählen, der das komplette Gegenteil von dem war, was ich in meinem wahren Leben möchte, einfach nur, damit ich niemals vergessen konnte, dass das Ganze hier nicht normal war, dass alles nur eine Show war... ein Spiel. Also würde ich ihr Spiel spielen.

Ich musste meine Barbie finden, denn ich war ihr Ken.

Mein kranker Sinn für Humor brachte mir wenigstens ein wenig Freude, während ich meine Augen erneut über die aufgereihten Schönheiten gleiten ließ. Mein Blick blieb an einer Frau hängen, die optisch die perfekte Südstaaten-Schönheit war. Langes, blondes Haar, blauen Augen, die von dicken, dunklen Wimpern umrahmt waren, einen Schmollmund, auf den pfirsichfarbener Lippenstift aufgetragen worden war, der im Licht des Kronleuchters glänzte und um alles perfekt zu machen... trug sie ein pinkes Kleid. Ja, sie war das perfekte Abbild eines Pfirsichs aus Georgia.

Meine Mutter wäre so stolz.

Ich ließ den Blick erneut ihren gesamten Körper entlang gleiten... und kam zu einem wichtigen Schluss.

Ich konnte sie ficken.

Tatsächlich würde ich sogar vielleicht Gefallen daran finden, denn sie hatte wirklich einen geilen Körper.

Ich vergeudete keine weitere Zeit, ging zu ihr hinüber und stellte Blickkontakt her.

Sie hielt meinem Blick stand und schien ihren Rücken durchzudrücken, denn ihre Haltung verbesserte sich augenblicklich. Ihre Augen zogen sich zusammen und ich sah, dass sie die Zähne zusammenbiss.

Es war fast so, als würde sie mich still herausfordern... ja, das war das Gefühl, das ich hatte. Sie lächelte nicht oder tat so, als sei sie schüchtern. Sie ließ nicht die Wimpern klimpern oder leckte sich über die Lippen. Nein... ich machte sie wütend, weil ich sie betrachtet hatte, als sei sie ein Stück Fleisch.

„Wag es, Wichser."

„Fein, Bitch."

„Auf geht's."

„Auf geht's."

Ich riss heftig an ihrer Perlenkette. Es war mir egal und ich sah nicht hin, als die Perlen sich rings um uns herum verteilten. Ihre Augen zogen sich noch weiter zusammen, aber sie blieb stehen und zeigte außer der Herausforderung in ihrem Blick keine andere Emotion.

Die Kette war gerissen. Dieses Handeln sollte symbolisieren, wie einfach es für den Orden des Silbernen Geistes war, Reichtum zu verteilen und wieder zu nehmen. Etwas, von dem du glaubst, dass es dir gehört, kann dir so leicht genommen werden. Aber in meinem Fall... wollte ich ihr auch zeigen, dass ich die Kontrolle hatte.

Nicht sie.

Das sollte sie besser schnell verstehen.

Ich hatte keine Lust, dieses Spiel unter den neugierigen Blicken der Ältesten weiter zu spielen, weshalb ich die weißen Perlen, die eben noch ihren Hals geschmückt hatten, durch das schwarze Band ersetzte. Unsere Blicke trafen sich und ich verknotete das Band an ihrer Kehle, wobei ich fest zog... Fester als ich es normalerweise getan hätte. Tatsächlich brachte es mir tatsächlich Freude, das Band so fest zu ziehen, dass sich ihre schmalen Augen weiteten.

Es war meine Warnung.

Montgomery hatte mir gesagt, dass es der Schlüssel fürs Durchstehen der 109 Tage wäre, eine Teamkollegin zu finden, aber ich war niemals gut darin gewesen, Ratschläge

zu befolgen. Ich war anders. Ich sah dieses ganze Aufnahmeritual so, als würde ich in den Krieg ziehen.

Es würde kein *wir* geben.

Nur *mich.*

Ich war der General und diese kleine Barbie würde
meine Soldatin sein. Es wäre besser für sie, wenn sie sich an
die Regeln halten und meinen Anweisungen folgen würde,
wenn sie wollte, dass es ihr gut erging. Ich würde nämlich
tatsächlich kein Problem damit haben, ihr eine Lektion zu
erteilen, damit sie wusste, was passieren würde, wenn sie
mich hinterging.

Ich band das Satin-Band zu einer Schleife an ihrem Hals
und hörte: „Sully VanDoren, hast du deine Schönheit für
das Aufnahmeritual gewählt?"

„Ich habe gewählt."

3

Portia

ALS DIE EINLADUNG vor zwei Tagen bei unserem alten, extra großen Trailer ankam, dachte ich, sie wäre von Gott und den heiligen Engeln geschickt worden.

Ich war schon immer eine Optimistin gewesen. Ich war die älteste von vier Schwestern und es gab Tage, da hatten wir nicht einmal einen Dollar für uns alle. Ich musste optimistisch sein, ansonsten hätte ich den Verstand verloren.

Wenn eine Tür sich schließt, öffnet sich woanders ein Fenster, richtig?

Und jetzt war ich hier. Ich stand mit neunzehn weiteren Schönheiten, die alle voller Hoffnung waren, hinter der riesigen Tür aus Mahagoni und wartete auf eine Erfahrung, die mein Leben verändern konnte.

Heimlich blickte ich mich um. All die anderen Mädchen waren wunderschön. Ihr Make-up und ihre Haare waren makellos und ihre Kleider waren einfach perfekt. Glänzende, pralle Lippen. Lange Augenbrauen, die verführerisch klimperten, fast so, als hätten sie es geübt.

Meine Nerven wurden noch mehr angespannt. War ich die Hübscheste von uns? Ich hatte keine Ahnung. Ich hatte schon Komplimente für mein Aussehen bekommen. Ich war mir allerdings nicht sicher, ob das der Fall war, weil ich blond war und blaue Augen hatte oder ob die Leute mich wirklich hübsch fanden. Ein paar meiner Lehrer hatten mich ermutigt, an Schönheitswettbewerben teilzunehmen, aber dafür fehlte natürlich immer das Geld und Mama war sowieso immer zu krank gewesen.

Aber was dachte dieser mysteriöse „Anwärter" von mir? Würde er hinter unsere gepuderten Fassaden schauen und sich Gedanken darüber machen, wer dahintersteckte?

Dann schnaubte ich innerlich. Wen wollte ich hier verarschen? Jeder Kerl, der mir jemals begegnet war, hatte Frauen nur aufgrund des Aussehens bewertet. Was sagten sie noch? Männer beurteilen eine Frau daran, ob sie sie attraktiv finden oder nicht und das ganze innerhalb von fünf Sekunden, nachdem sie ihr begegnet sind. Das glaubte ich.

Ich war vor Stunden aufgetakelt in dem Ballkleid, das bei uns am Trailer abgegeben worden war, hier aus der Limousine gestiegen, nachdem meine drei Schwestern mich geschminkt hatten.

An der Tür war ich von Mrs. Hawthorne empfangen worden. Sie hatte mir einen einzigen Blick zugeworfen und dann durch ein Nicken bestätigt, dass ich ihren Anforderungen entsprach. Glücklicherweise hatte meine Schwester Tanya wirklich unglaubliche Fähigkeiten, was Make-up und Haare anging, weil sie an sich selbst geübt und hunderte YouTube Tutorials angeschaut hatte.

„Endlich kommt mal eine von euch an und sieht akzeptabel aus." Sie hatte mich hineingeschoben und schnell über die Hintertreppe nach oben in den Raum zur Vorbereitung gebracht.

Während eine Ärztin mich in dem kleinen, leeren Zimmer im ersten Stock der Villa untersuchte, der von weißen Wänden und dunklen Holzböden dominiert wurde und in dem nichts weiter stand als ein Einzelbett, fragte Mrs. Hawthorne mich darüber aus, wieso ich hier war und was ich mir von meiner Teilnahme erhoffte, sollte ich ausgewählt werden.

Ich war nervös gewesen und wenn ich nervös war, plapperte ich nur so vor mich hin.

Also erzählte ich ihr von meinen Schwestern. „Ich bin wegen meiner Familie hier. Nun, eigentlich wegen meiner Schwestern. Ich bin die Älteste und dann gibt es Tanya, Reba und LeAnn. Meine Mama hat die Stars der Countrymusic geliebt, also hat sie darauf bestanden, uns nach ihnen zu benennen."

Mrs. Hawthorne sah verwirrt aus und ich schob das darauf, dass sie schottisch war, oder zumindest ging ich davon aus, denn so hörte sich ihr Akzent an, also hatte ich weitererzählt: „Sie wissen schon Tanya Tucker, Reba McIntyre, LeAnn Rimes? Sie alle waren in den achtziger und neunziger Jahren wahre Stars."

„Ist Portia auch der Name eines Stars?", fragte sie in ihrem beschwingten Akzent.

„Nein", ich senkte den Blick. „Mein Daddy hat mein Namen ausgesucht." Eine weitere unangenehme Erinnerung, dass ich mehr von meinem Taugenichts-Vater in mir hatte als meine liebenswürdigen Schwestern. Seinen unbändigen Geist, seine Wanderlust, immer das Bedürfnis, irgendwo zu sein, wo er gerade nicht war—ich hatte all das von ihm geerbt.

Selbst der Name, den er mir gegeben hat. Er hatte mich eigentlich *Porsche* nennen wollen, wie das verdammte Auto, aber immerhin da hatte meine Mutter eingegriffen und eine schönere Schreibweise auf meiner Geburtsurkunde eingetragen. Selbst als er seinem eigenen Kind einen Namen gegeben hatte, hatte er bereits davon geträumt, in den Sonnenuntergang zu verschwinden und seine Familie zu verlassen.

Aber im Gegensatz zu ihm blieb ich, auch wenn es schwer wurde.

Ich würde immer bleiben und für meine Familie kämpfen. Egal, was war. Denn Portia? Nun schließlich sah ich nach, was mein Name bedeutete,... und er steht für *eine Gabe*. Und ja, ich würde mein Leben für meine Familie geben, ohne zu zögern. Jedes Mal.

„Jedenfalls", berichtete ich munter weiter, denn ich hatte mich schon vor langer Zeit dazu entschlossen, mir keine Gedanken mehr über traurige Dinge zu machen, an denen ich sowieso nichts ändern konnte. „Meine Schwestern sind die allerbesten. Ich würde alles für sie machen."

Mrs. Hawthornes Augenbrauen zogen sich zusammen, während die Ärztin mit ihrem Spekulum unter dem Laken arbeitete, das meine unteren Extremitäten bedeckte. Ich war ein wenig zusammengezuckt, als das kalte Metall mich berührt hatte, aber es war nicht zu unangenehm. Immerhin war sie eine Ärztin, was ich wirklich zu schätzen wusste. Sie war ruhig und fasste mich sanft an.

„Du bist also für sie hier?"

Ich nickte und versuchte mich zu entspannen. „Wir sind kurz davor, aus dem Trailer geschmissen zu werden und nun, sie verlassen sich aus vielen unterschiedlichen Gründen auf mich."

Ich sprach weiter und erklärte alles und Mrs. Hawthorne wurde ganz still.

„Sie haben uns erst gerade wieder den Strom abgestellt und nachdem Reba ihren Job als Aushilfe verloren hat, konnten wir auch die Miete nicht bezahlen. Und Tanya hat ihren Job bei einer Fast-Food-Kette geschmissen, weil ihr Boss einfach nicht aufhörte, sie anzugraben."

Ich biss mir auf die Lippe und versuchte, mich nicht zu sehr zu bewegen, während die Ärztin das Spekulum in mir weitete. „Wir hatten nur noch LeAnns Job nach der Schule, sie packt Lebensmittel in Tüten, aber sie ist erst vierzehn und kann nicht viel arbeiten und bekommt auch nur Mindestlohn. Ich habe in der Altenpflege gearbeitet— naja, ich hab natürlich niemals die Möglichkeit bekommen, aufs College zu gehen, also bin ich nicht wirklich ausgebildete Pflegerin oder so." Ich schüttelte den Kopf geschüttelt. „Und es trudeln einfach immer mehr Rechnungen ins Haus..."

Meine Familie war meine Verantwortung und ich war ihr nicht gewachsen.

Die Ärztin beendete ihre Untersuchung und verließ den Raum, ohne uns zu unterbrechen.

„Hör zu, Mädel", sagte Mrs. Hawthorne, als sie sich neben mir auf das Bett setzte, während ich die Laken etwas fester um mich zog, um mich zu bedecken.

„Ich liebe diese Jungs, als wären es meine Eigenen. Der Mann, der heute die Wahl hat, er ist ein wenig... roh, nicht geschliffen. Tief im Inneren ist er allerdings ein guter Junge. Ich kann nicht mehr sagen als das, aber er könnte eine Frau wie dich gebrauchen, damit er es sich nicht zu einfach macht. Ihr könntet einander helfen. Sag ihm, warum du hier bist. Das wird helfen."

Sie sprach, als ging sie davon aus, dass ich wirklich eine Chance hier hatte. Das führte dazu, dass sich in mir wieder die Hoffnung regte, dass sich doch einmal etwas zum Guten wenden konnte. Eine Hoffnung, auf die ich mich bisher niemals hatte verlassen können.

Konnte das wirklich sein? Kam die Rettung so einfach vom Himmel gefallen? Oder zumindest von einem Fremden, der im Smoking vor ein paar Tagen an meine Tür geklopft hatte und eine merkwürdig förmliche Einladung ausgesprochen hatte, weshalb ich heute in einer Limousine im Ballkleid hier angereist war?

Die Wahrheit war, dass wir keine anderen Möglichkeiten mehr hatten. Das hier war unser letzter Versuch. Wir hatten die letzten paar Jahre schon am Rande der kompletten Verarmung verbracht, seit...

Aber nein, daran sollte ich in diesem Moment wirklich besser nicht denken.

Mrs. Hawthorne stand auf und sah aus, als wäre sie im Begriff zu gehen. „Die Ärztin kommt gleich mit deinem Verhütungsmittel zurück. Alles, was du mir noch sagen musst, ist, was du möchtest. Was ist dein größter Wunsch?"

Ich hielt inne, ich wollte es schließlich nicht versauen. Was wäre, wenn es wie ein Wunsch bei einem Dschinn war, wie in all den alten Geschichten? Was wäre, wenn ich es versauen könnte und nie bekommen würde, was ich verdient hatte, weil ich irgendetwas nicht beachtete?

„Worum hat das letzte Mädchen, mit dem sie gesprochen haben, gebeten?", hatte ich sie gefragt.

„Zuerst? Nach Geld."

„Wie viel?"

„Zehn Millionen."

Ich hatte das Gesicht verzogen: „Was meinen Sie mit *zuerst*?"

Mrs. Hawthorne hielt inne und lehnte sich dann nach vorne, fast so, als würde sie ein Geheimnis mit mir teilen.

„Das ist noch nie passiert, also denk gar nicht darüber nach. Aber am Ende des Aufnahmerituals hat sie sich in den Anwärter verliebt. Sie hat das Geld aufgegeben und ihr einziger Wunsch war es, mit ihm zusammen zu bleiben."

Das hatte sich unglaublich romantisch angehört... und unpraktisch.

„Aber Sie geben mir das Gefühl, dass ich nicht nur nach Geld fragen kann. Der Orden hat die Macht, mir alles zu geben, was ich mir wünsche. Wirklich alles?"

„Im Rahmen der Möglichkeiten."

Ich teilte ihr meinen Wunsch mit. Wobei mir das tatsächliche Aussprechen, selbst als ich ihn nur einer Frau zuflüsterte, der ich vertraute, mir unglaubliche Angst gemacht hatte, dass er nun nicht mehr in Erfüllung gehen konnte. Als Kind war mir beigebracht worden, dass man niemandem jemals erzählte, was man sich wünschte, denn sonst würde es niemals wahr werden. Von dem Moment an waren alle meine Wünsche somit stets sicher in dem Tresor in meinem Kopf aufbewahrt worden.

„Können sie das?", hatte ich gefragt.

Sie hatte genickt: „Das haben sie schon zuvor getan."

Ich schloss die Augen und atmete erleichtert aus, wobei ich mich gegen die Wand lehnte. Ich hoffe, dass hiermit alles ein für alle Mal vorbei sein würde.

Ich sah wieder zu Mrs. Hawthorne auf. „Dann tun wir das."

UND NUN WAR ICH HIER, stand und wartete, dass die Zeremonie der Auswahl beginnen würde. Wartete vor dieser Tür aus Mahagoni und betete, dass ich ausgewählt werden würde. Ich wollte es so sehr. Ich brauchte das hier.

Aber Männer hassen Frauen, die etwas zu sehr brauchen. Ich musste ruhig, cool und gefasst sein. Sie suchten schließlich nach „Schönheiten", richtig? Ich konnte die Südstaatenschönheit perfekt verkörpern.

Fein. Vornehm. Teuer. Flüchtig.

Alles, was ich in Wahrheit nicht war.

Aber das hier war alles nur Fiktion. Ein Schauspiel, eine Lüge. War das nicht der Inbegriff von dem, was reiche Leute waren? Sie alle waren genauso Sünder wie der Rest von uns, nur dass sie nicht mit den Konsequenzen leben mussten. Sie konnten alle so tun, als würden sie darüberstehen.

Sie hatten die Möglichkeit, Abkürzungen zu nehmen—das war ihre größte Sünde.

Am heutigen Abend würde ich eine von ihnen sein. Und für 109 Tage würde ich eine Rolle übernehmen.

Aber nur, *wenn* ich ausgewählt würde.

Dann, bevor ich tatsächlich bereit war, hatte sich die Tür geöffnet. Einige der Mädchen beeilten sich, ganz vorne in der Schlange zu stehen, aber ich entschied mich für einen Platz im Mittelfeld. Direkt am Anfang in einen Streit zwischen Mädchen zu geraten war weder fein noch sonderlich flüchtig.

Wir gingen in der Reihe hinein, wie bei einer Parade. Mein Mund stand ein kleines bisschen offen, als wir eintraten.

Es war ein beeindruckender, makellos weißer Ballsaal. Ich hatte so etwas in der Art noch nie zuvor gesehen. Die ganze Villa war über hundert Jahre alt und wahrscheinlich noch viel älter. Sich hier umzusehen war ein wenig, als hätte man seinen Platz in der Zeit verloren und wäre versehentlich in einer Zone gelandet, die vor einem Jahrhundert existierte.

Männer in perfekten weißen Smokings unterhielten

sich. Sie hatten Gläser in der Hand, bis auch sie sich in einer ordentlichen Reihe aufstellten. Und dann gab es die Männer in den luxuriösen, aber gleichzeitig unheilvoll anmutenden silbernen Umhängen. Der Glanz des edlen Stoffes wurde durch das Licht des mit Gas betriebenen Kronleuchters nur verstärkt. Jeder der Männer im Umhang hielt einen Gehstock mit silbernem Griff in der Hand.

Einer der Männer, der von einem Umhang verhüllt war, verlangte, dass man uns präsentierte und wir stellten uns in einer schönen, bunten Reihe auf. Unsere Ballkleider waren lebhafte Farbkleckse in diesem ansonsten so farblosen Raum.

Während wir im Kreis liefen, fuhren meine Augen rastlos durch den Raum. Ich wollte mich orientieren und herausfinden, wer von den Männern in den weißen Smokings wohl der Anwärter der heutigen Nacht sein würde.

Die Männer in den Smokings standen aufrecht und erinnerten mich an Soldaten, die sich darauf vorbereiteten, in den Krieg zu ziehen. Einige beobachteten unsere Prozession neugierig, aber einer war nur an seinem Glas interessiert, indem sich bernsteinfarbene Flüssigkeit befand. Er schien komplett desinteressiert, was unsere Parade anging. Gott, wenn er hier war, um einen Freund zu unterstützen, dann machte er das nicht gerade gut.

Ich hatte gehofft, dass es entweder derjenige sein würde, der wie ein Streber aussah oder der Mann, der uns alle so freundlich anlächelte, so als würde er uns allen sagen wollen, dass wir unsere Sache gut machten.

Stattdessen...

War es der betrunkene Lümmel, auf den die Ältesten mit einem Stirnrunzeln und der schwarzen Schleife zukamen. Sein unglücklicher Gesichtsausdruck verstärkte sich nur noch mehr, als man ihm das Glas wegnahm.

Das ist jawohl ein Scherz! Er?

Mir wurde schwer ums Herz. Er sah nicht einmal so aus, als wolle er hier sein. Ungeschickt ging er hinüber zu den Schönheiten und ließ die Hand unsanft über die Perlen, die um die Hälse lagen, gleiten.

Als er bei mir ankam, versuchte ich Blickkontakt mit ihm herzustellen, damit wir wenigstens eine kleine Verbindung hatten.

Mrs. Hawthorne hatte mich gewarnt, dass er ein wenig rau sei. Aber ich hatte trotzdem... nun, mehr als *das hier* erwartet. Und dennoch hatte ich nicht gerade noch darüber nachgedacht, wie unfair es war, dass man andere beurteilte, nachdem man nur wenige Minuten mit ihm verbracht hatte?

Er berührte meine Perlen kaum, sah mir nicht einmal ins Gesicht, bevor er zum nächsten Mädchen ging. Es schien fast, als würde er immer weniger für jedes Mädchen aufbringen, als er die Reihe entlang ging und meine Hoffnung schwand immer mehr.

Das war nicht der Mann, den ich mir als Retter erhofft hatte.

Das war ein betrunkener, reicher Junge, der zu viel Geld und Privilegien genossen hatte und wahrscheinlich keinen einzigen Tag in seinem Leben mit harter Arbeit verbracht hatte.

Ein Ältester versuchte offensichtlich die Zeremonie wieder ein wenig feierlicher zu machen und schlug seinen Gehstock auf den Boden. „Sully VanDoren. Es ist Zeit für dich, deine Schönheit zu wählen."

Sully VanDoren. VanDoren... oh Gott, mir fiel kein

Name ein, der noch mehr für *Geld* und *Privilegien* stand als dieser.

Okay, also das hier würde offensichtlich nicht klappen. Ich würde mir eine andere kreative Lösung einfallen lassen müssen, um die Probleme meiner Familie zu lösen. Verdammt. Ich würde wahrscheinlich die Altenpflege aufgeben müssen. Ich würde meine Patienten unglaublich vermissen, aber vielleicht würde ich einen gut bezahlten Job als Kellnerin in der Stadt finden können, dann könnte ich den Anderen Geld schicken und...

Plötzlich stampfte Sully herüber und stellte sich vor mich.

Ich erstarrte quasi zur Salzsäule und starrte ihn an. Zunächst fühlte ich mich wie ein Reh, dass im Licht eines Scheinwerfers bewegungslos war und dann wurde ich einfach nur wütend, als er nichts *weiter* tat, als einfach da zu stehen.

Machte ihn das geil? Mit Frauen zu spielen?

Wollte er tatsächlich mich auswählen? Wieso zur Hölle?

Selbst jetzt sah er mich einfach nur an, als fände er mich abstoßend.

Ich warf ihm einen ebenso bösen Blick zu. Ja, als ich die Einladung bekommen hatte, dachte ich, sie wäre ein Geschenk von Gott.

Jetzt allerdings hatte ich das eindeutige Gefühl, dass ich dem Bösen unmittelbar in die Augen sah. Dieser Mann stand direkt am Abgrund.

Ich hatte keine Ahnung, was zur Hölle ihn dorthin gebracht hatte, aber es schien offensichtlich, dass er sich um nichts auf der Welt mehr scherte. Und ein solcher Mann war gefährlich.

Ich hätte meinen Blick senken sollen. Zurückscheuen.

Ihm zeigen, dass ich nicht die Richtige für ihn war. Das wäre definitiv die klügere Variante gewesen.

Aber ich tat nichts von all dem.

Ich richtete mich auf und forderte den Teufel heraus. Denn verdammt, auch ich war eine Frau, die am Abgrund stand. Und er konnte mich mal, wenn er wirklich dachte, er könnte dafür sorgen, dass ich mich klein fühlte oder dass ich auch nur einen Augenblick von seiner Großartigkeit und Allmächtigkeit eingeschüchtert sein würde...

Bevor ich wirklich durchatmen konnte, hatte er mir die Perlenkette vom Hals gerissen.

Ich blinzelte einige Male vor Schock.

Heilige Scheiße! Wenn das Schlagen der Stöcke auf den Boden durch die Ältesten hieß, was ich vermutete... dann war ich soeben ausgewählt worden.

4

Portia

ICH HATTE KEINE ZEIT, um darüber nachzudenken oder es mir gar anders zu überlegen. Alles passierte so schnell, dass ich nur Momentaufnahmen wahrnahm. Weinende Schönheiten, die hinausgeführt wurden, die leise Unterhaltung unter den Mitgliedern und wir beide, wie wir die Treppe hinaufgeschoben wurden.

Sully und ich.

Sully war an meiner Seite, aber er sagte kein Wort.

Sex.

Jetzt war es an der Zeit für den Sex.

Mrs. Hawthorne und die Ärztin hatten mir erklärt, was von mir erwartet wurde und ich war nicht schockiert darüber. Ich mochte Sex und hatte niemals genug davon bekommen, weil ich immer so zerlumpt aussah. Ich hatte den einen oder anderen Freund gehabt, aber normalerweise verschwanden sie ziemlich schnell, wenn ihnen klar wurde, dass mir meine Familie wichtiger war, als sie.

Und ich kann nicht behaupten, dass mir das jemals leid-
getan hätte. Man sollte mich nicht darum bitten, zwischen
meiner Familie und jemand anderem zu entscheiden, denn
ich werde immer meine Familie wählen.

Also gut, fein, Sex.

Als ich sagte, dass ich *alles* für meine Familie tun würde,
da meinte ich das so. Und ich war nicht gerade prüde.

Aber als uns die gesamte Gruppe nach oben folgte,
wurde es mir plötzlich klar. Heilige Scheiße... mein erstes
Mal mit dem grimmigen Sully VanDoren wäre eine ziemlich
öffentliche Angelegenheit. Ich würde Sex haben, während
mir einige Kerle in silbernen Umhängen zusahen.

Und Sully war eindeutig nicht erpicht, es für irgendjemanden einfacher zu machen.

„Also, ihr kommt jetzt alle und seht mir zu, wie ich sie
ficke?", fragte er die uns folgende Gruppe mit einem
dreckigen Lachen. „Ist das der Grund, warum eure alten
Schwänze noch steif werden? Nun, ich meine, vielleicht
könnten wir auch eine Tombola veranstalten und Tickets
verkaufen. Wieso fragten wir nicht den Elternrat der
Darlington Schule, ob die nicht mitmachen wollen?"

Sully riss die Tür zu einem Schlafzimmer auf und riss
mich am Ellenbogen, sodass ich hineinstolperte. Es war
allerdings eher überraschend als schmerzhaft.

Ich hoffte, dass sein Verhalten einige der Ältesten, die
uns folgten, vor Scham einlenken oder sich wenigstens
abwenden ließ, aber nein. Sie alle folgten uns trotzdem in
das Zimmer.

Es war ein großes Schlafzimmer und in der Mitte stand
ein absolut gigantisches Himmelbett. Der Bettrahmen war
aus dunklem Holz gefertigt. Es war antik und hatte wunderschöne Schnitzereien am Kopfteil, die wirklich atemberaubend waren. Nicht, dass ich sonderlich viel Zeit gehabt

hätte, es anzusehen, während ich noch immer von Sully, der seinen Griff nicht gelockert hatte, durch den Raum bugsiert wurde.

„Du kennst die Regeln, Sullivan", sagte einer der Ältesten. „Das erste Mal muss von allen beobachtet werden."

„Nun, Scheiße", sagte Sully, während er sich das Hemd vom Leib riss und es irgendwo in Richtung der Sitzbank am Ende des Bettes schleuderte. Einige zusammenpassende Ohrensessel in Tiefdunkelbraun standen im Raum verteilt. Viele der Ältesten setzten sich und machten es sich offensichtlich für die Show bequem. Das machte Sully nur noch wütender.

„Ja, wir müssen uns genauestens an das heilige Handbuch halten. Die Flure von Oleander würden alle erzittern, wenn der erste Fick nicht von allen beobachtet werden würde."

Er riss die Hose runter und stolperte dann zu mir herüber. Ich stand zögerlich am Bett.

„Zieh deinen Rock hoch, Baby. Ich habe gehört, dass wir pro Stunde bezahlen. Wie teuer bist du? Wie viele Millionen bekommst du dafür, dass du die nächsten drei Monate auf jede mögliche Art und Weise gefickt wirst?"

Ich wollte ihn schlagen.

Jeder andere Mann, der jemals so mit mir gesprochen hätte, hätte mehr als nur meinen Handabdruck im Gesicht mitgenommen. Jeder andere Mann wäre mit einem blauen Auge nach Hause gegangen.

Mein Vater hat mir beigebracht, wie man zuschlägt, bevor er verschwunden ist. Und er hat sein Temperament an mich weitergegeben.

Ich warf Sully einen bösen Blick zu. „Bist du überhaupt nüchtern genug, um das hier zu schaffen?", fauchte ich ihn an.

Es war mir egal, wer zusah oder zuhörte. Dann beugte ich mich nach vorne, denn auch in mir war ein wenig vom Teufel. „Mir ist es egal, ich werde so oder so bezahlt, egal ob dein Schwanz schlaff bleibt oder nicht."

Nun, darauf reagierte er. In seinen Augen entbrannte ein Feuer. „Du willst keine Spielchen mit mir spielen, Kleine."

Ich stieg auf das Bett, legte mich hin und riss meinen voluminösen pinken Rock hoch. Danach schob ich meine Unterwäsche hinunter. Das war nicht gerade einfach, weil das Kleid so viel Stoff hatte.

Dann lag ich da, mit weit gespreizten Beinen, während ich Sully anstarrte, so als würde ich ihn herausfordern.

Okay, innerlich war ich komplett am Ausrasten, aber so zu tun, als würde mich das ganze Geschehen nicht berühren, hatte mich immerhin bis hierhin gebracht. Je schneller das hier vorbei war, desto besser.

Sully zögerte einen Moment und blickte zu mir hinab.

Hinter ihm hatten sich die Ältesten an die Wände gelehnt, standen wie Säulen vor den dunkelroten Vorhängen, die bis auf den Boden fielen. Einige hatten bereits ihre Hände in ihren Hosen, während sie uns beobachteten, andere fassten sich selbst über ihren Roben an.

Ich blinzelte, konzentrierte mich wieder auf Sully. Ich konnte das hier lediglich durchstehen, wenn ich mich ganz alleine auf ihn fokussierte und zwar einzig und allein auf ihn. Ich zog die Augenbraue hoch. „Nun, steckst du ihn rein oder nicht?"

Lachen erklang von den Männern, die uns säumten, was Sully offenbar anspornte. Und dann machte er ein paar Schritte auf das Bett zu, zog seine Smokinghose und Boxershorts aus, während er auf mich zukam.

Meine Augen wurden groß. Plötzlich sah er nicht mehr so betrunken aus und heilige Scheiße, ein kurzer Blick nach unten verdeutlichte mir, dass er *wirklich* bereit war, das hier hinter sich zu bringen.

Tatsächlich hatte ich noch nie in meinem Leben einen Schwanz gesehen, der so lang oder dick gewesen war. Mein Mund wurde trocken und erst als er ein Knie auf dem Bett absetzte, fiel mein Blick wieder in sein Gesicht.

„Die. Hure mag also, was sie sieht."

Hure? Was für ein heuchlerischer Huren...

Bevor ich allerdings irgendeine intelligente Antwort geben konnte, lag sein Glied bereits an meinem Eingang. Ich war mir bewusst, dass ich meine Augen aufriss, während ich zeitgleich feucht und bereit für ihn wurde.

Alles, was ich in den letzten zehn Minuten über diesen Mann gelernt hatte, führte dazu, dass ich ihn verachtete.

Aber mein Körper... nun, der hatte das offensichtlich noch nicht ganz verstanden. Alles, was ich hörte, war, dass der heißeste Kerl, den ich jemals gesehen hatte, über mir thronte und seinen Schwanz, der zweifelsohne der geilste überhaupt war, über meinen Kitzler gleiten lies u—

Ich fühlte den Schauer der Lust, der mich ergriff und dazu führte, dass ich mich gegen Sully drückte.

Und dem Bastard war das natürlich auch nicht entgangen. Ein großes, zufriedenes Lächeln breitete sich auf seinem Gesicht aus.

Das verdammte Lächeln führte dazu, dass ich noch feuchter wurde, weshalb es einfach für ihn war, seinen Schwanz langsam in mich gleiten zu lassen. Oh Gott—

Ich hatte dieses Gefühl vermisst. Wem wollte ich etwas vormachen? Ich hatte noch nie *so etwas* gefühlt.

Andererseits hatte ich mich stets auf Jungs eingelassen, die sicher erschienen. Jungs, die einen schnellen Quickie auf dem Rücksitz mochten und immer am nächsten Tag anriefen.

Nicht dieses gefährliche Feuer und die wütende Intensität.

Sully bewegte sich nur ein kleines bisschen, drückte sich gegen mich, sodass sein Schwanz gegen meinen Kitzler rieb und ich war kurz davor, den Verstand zu verlieren.

„Genauso", knurrte er. „Du liegst einfach da und nimmst das, was ich dir gebe."

Ich wollte mich wehren. Ich hätte eine freche Entgegnung liefern sollen. Dann allerdings stieß er komplett in mich hinein und alles, was ich tun konnte, war, die Beine weiter zu öffnen und ihm Einlass zu gewähren.

Also, er war ein Arschloch. Aber er war ein Arschloch, das mir zweifelsohne den besten Sex meines Lebens geben würde. Es war ein Zeichen dafür, dass ich reif war, dass ich wusste, dass man Kompromisse eingehen musste, richtig?

Ich hob ein Bein und legte es auf seinen Hintern, in dem Versuch, ihn tiefer in mich zu ziehen.

Das schien er zu mögen, denn er zog ihn aus mir hinaus und stieß noch fester in mich.

Einen Augenblick lang dachte ich, dass er den Rest der Welt vergessen hatte und das hier genauso sehr genoss, wie ich.

Natürlich hätte ich es besser wissen müssen. Wenn ich während unserer kurzen Begegnung irgendwas über Sully gelernt hatte, dann, dass er ein sturer Bastard war.

Er drehte den Kopf zu den Ältesten um, während er mich weiter fickte und mich bei jedem Stoß aufs Neue folterte, indem er über meinen Kitzler rieb und dafür sorgte, dass ich immer höher und höher flog.

„Das hier ist verdammt noch mal nicht normal, das wisst ihr schon, oder?", rief er ihnen zu, wobei er seinen Rhythmus nicht verlangsamte. „Geht nach Hause zu euren Frauen! Was macht ihr überhaupt hier? Merkt ihr euch das, damit ihr später daran denken und euch einen runterholen könnt? Das ist verdammt noch mal krank!"

Es hätte mich abstoßen sollen, dass er den Sex mit mir nutzte, um ihnen eine Lektion zu erteilen. Wenn er dachte, dass das hier alles krank sei, wieso zur Hölle tat er es dann? Und wieso machte er es... so... *energetisch*?

Oh! Ich konnte das hohe Stöhnen nicht zurückhalten, als er eine besonders empfindliche Stelle in mir traf und dort das Feuer entzündete. Oh, lieber *Gott*, war das etwa mein G-Punkt? Ich hatte immer gedacht, dass der nur ein Mythos sei.

Ich ließ die Hände fallen und klammerte mich verzweifelt an die Laken. Ich versuchte den Schrei der Lust zurückzuhalten, der über meine Lippen zu entweichen drohte.

Lieber Gott— es sollte nicht— wie hat er—

Und dann wurden alle meine Gedanken still und ich nahm nichts mehr wahr, als die Lust mich übermannte.

Mein Körper wurde schlaff, während ich mich an Sullys Allerwertesten klammerte. Warte, wann war meine Hand an Sullys Hintern gewandert— Ach egal, das alles fühlte sich zu gut an. Soooooo gut. Sooooooooo—

Ich drückte meinen Kopf ins Kissen und lies endlich den Schrei der Lust los, der sich in mir aufgebaut hatte. Meine Augen waren geschlossen, damit ich ihn ganz genießen konnte und niemand diesen Augenblick ruinieren konnte.

Ich kam und kam, während Sully jetzt noch fester als zuvor in mich stieß.

Rauer.

Wilder.

Oh *Gotttttttttt*.

Niemand war jemals so wild gewesen, niemand hatte die komplette Kontrolle übernommen und niemandem hatte ich sie so willentlich gegeben. Gott, hilf mir, ich ließ los—

Ich verblieb auf meinem Hoch, bis ich ein weiteres erreichte,... bis ich endlich, *endlich* schlapp war, wie eine Stoffpuppe.

Erst dann hielt auch Sully inne und seine heiße Lust füllte mich tief in meinem Inneren.

5

Sully

DIE FRÜHE MORGENSONNE schien fast meinen Augapfel zu verbrennen.

Ich hatte nicht die leiseste Ahnung, wie spät es war, aber es war keinesfalls an der Zeit aufzustehen. Ich stöhnte und drehte mich um, sodass ich dem großen Fenster, das den Ausblick auf den gut gepflegten Garten von Oleander Manor ermöglichte, den Rücken zuwendete.

„Oh, gut, du bist wach", hörte ich eine muntere Stimme vom Fußende.

Ich öffnete ein Auge, um zu sehen, dass die andere Seite des Bettes bereits gemacht worden war, fast so, als hätte Barbie dort nicht die letzte Nacht verbracht, wobei ich wusste, dass das der Fall gewesen war.

„Bin ich nicht", knurrte ich und schloss wieder die Augen in der Hoffnung, dass ich ebenso die Tatsache ausblenden konnte, dass ich in der letzten Nacht eine komplett Fremde gefickt hatte und dann mit ihr in ein Bett gekrochen war, so als wären wir ein verheiratetes Paar, das sich nun am Morgen nach einer Nacht voller Sex unterhielt.

„Ich habe darauf gewartet, dass du aufwachst", sagte sie.

„Nun, ich bin nicht wach."

„Du sprichst. Das heißt, dass du wach bist."

Ich rollte mich auf den Rücken, öffnete die Augen und erblickte Barbie, die Leggins, einen Sport-BH und Turnschuhe trug. Ihre blonden Haare waren zu einem Pferdeschwanz zusammengebunden und sie hatte ein strahlendes Lachen im Gesicht.

„Wieso sind die Vorhänge offen?" Ich legte mir den Arm über die Augen. „Es ist viel zu hell hier drin."

„Weil wir keine Vampire sind. Und weil ich es hasse, bei zugezogenen Vorhängen zu schlafen. Ich mag es, mit der Sonne aufzuwachen. Das ist immer ein guter Start in den Tag."

Ich stöhnte erneut, konnte das, was sie sagte, wegen der schlimmen Kopfschmerzen, die ich hatte, kaum verstehen.

„Ich wollte deine Sachen nicht durchwühlen, als du noch geschlafen hast, aber ich hoffe wirklich, dass du Sportsachen dabeihast", verkündete sie und ich hörte, wie sich die Schranktüren öffneten. „Du hast immerhin Turnschuhe, das ist doch schon einmal ein Anfang."

Ich sagte gar nichts. Vielleicht würde sie mich in Ruhe lassen, wenn ich mich tot stellte und sich um irgendwas anderes kümmern.

„Ich hab die Regeln nicht aufgestellt", verkündete sie und ließ die Schuhe vor dem Bett auf den Boden fallen.

„Welche Regeln?"

„Die albernen Regeln, die besagen, dass ich das Zimmer nicht verlassen darf, es sei denn, du bist an meiner Seite. Offenbar brauche ich einen Aufpasser oder so." Ich konnte ihr Gewicht spüren, als sie sich auf den Bettrand setzte. „Ich habe wirklich versucht, geduldig zu sein, aber langsam fällt mir die Decke auf den Kopf."

„Geduldig?", murmelte ich, während ich mich erneut auf die andere Seite drehte und mir die Decke über die Augen zog.

„Lass uns bitte hier raus gehen. Ich muss ein wenig joggen, um den Kopf freizubekommen." Sie schüttelte an meinem Bein. „Komm schon, das wird uns guttun."

Ich sagte einfach Nein und legte meinen Kopf anders auf das Kissen, in der Hoffnung, dass ich wieder einschlafen können würde.

„Sully, komm schon!" Sie klopfte mir erneut aufs Bein. „Wir können nicht den ganzen Morgen lang hierbleiben."

„Doch, das können wir", murmelte ich.

„Sully..."

Ich blieb stumm.

„Sully..."

Ich zog mir die Decke über die Ohren.

„Sully..."

„Schlaf, bis wir den nächsten Marschbefehl von den Ältesten bekommen", wies ich sie an.

„Komm schon", versuchte sie es. Diesmal schubste sie mein Bein und hörte sich deutlich weniger aufgekratzt an. „Beweg deinen Arsch aus dem Bett, ich bin sicher, du hast einen Kater, aber komm einfach mit. Wenn du das nicht tust... ich schwöre, dann gehe ich alleine durch diese Tür und riskiere, dass das Aufnahmeritual für uns beide vorbei ist. Ich bin kein Mensch, der einfach herumsitzen und nichts tun kann." Ohne Vorwarnung zog sie mir die Decke weg.

Dass sie nach Luft schnappte, hätte mich zum Lachen gebracht, wenn ich nicht so genervt davon gewesen wäre, dass sie mir die Decke von meinem nackten Körper gezogen hatte. Die Tatsache war ihr offensichtlich peinlich, denn sie wurde rot und wandte sich schleunigst von mir ab.

„Gewöhn dich besser daran, mich nackt zu sehen, Barbie. Ich schlafe immer nackt."

Sie ließ den Kopf herumfahren und schenkte mir einen bösen Blick. „Nenn mich nicht so."

Ich zuckte mit den Schultern, während ich die Beine vom Bett gleiten ließ und die Arme über dem Kopf ausstreckte, weil mir klar wurde, dass ich keine Chance hatte, weiterzuschlafen. „Wie soll ich dich denn nennen? Ich glaube, ich weiß nicht einmal, wie du heißt."

Gott im Himmel. Ich hatte diese Frau gefickt und wusste nichts weiter über sie, als dass sie eindeutig ein nerviger Morgenmensch war.

„Portia Collins", erklärte sie und ging wieder hinüber zum Schrank. „Und ich bin nicht deine Barbie. Ich bin nicht deine Liebe, ich bin nicht dein Baby oder Schatz oder sonst irgendein abwertender Kosename. Nenn mich Portia oder sprich mich einfach nicht an."

„Barbie passt zu dir", verkündete ich, als ich, ohne mich wegen meiner Nacktheit zu schämen, zu ihr herüberschlenderte.

„Ja, nun... Arschloch passt auch zu dir, aber ich spreche dich trotzdem nicht so an."

Sie riss ein T-Shirt vom Bügel und warf es in meine Richtung. Mir war klar, dass meine Nacktheit sie aus dem Konzept brachte. Sie vermied es hinabzublicken, wo mein Schwanz voll zur Schau gestellt war, weil ich eine Morgenlatte hatte. Sie wühlte in der Kommode und fand Sportshorts, die prompt in meine Richtung flogen.

„Komm schon, zieh dich an. Dein Bäuchlein wird sich bei mir für den Sport am Morgen bedanken", sagte sie mit einem Grinsen auf den Lippen und einer hochgezogenen Augenbraue.

Ich spannte augenblicklich meine Bauchmuskeln an. Bäuchlein? Ich hatte ein verdammtes Sixpack und das wusste sie. Aber verdammt, sie hatte ein wenig an meinem Ego gekratzt und jetzt fühlte ich mich sogar ein wenig schuldig dafür, dass ich in letzter Zeit so viel getrunken und mich so wenig um meinen Körper gekümmert hatte. Es war nicht der Fall, dass ich sie auf gleiche Weise hätte attackieren können, denn diese Portia war wirklich quasi perfekt. Ihr Körper war fest, trainiert und hatte überall dort Kurven, wo man sie sehen wollte. Ihr Verlangen, so früh am Morgen dafür zu sorgen, dass das so blieb, verriet mir, dass ich 109 sehr lange Tage vor mir hatte.

„Nur eine kurze Runde, mehr nicht", gab ich schließlich nach, während ich mich unter ihrem ungeduldigen Blick anzog.

„Wenn das alles ist, was in dir steckt", konterte sie schulterzuckend.

Es war viel zu früh für mich, um mich so mit ihr zu unterhalten. Ich war noch nicht ganz in dieser Welt und in meinem Kopf hämmerte es. Immerhin waren wir uns in einer Sache einig... Wir brauchten ein wenig frische Luft. Das Zimmer fühlte sich schon jetzt zu klein für uns beide an.

Wir waren durch die Tür und liefen Seite an Seite die von Eichen gesäumte Auffahrt hinab und das in einem Tempo, das deutlich schneller war, als es meinem Körper behagte. Es schien, als würde der Bourbon aus meinen Poren quellen und mein *Bäuchlein* drohte den bisschen Alkohol, was noch darin war, erneut zu präsentieren. Das hier war das Letzte, was ich gerade tun wollte, aber ich hatte nicht vor, das gegenüber dieser Fitness-Queen einzugestehen.

„Reden wir über das, was letzte Nacht passiert ist oder tun wir einfach so, als wäre ich nicht bis zu den Eiern in dir gewesen?", fing ich an und konzentrierte mich bei jedem Wort, nicht meine Erschöpfung zu zeigen.

„Weißt du, du kannst wirklich ein ganz schönes Arschloch sein", erwiderte sie und hörte sich nicht an, als wäre sie auch nur das kleinste bisschen aus der Puste. Sie lief sogar noch ein wenig schneller und ich passte mich mürrisch ihrer Geschwindigkeit an.

„Wieso? Weil ich die Dinge beim Namen nenne?"

„In Ordnung. Worüber möchtest du sprechen?", fragte sie.

„Ich möchte sichergehen, dass du stark genug bist, um das Aufnahmeritual zu überstehen", erklärte ich und ignorierte dabei das Brennen in meinen Lungen.

„Bist du es?", kam es zurück.

„Ich weiß, worum es beim Orden des Silbernen Geistes geht. Ich glaube nicht, dass du es weißt. Du hast keine Ahnung, was uns erwartet."

„Ich bin nicht mit der Vorstellung hergekommen, dass ich ein Märchen durchleben würde. Ich erwarte garantiert nicht, dass mein Traumprinz hier auftaucht. Ich weiß, dass es schwer werden wird und hässlich, aber ich habe den Blick fest aufs Ziel gerichtet. Ich habe keinen Zweifel daran, dass ich stark genug bin, das zu tun, was notwendig ist."

„Wieso lässt du dich überhaupt darauf ein?", fragte ich sie und meine Beine schienen langsam zu Gummi zu werden.

„Wieso lässt du dich drauf ein?", konterte sie erneut.

„Ich habe meine Gründe", gab ich bekannt. Ich hatte nicht vor, meine Familie oder meine Schwester in die Unterhaltung zu bringen. Das ging sie letztendlich tatsächlich rein gar nichts an und ob sie das wusste oder nicht, würde keinerlei Auswirkung auf den Ausgang des Aufnahmerituals haben.

„Ich habe ebenfalls meine Gründe", äffte sie mich nach.

Die hohen Eichen, unter denen wir liefen, sorgten gemeinsam mit der Sonne für ein Wechselspiel aus Licht und Schatten, was dazu führte, dass mir noch schlechter wurde und ich schließlich anhalten musste, um mich nicht zu übergeben. Portia joggte auf der Stelle weiter, während ich mich nach vorne beugte und die Hände auf meine Knie stemmte. Ich wusste, dass sie diesen Moment meiner Schwäche höchstwahrscheinlich genoss, aber ich konnte mich nicht auf sie konzentrieren, denn dafür hätte ich den Kopf anheben müssen und das stand in diesem Augenblick vollkommen außer Frage.

„Hast du vor, dich vor jedem Ritual zu betrinken?", fragte sie.

„Ich habe vor zu tun, was immer mir beliebt", fuhr ich sie an. Ihre passiv-aggressiven Urteile konnte sie sich sparen.

„Ja", sagte sie und drehte sich auf dem Absatz an. „Das ist etwas, was ich bereits über dich weiß." Sie lief weiter und es schien sie nicht zu interessieren, ob ich mit ihr lief oder nicht.

Ich ging zu einer der Eiche, glitt zu Boden und lehnte mich an den Stamm. Was ich gerade tatsächlich brauchte, war eine verdammte Bloody Mary gegen den Kater, aber es schien nicht, als würde ich die in näherer Zukunft bekommen. Ich war mir allerdings ziemlich sicher, dass ich, wenn wir zum Haus zurückkehrten, um zu frühstücken, keine Probleme dabei haben würde Mrs. H davon zu überzeugen, mir eine zu machen... oder auch nicht. Ich war wahrscheinlich gegenwärtig nicht auf ihrer Liste der „braven Jungs". Sie hatte mir unzählige Male gesagt, dass ich mich zügeln solle...

Und sie hatte recht.

Ich sah Portia nach, die das Ende der langen Straße erreicht hatte und nun umkehrte und zu mir zurück joggte. Ihr Körper bewegte sich ohne Anstrengung, aber ihr Gesichtsausdruck schien angespannt und sogar ein wenig... traurig. Wahrscheinlich steckte in der Barbie doch mehr, als ich zunächst angenommen hatte.

Sie war nicht schwach. So viel musste ich ihr lassen.

Sie hatte sich mir nicht einfach unterworfen, wie ich gehofft hatte, und tatsächlich hatte ich das Gefühl, dass sie mich wahrscheinlich um den Verstand bringen würde.

Ich wurde aus ihr nicht schlau. Ich hatte keine Ahnung, warum ich genau sie ausgesucht habe und wieso ich das Gefühl gehabt hatte, dass ausgerechnet sie jedes Einzelne der Rituale, die wir absolvieren mussten, würde aushalten können.

Es wäre gelogen, wenn ich nicht zugeben würde, wie geil der Sex letzte Nacht gewesen war. Nun, wenn wir einmal von den gruseligen alten Männern absahen, die uns zugesehen hatten. Aber wenn man das kurzzeitig vergaß. Sie hatte meinen Körper erweckt. Was Sexpartner anging, würde ich sogar zu dem Schluss kommen, dass ich die richtige Wahl getroffen hatte. Ansonsten... konnte ich noch nicht wirklich viel dazu sagen. Wir hatten noch einiges vor uns und ich war mir nicht sicher, ob wir beide in der Lage waren, alles zu tun, was gefordert wurde.

„Soll ich einen Angestellten holen, der dich zurückträgt?", fragte sie, als sie auf mich zukam und wieder vor mir auf der Stelle joggte. Ihre nackten Schultern glitzerten, aber sie schwitze kaum. Die Hitze Georgias war noch nicht schlimm und da es Januar war, war die Luftfeuchtigkeit ebenfalls gering, aber trotzdem... „Du kannst dich auf mich stützen, wenn es sein muss."

Ich biss mir auf die Zunge, denn das, was ich dachte, konnte ich keinesfalls zu einer Lady sagen und ich war trotz allem noch immer ein Gentleman... irgendwie.

Ich verdrehte die Augen, stand auf und begann zurück zur Villa zu laufen, ohne ein weiteres Wort zu sagen. Glücklicherweise schaffte ich den Rückweg und ich hätte nicht froher sein können, als mich beim Eintreten der Geruch von Eiern und Speck begrüßte. Mrs. H hatte sich daran erinnert, was ich am liebsten zum Frühstück aß und in diesem Moment war Fett genau das, was mein geschundener Körper brauchte.

„Oh, Jungchen", sagte sie, als sie aus der Küche eilte und offensichtlich überrascht darüber war, dass Portia und ich ins Haus kam. „Ich war nicht sicher, wohin ihr beiden verschwunden wart, also habe ich das Frühstück auf Tabletts getan und in euer Zimmer bringen lassen. Es sollte noch immer warm sein."

„Vielen Dank, Mrs. H", sagte ich und versuchte zumindest, mich nicht so anzuhören, als würde ich gegenwärtig eine Asthmaattacke erleiden.

„Ja, vielen Dank, Mrs. Hawthorne", sagte auch Portia, die sich nicht anhörte, als wäre sie überhaupt joggen gewesen.

Als wir das Schlafzimmer betraten, lief mir augenblicklich das Wasser im Mund zusammen. Ich sah eine große Schachtel auf dem Bett, aber diese war mir im Augenblick vollkommen egal. Ich konnte nur an eines denken.

Speck.

Portia wiederum ignorierte das Essen und wandte sich stattdessen der Box zu. „Was ist da drin?", fragte sie.

Ich lächelte und schob mir Essen in den Mund. Montgomery hatte mir gesagt, was wir am ersten Abend wahrscheinlich erwarten konnten. „Nun, das, meine Liebe, ist dein Outfit für heute Abend. Ich muss mich nur noch entscheiden, welche Farbe dir wohl am besten steht.

6

Portia

SULLY WOLLTE mir nicht einmal zeigen, was in der Schachtel
war, bis es an der Zeit für das „Event" war. Er lächelte mich
immer nur an, wenn ich fragte, was es war oder hielt mich
physisch davon ab, die Schachtel zu ergreifen, wann immer
ich es versuchte.

Er hatte sie sogar mit ins Bad genommen, als er duschen
ging, um sich für den Abend fertigzumachen. Er ließ mich
wirklich in der Hölle schmoren, während ich mich fragte,
was mich wohl erwartete.

Das Ritual der ersten Nacht war nicht wirklich schlimm
gewesen—nur ein wenig Voyeurismus, weil alle Sully und
mir beim Sex zugesehen hatten. Vielleicht war ein naiver
Teil von mir davon ausgegangen, dass das alles war, was
man von uns erwarten würde. Dass die alten Kerle in den
Umhängen einfach geil darauf waren, anderen zuzusehen.

Aber mein Instinkt sagte mir, das, was immer in der

Kiste war, bedeutete, dass es an diesem Abend um mehr gehen würde. Aber *mehr von was*? Wie?

Normalerweise war ich ein sehr selbstbewusster Mensch. Ich war jemand, der die Dinge anpackte und sich nichts vormachen ließ. Klar, man hätte sich hinsetzten und über die Leute beschweren können, denen es besser geht als einem selbst, aber das brachte nichts. Wir hatten alle das Leben, in den das wir geboren wurden, egal ob es gut oder schlecht war. Man bekommt, was man bekommt und dann lernt man damit umzugehen, egal ob es gut oder schlecht ist. Das hatte ich zumindest im Kindergarten immer wieder gehört.

Dann tat man sein Bestes, um glücklich zu sein und sich um die Leute zu kümmern, die man liebte, so gut wie man eben konnte. Das war wohl das wertvollste Wissen, das ich in meinen 23 Jahren auf dieser Erde erlangt hatte.

Die heutige Nacht wäre genauso wie jede andere zuvor. Ich würde es überleben, ebenso, wie ich die letzten Jahre seit Mamas Tod überstanden hatte. Nichts daran war einfach gewesen, aber mich hatte bisher noch keine Überforderung in die Knie gezwungen, ich hatte sie alle überwältigt.

Also saß ich steif auf dem Bett. Meine Hände waren in meinem Schoß gefaltet und ich versuchte so zu erscheinen wie die Königin von England, während ich ausharrte. Ich wirkte ruhig und gefasst, ein wenig gelangweilt, während ich sehnsüchtig darauf wartete, dass Sully endlich wieder hereinkam und mir zeigte, was in der Schachtel war.

Sullys Stimme ertönte im selben Augenblick, in dem sich auch die Tür des Bads schwungvoll öffnete. „Du bist dran, Liebste."

Ich riss meinen Kopf in die Richtung seiner Stimme und dann sah ich es.

Er hatte die Schachtel unter dem Arm, aber er hielt ein blutrotes Lederhalsband in der Hand.

Ein Halsband, wie man es einem Hund anlegen würde.

Was. Zur. Hölle!?

„Was ist?", sagte Sully grinsend. „Sag mir jetzt nicht, dass das rot nicht zu deinem blassrosa Nagellack passt."

„Was zur Hölle ist das?", brachte ich hervor.

„Hast du das Handbuch etwa nicht gelesen?", tadelte Sully mich.

Handbuch? Es gab ein verdammtes Handbuch? Wieso hatte mir das niemand gegeben?

„Der Mann darf aussuchen. Ich darf aussuchen, welches Halsband ich meinem Haustier gebe. Schwarz, weiß oder rot." Ein breites Grinsen war in seinem Gesicht zu sehen. „Das rote heißt, dass ich teile."

Mein Mund stand nun komplett offen. Wollte er mir sagen, dass—

Natürlich würde er das aussuchen. Er war ein Trinker. Er war von seinem Reichtum und den Privilegien, die er sein ganzes Leben genossen hatte, komplett verdorben.

Er ließ das Halsband von seinem Zeigefinger baumeln und hielt es in meine Richtung. „Na los. Sie warten schon auf uns."

Mein Gesicht und mein Hals müssen rot vor Zorn gewesen weiß. Hatte er wirklich die Dreistigkeit— „Du hast gerade eine Dreiviertelstunde lang geduscht und jetzt sagst du mir, ich soll mich beeilen? Schieb dir das Halsband in den Hintern."

„Oh, oh, Liebste. Ich dachte, du wärest eine brave kleine Hure. Seid ihr nicht eigentlich bekannt dafür, die Beine breitzumachen und alles für schnelles Geld zu tun?"

Ich könnte natürlich auch das Halsband um *seinen* Hals legen und... Aber wahrscheinlich würden sie mir nicht geben, worum ich gebeten hatte, wenn ich ihren wertvollen kleinen Anwärter umbrachte?

Stattdessen neigte ich den Kopf zur Seite und legte mein süßestes Lächeln auf. „Lass mich raten? Du hast Probleme mit deinem Vater? Du bist nicht Mann genug, um alleine mit mir klarzukommen?"

Ich kam auf ihn zu und riss ihm das Halsband aus der Hand.

„Ist schon okay, wenn dein kleiner Schwanz eine Pause braucht. Das kann ich verstehen. Du trinkst so viel, da ist es wirklich ein Wunder, dass du ihn überhaupt steif bekommst."

Sully sagte kein Wort, aber ich hätte schwören können, dass ich die Wut, die von ihm ausging, spüren konnte.

Ich hob meine Haare an und verschloss das rote Lederhalsband an meinem Hals. Wenigstens war das Leder weich. Aber Gott, ich hatte ein Hundehalsband um meinen Hals!

Wenn meine Mutter mich so sehen würde...

Bis vor ein paar Jahren war ich jeden Sonntag nach der Kirche in den Bibelunterricht gegangen. Liebe Mädchen, die dabei halfen, sonntags das Essen zu organisieren, trugen keine Sex-Halsbänder.

Meine Finger glitten über das Halsband, während ich wieder zu Sully aufsah. „Wo ist der Rest? Oder soll ich einfach die schlampigste Unterwäsche aus dem Schrank nehmen?"

Ich ging hinüber zu der antiken Kommode, die in der Ecke des großen Raumes platziert worden war, aber Sullys unbarmherziges Lachen brachte mich dazu, auf der Stelle stehen zu bleiben.

„Oh, es gibt tatsächlich einen Dresscode." Sein Lächeln brachte mich aus dem Konzept. „Du hast dich bereits angezogen", erklärte er, während er auf das Halsband deutete. „Du trägst das und nichts weiter."

Ich konnte fühlen, dass ich kreidebleich wurde, aber ich wollte ihm nicht die Befriedigung geben, das zu sehen.

Natürlich würde ich nichts weiter tragen als das Sex-Halsband. Ich war wirklich dumm. Was hatte ich erwartet?

Sully genoss all das hier viel zu sehr. Ich ließ also keine weitere Sekunde verstreichen, sondern entledigte mich meines T-Shirts, BHs, der Jeans und Unterwäsche. Dann zog ich die Socken aus und schmiss sie trotzig auf den Wäscheberg zu meinen Füßen.

Ich glaube nicht, dass ich das vor irgendeinem anderen Mann hätte machen können. Sully war anders. Er war nervig und brachte mich zur Weißglut und offensichtlich hatte er keinerlei Respekt für mich. Es war mir egal, was er annahm. Tatsache war, dass es mir im Großen und Ganzen vollkommen egal war, was irgendjemand hier dachte.

Also stand ich nackt vor ihm, mal abgesehen von dem Halsband und weigerte mich, den Kopf zu senken, es war mir nicht peinlich und ich würde mich nicht schämen. Bibelunterricht oder nicht... Diese frommen Bastarde aus der Kirche hatten sich nicht einmal bei uns gemeldet, um mir oder meiner Familie zu helfen, egal wie sehr wir sie brauchten oder wie häufig der Pastor sagte, dass es die Aufgabe der Kirche war, sich um die Armen und die, die am Boden waren, zu kümmern. Irgendwann war ich nicht mehr hingegangen, denn die Heuchelei hatte mich zu sehr angeekelt.

Scheiß drauf. Ich schuldete niemandem etwas außer meiner Familie. Die brauchte mich. Und es war egal, wie sehr Sully mich erniedrigen wollen würde, ich würde nicht zulassen, dass er an mich herankam. Ich wusste nicht, wie oft ich es mir selbst würde sagen müssen, aber ich flüsterte es innerlich wenigstens ein weiteres Mal, bevor Sully und ich uns auf den Weg nach unten machten:

Ich würde alles für meine Familie tun.

Wirklich *alles*.

ICH FESTIGTE MEINEN ENTSCHLUSS.

Bereitete mich innerlich vor.

Zumindest dachte ich, dass ich das getan hate.

Aber die unglaubliche Menge an nacktem Fleisch, auf das meine Augen zeitgleich traf, als wir den untersten Treppenabsatz erreichten...

Nie in meinem Leben hatte ich so viele nackte Menschen gesehen. Sie lagen auf üppigen Sofas. Waren über Sessel gebeugt. Hintern, die sich von Möbeln in die Luft streckten, die aussahen, als wären sie genau dafür gemacht und zeitgleich antik. Wie lange gingen Menschen schon diesen perversen Spielchen nach, von denen ich bisher *nichts gewusst* hatte?

Schockiert blinzelte ich einige Male.

„Mach den Mund zu, Kleine. Es ist jetzt ja nicht so, als wärst du Jungfrau", flüsterte Sully in mein Ohr.

Ich schloss augenblicklich den Mund und warf ihm einen bösen Blick zu. Natürlich war ich keine Jungfrau gewesen. Allerdings hatte ich vor all dem hier *kaum* irgendjemanden nackt gesehen. Die paar Freunde, die ich gehabt hatte—nun, wir hatten es jetzt nicht gerade bei *an*geschaltetem Licht gemacht...

Die meisten Männer, mit denen ich ausgegangen war, hatten noch zu Hause gewohnt. Wir waren alle so unglaublich arm, dass wir es einfach taten, wenn sich die Möglichkeit ergab. Normalerweise auf dem Rücksitz von Autos.

Manchmal in irgendeinem Schuppen. Im Baumhaus eines Kerls, das seit seiner Kindheit im Garten seiner Eltern stand. Und, ja, es war komisch, die Bilder, die er damals von seiner Familie gemalt und die jetzt an der Wand hingen, anzusehen, während er in mich stieß.

Aber trotzdem hatte mich nichts von dem auf *das hier* vorbereiten können.

Der weiße Ballsaal war voll, aber jetzt waren überall im Saal, anders als für das Aufnahmeritual am ersten Abend, Möbel verteilt. Noch mehr Möbel, als ich zuerst wahrgenommen hatte.

Männer lagen auf Betten. Ihre Umhänge waren geöffnet, während wunderschöne junge Frauen auf ihren Beinen auf und ab wippten.

Drüben in einer Ecke war eine Frau an ein großes X aus Holz gefesselt worden. Dort wechselten sich drei Männer damit ab, sie auszupeitschen. Sie wand sich und schrie voller Ektase nach „*mehr!*".

Während ich mir all das noch ansah, kam ein Mann auf uns zu. Er war älter, ziemlich dünn, aber trotzdem hatte er einige Hautfalten und seinem Kinn hängen, die ihm den Eindruck verliehen, eine Schildkröte zu sein, die den Kopf aus dem Panzer streckte. Er machte sich nicht die Mühe, irgendwelche Höflichkeiten auszutauschen. Seine knopfähnlichen blauen Augen ruhten auf mir. Tatsächlich betrachteten sie nur meinen *Körper*. Ich glaube nicht, dass sein Blick jemals auf irgendwas traf, was oberhalb meiner Brüste lag.

Er machte sich nicht einmal die Mühe, sich vorzustellen. Er streckte einfach die Hand aus und ergriff meinen Nippel, drückte und drehte ihn grob.

Ich schlug ihn und riss mich los.

Alles im Saal kam zum Halt.

Oh, Scheiße.

Das war nicht gut.

Ich hatte es nicht absichtlich getan. Es war einfach ein Reflex gewesen. Ich wollte nicht, dass der ekelige alte Mann mich mit seinen Händen anfasste. Die wütenden Ausdrücke auf den Gesichtern um mich herum machten allerdings klar, dass ich in diesem Geheimbund gerade einen riesigen Faux Pas begangen hatte.

Die Schildkröte sah Sully böse an. „Kannst du erklären, wieso dein Haustier sich so respektlos verhält? Wenn es die Ältesten nicht respektieren kann, dann solltest du nicht mit ihm in die Öffentlichkeit gehen!"

Es?

Okay, ich hatte erwartet, dass sie Frauen hassten, aber dieser Bastard trieb es wirklich auf die Spitze. Er war offensichtlich nur Mitglied im Bund, weil keine einzige Frau jemals ohne einen gewaltigen Anreiz mit ihm schlafen würde.

Ich blickte hinauf zu Sully in der Erwartung... Ich habe Ehrlich gesagt keine Ahnung, was ich erwartet hatte.

Aber es war nicht der bewusste Ausdruck von Amüsiertheit, der sein Gesicht prägte. Es war nicht, wie wenn wir alleine im Schlafzimmer waren und er mir das Leben schwer machte. Ich hätte schwören können, dass unter der freundlichen Fassade, die er präsentierte, die Wut langsam hochkochte.

Er schlug dem Mann, der mich gerade angefasst hatte, auf die Schulter. „Natürlich, George. Aber dein grauer Star scheint wieder schlimmer zu werden. Denn wenn du genau hinsiehst, dann wirst du feststellen, dass sie ein rotes Halsband trägt, kein Weißes. Sie gehört mir und ich teile sie mit wem *ich* will. Sie ist kein Angebot am Buffet. Und ich habe mich entschlossen, dir heute Abend *nicht* die Erlaubnis zu geben, meinen schönen Juwel anzufassen."

Mit diesen Worten streckte Sully selbst die Hand aus, ergriff meine Brust und begann vor der gesamten Gruppe damit, diese zu massieren. Anders als die eklige Schildkröte war er allerdings sanft. Na ja, zumindest zu Beginn. Nach wenigen Augenblicken zog auch er an meinem Nippel.

Anders als der Mann, der mich soeben angefasst hatte, wusste Sully genau, wie er mit mir umgehen musste. Ich erschauderte, während er mit mir spielte, als wäre er dabei, seine Gitarre zu stimmen. Die Männer um uns herum lachten und Sully lächelte triumphal.

„Wenn sie ungezähmt sind, wie diese", erklärte er laut. „Braucht es eben die Berührungen eines Meisters."

Ich wollte die Augen im Kopf verdrehen. Berührungen eines Meisters, was er sich einbildete...

Die Schildkröte war allerdings offensichtlich auch nicht durch Sullys Erklärung zufriedengestellt. Er leckte sich über die Oberlippe mit einer feuchten Zunge, die mich an eine Nacktschnecke erinnerte. „Gib sie mir. Vier Stunden in meinem Käfig und das wird ganz anders aussehen. Ich kenne Mädchen wie sie. Ich zwinge sie im Nu in die Knie."

Sully sah dem Mann in die Augen. Ich war mir nicht sicher, aber ich hätte schwören können, dass die beiden einen stillen Krieg ausfochten. Am Ende lächelte Sully, legte mir einen Arm um die nackten Schultern und zuckte höflich mit den Schultern, bevor er mich ohne ein weiteres Wort wegführte. Ich hatte nicht erwartet, dass er so etwas überhaupt könnte.

Ich war mir nicht sicher, wohin er mich brachte, aber ich folgte ihm willig. Ich würde alles geben, um von dieser Gruppe von Männern, die gelächelt hatten und offenbar das, was die Schildkröte gesagt und getan hatte, vollkommen in Ordnung fanden.

Sully beugte sich zu mir hinab und flüsterte mir ins Ohr: „Er ist zu weit gegangen. Aber du verdienst trotzdem, für deine Einlage bestraft zu werden."

„Was?", zischte ich zurück. Ich sah zu Sully hinauf. Ich hatte das Gefühl gehabt, dass er auf meiner Seite war.

Plötzlich nahm er auf einer Bank aus Leder Platz und nutzte den Schwung, den er dadurch aufbaute, um mich über die Knie zu legen.

Ich versuchte noch die Orientierung wieder zu erlangen und mich aufzurichten, als mein Hintern plötzlich brannte. Seine Hand. Mein Hintern.

Sully hatte mir gerade den Hintern *versohlt*. Mir entwich ein Laut des Schmerzes und ich versuchte, mich auf seinem Schoß umzudrehen, aber sein anderer Arm lag fest auf meinem Rücken.

Er versohlte mich noch *zehn* weitere Male. Schnell hintereinander. Jeder Schlag war fester und tat mehr weh als der vorherige. Mir war noch nie in meinem Leben der Hintern versohlt worden. Mein Vater war ein Arschloch gewesen, aber wir waren nicht eine solche Familie gewesen.

Und jetzt war ich hier. Eine dreiundzwanzigjährige Frau. Und mir wurde der Hintern *versohlt*. Ich wollte nicht wimmern oder gar schreien, aber Sully machte das förmlich unmöglich. Es tat weh. Es tat verdammt noch mal weh! Und es war so peinlich, komplett nackt von einem Mann übers Knie gelegt zu werden, während der Hintern für alle Welt sichtbar...

Und dann war es genauso schnell, wie es angefangen hatte, vorbei. Nur dass jetzt mein Hintern brannte. Hinter uns ertönte Applaus. Wollte er den unhöflichen Wichsern hinter uns nur eine Show bieten?

Aber ich hatte kaum Zeit zu reagieren, da bedeutete Sully schon jemandem, zu uns herüber zu kommen. Sully veränderte unsere Position, als der Mann auf uns zu schritt, sodass ich wieder aufrecht auf der Bank saß. Seine Kraft machte mich wirklich fuchsteufelswild. Es war fast, als wäre ich Spielzeug in seinen Händen. Ich hatte kaum das Gleichgewicht erlangt und großer Gott, *aua*, mein Arsch *brannte* noch immer.

Ich schaffte es kaum, den Mann, der auf uns zukam, anzusehen. Ich sah nur genug, um festzustellen, dass er groß und schlank war und dass er ein hübsches, wenn auch alterndes Gesicht hatte. Dunkle Haare wurden an den Schläfen bereits silbern und er erinnerte mich ein wenig an Richard Gere in den späten 1990ern.

Oh, ja und er war nackt, wenn man von den engen, seidigen Boxershorts, die er trug, absah.

„Geh hinter sie", befahl Sully ihm, als er uns erreicht hatte.

Der Mann gehorchte und legte ein Bein über die Bank.

„Näher", forderte Sully.

Ich fühlte die Wärme des Richard Gere Doubles an meinem Rücken.

Ich war mir nicht sicher, was ich davon halten sollte, aber immerhin war dieser andere Kerl nicht abstoßend und er nahm sich nichts heraus. Mein Herz begann trotzdem zu rasen. Alles an diesem Abend passierte so schnell, dass ich nicht die Möglichkeit hatte, meine Gefühle zu verarbeiten, bevor das Nächste bereits geschah. Möglicherweise ging es genau darum? Vielleicht musste ich nur mein Bedürfnis nach Kontrolle aufgeben und... guter Gott, eventuell könnte ich das hier durchstehen, wenn ich Sully einfach vertraute und es geschehen ließ.

Sully schien jedenfalls ruhig und als hätte er die

Kontrolle. Er war derjenige, der bestimmte, was der Doppel-
gänger von Richard Gere machte. Der Mann folgte Sullys
Anweisungen aufs Wort. Und auch wenn ich ihn wirklich
verabscheute, brachte mich die Tatsache, dass Sully alle
Entscheidungen traf, dazu, mich zu entspannen.

Immerhin nannten sie mich nicht *es*. Als er mich vorhin
in unserem Zimmer Haustier genannt hatte, hatte ich das
Gefühl gehabt, dass er es nur tat, um mich zu ärgern. Er
glaubte das nicht wirklich.

Trotzdem hatte ich nicht vor, einfach alles hinzuneh-
men. Das hier war eben eine weitere Erfahrung, die ich in
meinem Leben machen musste, um zu überleben.

„Streck die Hand aus und spiele mit ihren Brüsten."

Hände fuhren um mich herum und hoben dann test-
weise meine Brüste an, so als würde er herausfinden
wollen, wie schwer sie waren. Dann begannen seine
Finger, Kreise zu ziehen und er spielte mit meinen
Nippeln, indem er sie immer wieder sanft mit seinen
Daumen schnippte.

„Genau soooo", sagte Sully. „So ist es gut."

Da war etwas in Sullys Stimme—ein Feuer, das zuvor
nicht dort gewesen war. Er war—ich schluckte schwer, als
meine Nippel zwischen Daumen und Zeigefinger
genommen wurde. Sullys Blick ruhte die ganze Zeit über
auf meinem.

Es waren nicht seine Hände, aber weil es seine
Absichten war, weil sie sich bewegten und mich liebkosten,
genauso, wie er es wollte, fühlte es sich fast an, als wären
sie es.

Und dann streckte Sully selbst die Hand aus und ließ
seine Hände über die Innenseite meiner Oberschenkel gleiten. Vier Hände auf mir, die mich liebkosten. Das hatte ich
nie— Das war nicht, was ich erwartet—

Sullys Ausdruck wurde zu einem leichten Lächeln, als er spürte, wie feucht ich war.

Ich konnte es nicht verhindern. Ich war auf einer Achterbahnfahrt der Gefühle. Von Weißglut zu peinlich berührt, zu unglaublich geil, als Sully dem anderen Mann sagte, wie er mich anfassen sollte. Und jetzt... jetzt seine eigenen Hände. Ich erschauderte und entspannte mich weiter, genoss ihre Berührungen.

Sully manövrierte sich, sodass sein gesamter Körper näher bei mir war. Er trug noch immer seinen schicken Anzug, war komplett bekleidet. Aber die Art und Weise, wie seine Hand meine Schenkel entlang glitt. Jedes Mal ein klein wenig näher an meine Mitte—

Ich atmete hörbar aus und drückte meinen Rücken vor Leidenschaft durch, als Sully endlich mit seinem Daumen ganz leicht über meinen Kitzler glitt.

Sullys Stimme war belegt, als er die nächste Anweisung gab: „Heb ihre Haare hoch und sauge an ihrem Hals, direkt unter ihrem Ohr."

Mir stockte der Atem, während ich versuchte zu schlucken, was mir misslang. Kurze Zeit später lagen warme Lippen auf meinem Hals, die willig jeder Anweisung von Sully folgten. Das, was ansonsten im Raum passierte, nahm ich nicht mehr wahr.

Da war nur Sully, der sich über mich lehnte. Sein Aftershave war betörend. „Das magst du, nicht wahr? Es ist doch nicht so schlimm, wenn man geteilt wird oder?"

„Halt den Mund und mach es nicht kaputt", entfuhr es mir, während ich die Hände nach ihm ausstreckte.

Aber er entzog sich mir, bevor ich auch nur sein Oberteil berühren konnte. „Vergiss nicht, wer die Kontrolle hat. Heute Nacht und immer."

Dann schob er seine Hand weiter zwischen meine

Schenkel und kniff mir in den noch immer schmerzenden Hintern.

Ich zuckte zusammen, aber seine andere Hand hatte sich in der Zwischenzeit auf meine Klitoris gelegt, die er streichelte. Das Feuerwerk in mir, das von meiner Mitte ausging, erstreckte sich langsam unkontrolliert über meinen gesamten Körper.

Aber ich hatte auch Panik.

Alles war so unkontrolliert.

Das hier war nicht ich.

Ich bestimmte die Regeln.

Ich machte Listen, führte Kalender und plante jeden Tag auf die Minute genau. Ich hatte Pläne und zahlte Rechnungen und fuhr mit anderen zum Arzt, ins Krankenhaus. Ich kümmerte mich darum, dass unser mageres Einkommen reichte, indem ich es in Umschläge steckte, Coupons ausschnitt, jeden Job annahm. Ich tat alles Menschenmögliche, um meine Familie zu retten.

Aber hier, in diesem Augenblick, hatte ich nichts davon. Unter mir war das kühle Leder der Bank. Der heiße Geruch von Schweiß, Sex und Aftershave dominierte die Luft. Zwei Paar starke männliche Hände waren auf meinem Körper. Sullys Stimme war in meinem Ohr. Im Vergleich zu dem Lustgestöhne und den falschen Lauten der Ekstase, die die Frauen im Raum losließen, war das hier wie ein Gebrüll.

Dann schockierte Sully mich noch mehr, als er einen seiner dicken Finger in meine feuchte, tropfende Muschi schob. Gerade lang genug, um ein wenig von mir aufzunehmen und ihn danach an meine Lippen zu halten.

„Mach auf und schmecke, wie süß du bist", befahl er mir.

Ich sah hilflos in die Augen des Teufels und öffnete den Mund. Er war nicht sanft, als er seinen Finger, der mit meiner Essenz bedeckt war, hineinschob, aber mir entging nicht, wie seine Nasenlöcher sich weiteten, als er es tat.

Dann verstand ich es. Keiner meiner gewohnten Bewältigungsmechanismen stand mir zur Verfügung.

Ich konnte nicht die Kontrolle übernehmen oder eine Exceltabelle erstellen, um hiermit klar zu kommen.

Und Sully wusste das ebenfalls, aber auch wenn er sonst wie ein Faulenzer erschien, war er tatsächlich hier in diesem Augenblick komplett in seinem Element.

In seinen Augen entzündete sich ein Feuer und sein Blick schien sich in meinen zu brennen. Unsere Blicke blieben verbunden, als er die nächste Anweisung gab. „Leck sie, während ich ihren Mund ficke."

Die Wärme hinter mir verschwand Augenblick. Sully allerdings gab mir nicht einmal die Möglichkeit, den anderen Mann anzusehen. Er positionierte sich über mir und legte mich auf die Bank. Dann öffnete der die Hose seines Anzugs.

Sein langer, angsteinflößender Schwanz hing vor meinen Lippen, sprang hin und her, als wäre er wütend, so rot und geschwollen war er.

„Nimm ihn in die Hand und saug daran, als würdest du jeden einzelnen Tropfen Sperma aus meinen Eiern wollen. So, als könntest du nicht genug bekommen. Meine Wichse ist alles, was du jemals haben wolltest, das absolut Einzige, was du je begehrt hast."

Ich zuckte zusammen. Seine Worte alleine hätten mich fast zum Höhepunkt gebracht. Denn er hatte recht: Es war das Einzige, was ich jemals wollte, das Einzige, was ich verdammt noch mal je begehrt hatte, wie hatte der Wichser, wie hatte er—

Er nahm seinen Penis in die Hand und schob ihn in Richtung meiner Lippen.

„Zeig mir, wie sehr du das, weshalb du hergekommen bist, willst. Überzeug mich, dass du es willst."

Seine raue, männliche Stimme, die solch dreckige Anweisungen gab, führte in meinem Gehirn zu einer Art Kurzschluss. Ich weiß nicht, wie ich es ansonsten beschreiben soll. Ich weiß nicht, wieso ich sonst das getan habe, was ich als Nächstes tat.

„Jetzt leck sie so als wäre sie ein Festmahl!"

Mir war nicht klar, dass das nicht an mich ging, bis ein heißer, feuchter Mund sich auf meinen Kitzler legte.

Mein Mund öffnete sich und formte ein überraschtes O. Sully nutzte die Gelegenheit aus und schob sein Glied zwischen meine Lippen.

Einen Augenblick lang drohte der Kontrollverlust mich zu übermannen. Fast wäre ich in Panik verfallen, hätte geschrien, mich gewehrt. Kämpfen oder fliehen. Ich konnte das nicht tun. Ich war raus, ich konnte nicht—

„Hey, so ist es gut. Nimm das, was ich dir gebe. Denk nicht nach. Gib das Denken einfach auf und mach es einfach. Lutsch meinen Schwanz und akzeptiere die schmutzige Hure in dir."

Ich schrie auf. Die Gefühle, das, was mit meinem Körper passierte, es war zu viel—aber...

Dann gab ich nach.

Ich ergab mich.

Ich öffnete den Mund weiter. Nahm so viel von Sully, wie ich konnte, ergriff die dicke Wurzel, wenn auch nur um etwas haben, woran ich mich klammern konnte, sodass ich die Verbindung zur Realität nicht verlor.

Das männliche Knurren der Lust, das meine Reaktion hervorrief, ließ mich auch den letzten Rest gesunden Menschenverstand verlieren.

Plötzlich war alles, was noch vor Sekunden so kompliziert schien, einfach. Klar. So simpel.

Lutsch Sullys Schwanz.

Blas' Sully einen, als wäre es das Einzige von Bedeutung auf dieser Welt. In diesem Moment war es das wirklich. In diesem Augenblick war es so perfekt. Alles fokussierte sich auf dieses eine Objekt. Ich betete ihn an. Ich gab ihm, was er brauchte. Ich machte ihn verrückt, ich brachte ihn zum Kommen.

Bring' ihn dazu, noch einmal dieses Geräusch zu machen. Raub' ihm den Verstand. Saug' an ihm, bis er das fühlt, was er mich fühlen lässt.

Denn der Mund, der auf meinem Kitzler lag—der in meinem Gehirn auch zu Sully gehörte—brachte mich in neue Höhen und entzündete jeden einzelnen Nerv in meinem Körper.

„So ist es gut", ertönte Sullys Stimme gedämpft.

Die Tatsache, dass auch ich etwas in ihm bewirkte, ließ mich geiler werden, als eine Berührung es jemals erreichen konnte.

Ich zog die Lippen noch fester um seinen Schwanz zusammen, drückte so hart ich konnte gegen sein Glied und wurde dann langsamer, als ich die Spitze erreichte. Ich folterte ihn, weil ich mir Zeit ließ, während ich auf der dicken Spitze wippte. Ich saugte so stark ich konnte, versuchte, ihm so viel Druck wie möglich zu geben, während ich mich immer wieder hoch und runter bewegte, bevor ich ihn wieder tief in meinen Rachen abgleiten ließ. Er hatte mich wahnsinnig gemacht. Ich hatte den Verstand verloren und ich würde dafür sorgen, dass ihn dasselbe Schicksal ereilte.

Er fluchte und seine Hand verschränkte sich in meinen Haaren.

Seine Hand fand den Weg an meine Brust und schlug dagegen, während er sich in meinen Mund, meinen Rachen hinab drückte. „Scheiße", murmelte er. „Genauso. Scheiße. Mach' weiter. Jetzt nimm meine Eier."

Das tat ich. Sie fühlten sich an, als könnten sie jeden Augenblick platzen und dehnten seinen Sack. Ich ergriff sie, hob sich hoch, drückte sie gegen ihn. Ich war fest entschlossen, ihm jeden Tropfen zu entlocken.

Ihn befriedigen war eine klare, leichte Aufgabe. Das Einfachste, was ich seit Monaten hatte tun müssen, wahrscheinlich seit Jahren und plötzlich wollte ich es mehr als alles andere.

Die Welle meines eigenen Orgasmus floss durch mich und entzündete meine Haut von innen. Tränen liefen mir über die Wangen, während ich summte und schrie und stöhnte – alles, während Sullys Schwanz noch immer in meinem Mund war.

Und dann, mit einem Schrei, der alles andere im Saal übertönte, schob Sully sich so tief er nur konnte in meinen Rachen und sein Samen fand seinen Weg.

Es war so viel, dass er meinen Rachen und meinen Mund füllte und schließlich aus meinen Mundwinkeln austrat.

Sully zog sein Glied nicht raus. Er glitt hinein und heraus, sah mit Überraschung in seinen feurigen Augen zu mir herab. Er mochte den Anblick seines Schwanzes, das Sperma, das aus meinen Mundwinkeln floss, meinen Hals hinab und auf meine Brüste.

Ich hatte das Gefühl, dass wir wenigstens eine halbe Stunde so verweilten, aber wahrscheinlich waren es nur Minuten gewesen. Schließlich zog Sully ihn heraus, hob seine Beine von der Bank und ich fragte mich, ob es das gewesen war. War dieses Ritual damit beendet?

Die andern Mitglieder schienen viel zu sehr mit ihren eigenen Schwänzen beschäftigt zu sein, als dass sie uns noch irgendwelche Aufmerksamkeit geschenkt hätten. Es waren nur wir beide in dieser kleinen Ecke des Saals. Ich wusste nicht, wohin der andere Mann gegangen war, und es war mir auch egal.

Sully sagte kein Wort. Er streckte die Hand aus und wischte sein glitzerndes Sperma von meiner Unterlippe, bevor er es auf meinen Brüsten verteilte.

Es war fast so, als würde er mich als sein Eigentum markieren.

7

Portia

SO ETWAS HATTE ich noch nie zuvor erlebt. Etwas höchst Intensives, das von der langweiligsten Flaute abgelöst wurde.

Eine halbe Woche nach der atemberaubendsten sexuellen Erfahrung meines Lebens war ich kurz davor, die Wände hochzugehen. Es half nicht gerade, dass mein angeblicher „Partner" in all dem hier sich entschlossen hatte, sich dem Alkohol zuzuwenden.

Einer Flasche nach der anderen.

Ich hatte das Gefühl, dass er an keinem Abend, seit er mir das Halsband umgelegt hatte und wir die Treppe hinabgestiegen waren, auch nur annähernd nüchtern gewesen war... Ich drückte meine Handrücken gegen meine geröteten Wangen. Er hatte sich jedenfalls seither um nichts gesorgt.

Manchmal verließ er das Zimmer nicht einmal für das

Essen. Das hieß, dass *ich* hier mit ihm eingesperrt war. Das Allmächtige Handbuch besagte nämlich, dass die Frauen die Zimmer nicht verlassen durften, es sei denn, der Anwärter war an ihrer Seite. Das war einfach nur sexistischer Schwachsinn. Ich war eine Gefangene, wenn Sully nicht zustimmte, mit mir raus zu gehen. Selbst mit *Hunden* geht man regelmäßig raus!

Und ich konnte schwören, dass ich verrückt werden würde, wenn ich diese vier Wände noch weiter ansehen musste.

Ich war bisher nett gewesen. Ich hatte ihm Zeit und Raum gegeben, um... nun, womit auch immer reiche privilegierte Schnösel wie er klarkommen mussten. Aber es reichte einfach. Ich fühlte mich wie eine Zimmerpflanze. Ich brauchte allerdings wenigstens genug Sonnenlicht und Vitamin D, um wirklich zu erblühen.

Ich ging hinüber zu den Vorhängen und zog sie auf. Das Licht des späten Vormittags durchflutete den Raum.

„Aufstehen", rief ich voller Elan.

Sully stöhnte, zog die Decke über den Kopf und vergrub diesen augenblicklich im Kissen.

Ich hatte bereits die Decken und Kissen aufgehoben, auf denen ich vor dem bodentiefen Fenstern schlief, aber trotzdem war das Bett im selben Zustand von Chaos wie sonst auch.

Er hatte am ersten Tag förmlich alles auseinandergenommen und Mrs. Hawthorne verboten, es wieder in Ordnung zu bringen.

„Komm schon", forderte ich ungeduldig. „Kein Ausschlafen für reiche, verwöhnte Jungs. Los! Einige von uns interessiert es, ob sie gesund und in Form bleiben." Und vor allem, ob sie endlich aus diesem stickigen Zimmer herauskommen.

„Geh wieder schlafen", war die unhöflich gestöhnte Antwort, die ich bekam.

Mein Gott, war das sein Ernst? „Aber es ist schon zehn Uhr und du hast bisher nichts weiter getan, als hier zu liegen", sagte ich tadelnd. „Willst du so dein gesamtes Leben verbringen? Oder sollte ich besser sagen: *Verschwenden?*", fügte ich leise hinzu.

Wenn ich zu Hause wäre, hätte ich bereits allen Frühstück gemacht, Mittagessen vorbereitet und die Wäsche vom Vorabend gefaltet und verstaut.

Ich hatte versucht, letzte Nacht lange wach zu bleiben, damit ich Sully davon abhalten konnte, zu viel zu trinken, damit der heutige Tag vielleicht etwas anders sein könnte als die anderen Tage, aber ich hatte es nicht geschafft.

Ich war zu sehr daran gewöhnt, um halb zehn, spätestens um zehn, erschöpft ins Bett zu fallen.

Sully war zu dieser Zeit bei seinem vierten Glas gewesen. Die Flaschen, die allerdings auf dem Boden vorm Bett standen, ließen darauf schließen, dass er von Gläsern auf Flaschen umgestiegen war.

War er wirklich einfach ein Alkoholiker oder wollte er es auf Teufel komm raus vermeiden, eine echte Unterhaltung mit mir zu führen?

Egal, was es war, es musste sich etwas ändern. Mein Körper fühlte sich nicht gut an. Ich kam nicht damit klar, keine Routine zu haben. Streckenweise fühlte ich mich müde und niedergeschlagen und manchmal war ich voller Energie, hatte allerdings keine Möglichkeit, diese loszuwerden.

Gestern hatte ich stundenlang Solitär gespielt. Das war jedoch keine wirklich gute Ablenkung, denn in jeder freien Minute dachte ich weiter nur an die Mädchen zu Hause.

Tanya fühlte sich schnell überfordert, wenn sie Verantwortung übernehmen musste. Ich war mir nicht sicher, inwieweit Reba ihr würde helfen können, und LeAnn war einfach noch viel zu jung. Okay, vierzehn war nicht superjung. Als ich so alt war, war ich schon eine Art kleine Mama – zumindest ging ich meiner Mutter zur Hand. Aber alle von uns hatten sich so sehr bemüht, LeAnns Kindheit zu bewahren, deshalb war sie noch deutlich kindlicher, als jede andere von uns in ihrem Alter gewesen war.

Als mein Vater noch zu Hause gewesen war, hatte er sehr strikte Vorstellungen gehabt, was die Rolle einer Frau und die eines Mannes anging. Er verdiente das Geld und als Gegenleistung hatten wir dafür zu sorgen, dass er in ein gemütliches, schönes Zuhause zurückkehrte. Das war das wenigste, was wir tun konnten, weil wir alle es gewagt hatten, Mädchen zu sein und es keine Jungen gab, die den Namen der Familie und ihr Erbe forttragen würde.

Ha. Welches Erbe? Es schien ja so, als würden „echte Männer" einfach zum Teufel verschwinden, wenn es mal schwer wurde.

Ich warf Sully einen angeekelten Blick zu. Wie oft hatte ich meinen Vater genau so gesehen? Ein Mann, der so viel mehr hätte sein können—es aber nicht war. Ich glaubte, dass ich meinen Vater noch mehr dafür hasste. Zu wissen, dass er hätte da sein *können*, wenn er auch nur ein bisschen Energie investiert hätte und den Charakter, den er schon vor langer Zeit verloren zu haben schien, damals als er noch der Mann war, in den meine Mutter sich einst verliebt hatte.

Ich kannte die Männer. Und ich war eine Idiotin dafür, dass ich dachte, ich konnte mich in der Nähe von Sullivan VanDoren auch nur das kleinste bisschen entspannen oder mich ihm gar öffnen.

Fest entschlossen ergriff ich seine Bettdecke und zog

daran. Zu meiner großen Freude hatte ich die gesamte Decke in der Hand.

Ha, nimm *das*!

„Was zur Hölle?", schrie Sully und legte die Hand auf die Augen, um diese vor dem hellen Sonnenlicht zu schützen. „Gib die zurück oder du wirst es bereuen."

Ich machte einen Schritt nach hinten und stolperte dabei, sodass ich auf dem Boden landete. Von meiner neuen Position konnte ich plötzlich unter das Bett sehen. Meine Augen wurden rund, als ich in der hintersten Ecke eine Kiste entdeckte. Eine Kiste mit noch mehr Alkohol.

Nachts, wenn ich mein Lager am Boden aufschlug, war es immer stockdunkel unter dem Bett, aber jetzt, wo der Raum von Licht durchflutet war, konnte ich alles sehen. Da stand eine Kiste mit edlem Bourbon und daneben einige weitere Flaschen Whiskey und Wodka.

„Verdammter..." Ich ließ Sullys Decke los und er nahm sie auf der Stelle wieder an sich. Über mir knarrte das Bett und vor meinem inneren Auge sah ich ihn sich wieder umdrehen und einkuscheln. Er begann fast im selben Moment abermals zu schnarchen.

Was mich wirklich fuchsteufelswild machte.

Er dachte, dass er diese Monate einfach betrunken durchstehen konnte, während ich stocknüchtern war?

Aber auf gar keinen Fall, mein Freund.

Als sein Schnarchen rhythmischer und tiefer wurde, schob ich mich so weit unter das Bett, dass ich an den Griff der Kiste kam. Ich suchte mit einem Fuß Halt an der Wand und schaffte es irgendwie, sie herauszuziehen, obwohl sie unglaublich schwer war. Die Flaschen klirrten laut aneinander.

Ich war sicher gewesen, dass ich Sully damit aufwecken würde, aber er schnarchte weiter.

Ich versuchte das manische Lachen in mir zu unterdrücken.

Nachdem ich die letzte Kiste ans Tageslicht befördert hatte, machte ich mich an die einzelnen Flaschen. Dann stelle ich alle in einer Reihe auf und öffnete das Fenster.

Als alles bereit war, schrie ich, so laut ich konnte: „Sully! Wach auf, oder ich schmeiß es alles raus!"

Sully fuhr aufgrund meines hohen, lauten Ausbruchs hoch. Seine Augen waren wegen des hellen Tageslichts zusammengekniffen. Er war im Begriff, sich wieder umzudrehen und mich zu ignorieren, als ich zwei der Flaschen nahm und sie laut aneinanderschlug.

Das war offensichtlich ein Geräusch, das er gut kannte, denn ich hatte endlich seine Aufmerksamkeit. Er schob die Decke zur Seite und setzte sich auf. Er sah verwirrt aus, was wirklich niedlich war und irgendwie auch unglaublich sexy, denn sein Bart war deutlich älter als drei Tage.

Er ist nicht sexy, er ist dein Feind, versuchte ich mich selbst zurechtzuweisen. Sein wütendes Knurren allerdings holte mich schnell in die Realität zurück.

„Was zur Hölle glaubst du, was du da tust?"

Ich sah hinab auf die große Kiste, die ich auf der schmalen Fensterbank des geöffneten Fensters balancierte. Auf der Kiste lagen die Flaschen, die einzeln unterm Bett gestanden hatten.

„Ich denke, es ist an der Zeit für eine neue Regel: Kein Alkohol."

Sully richtete sich auf. Plötzlich war sein Blick deutlich klar. Klar und dunkel und wütend. Ein Schauer lief meine Wirbelsäule hinab. Ich lächelte und hielt eine der Flaschen in die Luft. Ich hatte den Deckel bereits abgedreht und drehte sie nun auf den Kopf.

Die bernsteinfarbene Flüssigkeit lief aus der Flasche

und traf auf das Gras am Boden. Es sah im Sonnenlicht wirklich wunderschön aus.

„Hör auf damit!" Sully Gesichtsausdruck spiegelte die Panik in seiner Stimme wider. Er streckte die Hand aus, fast so, als könne er damit den Whiskey auf seinem Weg hinab aufhalten.

„Bist du bereit, die Verhandlungen aufzunehmen?"

Aber Sullys Ausdruck wurde nur noch dunkler. „Ich führe keine Verhandlungen mit Terroristen."

Ich zuckte mit den Schultern. „Das ist okay für mich. Ich bin nämlich der Ansicht, dass sie niemals hätten zulassen sollen, dass dieser Alkohol überhaupt in dieses Zimmer kommt."

Und mit diesen Worten und einem schnellen Blick hinab, um sicherzugehen, dass weder ein Gärtner noch sonst irgendjemand sich unter dem Fensteröffnung befand, schubste ich die Kiste aus dem Fenster und warf die beiden anderen Flaschen hinterher.

Auf dem Rasen unter uns entstand eine fantastische Explosion aus Glas, Flüssigkeit und Holz. Ich grinste und war unglaublich zufrieden mit mir selbst.

Nun, ich war unglaublich zufrieden, bis ich zurück zu Sully sah und seinen dunklen, rasenden Ausdruck wahrnahm.

„Das wirst du bereuen, Kleine!"

8

Sully

ERWÜRGEN ODER FICKEN.

Das eine oder das andere würde ich mit der Frau vor mir tun.

„Hast du den Verstand verloren?", entfuhr es mir. So wie Gott mich geschaffen hatte, stand ich vom Bett auf und es war mir vollkommen egal, dass mein Schwanz für alle Welt sichtbar war. „Hast du irgendeine Vorstellung davon, wie viel das, was du gerade aus dem Fenster geworfen hast, gekostet hat?"

Sie zuckte mit den Schultern, so als hätte sie nichts getan, was überhaupt erwähnenswert wäre. „Ich bin mir sicher, dass du dir das leisten kannst, reicher Schnösel." Sie ging an mir vorbei und es schien, als würden weder meine Wut noch meine Nacktheit sie in irgendeiner Weise beeindrucken. „Vielleicht kannst du jetzt etwas mehr tun, als dich einfach besinnungslos zu trinken."

„Erstens, Prinzessin", erklärte ich, während ich mich

entspannt an das Bett lehnte und die Arme vor der Brust verschränkte. „Gibt es in dieser Villa mehr als genug Alkohol. Ich mache mir wenig Sorgen darüber, dass ich auf dem Trockenen sitzen werde." Ich war stinkwütend, aber ich wollte ihr nicht zeigen, wie wütend ich tatsächlich war. Ich wollte nicht, dass sie wusste, dass sie mit dieser Aktion mein Blut zum Kochen gebracht hatte. Ich musste cool und gefasst wirken.

Sie atmete tief ein und ich beobachtete, wie ihre Schultern sich hoben und senkten. Kein einziges Wort verließ ihren Mund, aber ihre Augen verrieten vieles.

„Fick dich, du Wichser."

„Ich habe wirklich versuchte, nett zu dir zu sein", erklärte ich, während ich einen Schritt auf sie zu machte.

Sie lachte laut: „Nett? Das nennst du nett?" Sie lachte erneut. „Dann würde mich wirklich interessieren, wie es aussieht, wenn du dich wie ein Arsch verhältst."

„Du hast nicht die leiseste Vorstellung davon, wozu ich fähig bin. Das kannst du mir glauben."

„Ehrlich gesagt", begann sie, während sie die Hände in ihre Seiten drückte. „Wäre mir das wahrscheinlich lieber als das, was ich bisher gesehen habe. Bisher bist du nur bemitleidenswert."

"Du hast einfach keine Ahnung, wann du diesen hübschen Mund halten solltest." Ich machte einen weiteren Schritt auf sie zu. „Ich glaube, es ist an der Zeit, dass wir beide mal über die Regeln hier sprechen. Du bist jetzt in meiner Welt. Gehörst mir. Es ist klar an der Zeit, dass du etwas darüber lernst."

„Hör auf", entfuhr es ihr, als sie einen Schritt zurück in Richtung der Sessel vor dem Kamin machte. „Komm nicht näher." Ihr Blick fiel auf mein Glied. „Und zieh dir etwas an."

„Wann verstehst du endlich, dass du hier nicht diejenige bist, die irgendwelche Befehle gibt? Du hast nicht die Kontrolle, meine Liebe." Ich erreichte sie, ergriff ihren Arm und zog sie hinüber zum Bett. Nachdem ich sie auf dieses geworfen hatte, stieg ich auf sie, hob ihre Arme über den Kopf und fixierte sie dort.

Sie wehrte sich gegen mich und schrie, aber das Gewicht meines Körpers reichte, um jeden ihrer Fluchtversuche im Keim zu ersticken.

„Geh von mir runter", rief sie, während sie sich unter mir windete, ihren Kopf von links nach rechts schlug.

„Oder was?"

Ich mochte es, ihr zu zeigen, dass sie in dieser Situation keinerlei Kontrolle hatte. Sie konnte absolut nichts tun, um mich loszuwerden und sie war definitiv nicht diejenige, die hier etwas zu sagen hatte.

Das war ich.

„Ich denke, es ist an der Zeit, dass ich dir eine Lektion erteile. Eine echte Lektion. Du hast keine Macht. Nicht das kleinste bisschen." Ich ergriff beide Handgelenke mit nur einer Hand und begann mit der anderen, ihre Hose hinabzuschieben.

Wieso sollte *ich* der Einzige sein, der hier nackt war?

„Was machst du? Hör auf damit?" Sie versuchte erneut, sich zu befreien und auch wenn sie nicht gerade schwach war, war ich doch stärker.

„Ich denke, es ist Zeit für den Frühsport. Du bist die, die schließlich jeden Tag Sport machen möchte... nun jetzt bin ich dafür bereit."

„Geh sofort runter von mir! Auf der Stelle."

„Gerne", erklärte ich. „Das wird alles für mich noch einfacher machen."

Ich zog grob an ihr und riss ihre Hose zeitgleich herunter. All das passierte so schnell, dass Portia keine Chance hatte, sich in irgendeiner Form zu wehren. Ich hielt gerade lange genug inne, um ihren Tanga aus Spitze zu bewundern, aber auch der musste weg.

Ich drückte sie gegen die Wand, um es mir einfacher zu machen, sie auszuziehen und dominierte sie. Zugegeben, ihr Widerstand brachte mich ganz schön zum Schwitzen, allerdings war ich ein Mann mit einer Mission. Meine Mission war, sie sämtlicher Kleidung zu entledigen.

„Das kannst du nicht machen", kreischte sie, als ich endlich ihren BH aufbekommen und auf den Boden geworfen hatte.

„Es scheint, als könnte ich das sehr wohl tun", erklärte ich, ein wenig atemlos von der Anstrengung.

„Das hier ist kein Ritual. Ich muss es nicht mit dir tun. Die Ältesten sehen uns nicht zu. Nicht in diesem Zimmer! Ich sagte: Nein und—"

„Ich habe nicht gefragt", knurrte ich, als sie endlich nackt war und ich sie abermals fixierte. Ihre Hände hatte ich wieder über ihren Kopf gehoben und ich schob meinen harten Schwanz über ihre glatte Haut.

Gott, ich wollte sie wirklich ficken. Aber ich hatte einen anderen Plan.

„Du bist eine Göre, Portia Collins. Ich werde dir zeigen, was mit Mädchen wie dir passiert. Du spielst jetzt bei den Großen mit und du wirst bald verstehen, warum ich ein Mann bin, mit dem man sich besser nicht anlegt."

Sie riss ihr Knie nach oben, verpasste meine Eier aber glücklicherweise trotz ihres gezielten Angriffs. Ich schob ihre Beine auseinander und platzierte mich sicher zwischen ihren Schenkeln, dann drückte ich mich komplett gegen sie. Mein Griff um ihre Handgelenke wurde ein wenig fester und meine Lippen fanden den Weg an ihren Hals, wo ich zubiss. Ich hatte entschieden, dass nichts besser wäre, als mein Zeichen auf ihrer makellosen Haut zu hinterlassen. Ich begann zu knabbern, lecken, saugen und sie zumindest optisch als meinen Besitz zu kennzeichnen.

„Du bist ein besoffenes Arschloch!", sagte sie, ohwohl ihr Widerstand aufgehört hatte, als ich angefangen hatte, an ihr zu knabbern.

„Und du bist nur nervig und hinter dem Geld her. Wir sollten also beide unsere Ehrentitel für alle sichtbar tragen." Ich hinterließ weiter meine Spuren an ihren Hals. Mir gefiel die Vorstellung, dass sie vorerst, wann immer sie in den Spiegel sah, meine Markierungen an sich entdecken würde.

„Ich bin nicht hinter dem Geld her", sagte sie.

Ich ließ von ihr ab und sah ihr in die Augen. „Ich schäme mich für dich, Prinzessin. Ich hätte nicht gedacht, dass du eine Lügnerin bist." Ihre Lippen waren so nah und ich wollte sie unglaublich gerne küssen. Schnell schüttelte ich den Gedanken ab und schob ihn darauf, dass ich kurzzeitig den Verstand verloren hatte.

„Ich bin keine Lügnerin", warf sie ein. „Du weißt rein gar nichts über mich."

„Und du weißt nichts über mich", entgegnete ich. „Trotzdem hast du das Gefühl, dass du mit deinem Krönchen dastehen und jeden Tag aufs Neue ein Urteil über mich fällen kannst. Und du machst mir tatsächlich noch Vorwürfe, weil ich meinen Kummer im Alkohol ertränke?"

„Fein", entfuhr es ihr. „Lass mich los und ich lass dich ab jetzt in Ruhe. Du bleibst auf deiner Seite des Zimmers und ich auf meiner."

Ich kicherte. „Dafür ist es zu spät. Du bist zu weit gegangen. Ich habe dich gewarnt, dass du deine Tat bereuen würdest und ich stehe zu meinem Wort. Ich mache keine leeren Drohungen."

„Ich werde schreien", drohte sie mir.

Mit einem Lächeln erklärte ich ihr: „Oh, ich hoffe, dass du das tust."

Meine Hand hatte sich auf ihre Pussy gelegt und umschloss sie förmlich. Sie atmete hörbar ein und ihre Augenlider begannen zu flattern, was dazu führte, dass auch mein Schwanz zuckte, der nun für mehr bereit war.

„Als du dich letztens gegen ein Mitglied des Ordens des Silbernen Geistes gewehrt hast, hättest du es wirklich für uns beide versauen können. Wenn er einer der Ältesten gewesen wäre oder er uns hätte Ärger machen wollen, dann hätten wir beiden die Konsequenzen, die sie sich ausgedacht hätten, getragen. Wir hätten sogar vom Aufnahmeritual ausgeschlossen werden können. Ich weiß nicht, wie es um dich steht, Süße, aber ich mache das hier sicher nicht aus Spaß. Diese Hölle ist bestimmt nicht meine Vorstellung vom Paradies. Wir sind beide hier, weil wir ein Ziel verfolgen und nur weil du so eigenwillig bist, wirst du es nicht für mich ruinieren."

Ich schlug auf ihre Muschi und ließ dann einen Finger in sie gleiten. Ich schob ihn langsam hinein und zog ihn wieder heraus. Sie schrie auf, aber sie wehrte sich in keiner Weise gegen mich.

Ich ließ ihre Handgelenke, die ich noch immer über ihrem Kopf fixiert hatte, los und benutzte meine jetzt frei gewordene Hand, um ihre Brust zu liebkosen, während ich sie mit den Fingern fickte, um sie dazu zu bringen, sich zu unterwerfen. Ich konnte das Feuer in ihren Augen weiter brennen sehen, aber sie versuchte nicht länger, sich gegen mich zu wehren.

„Du bist feucht", stellte ich fest. Es gefiel mir, wie schnell ihr Körper auf meine Berührungen reagierte. „Du tropfst."

Sie entgegnete nichts, schloss einfach die Augen und

öffnete die Lippen einen kleinen Spalt. Ihre Muschi zog sich um meine Finger zusammen, während sie immer schneller atmete.

„Möchtest du auf meiner Hand kommen, Prinzessin? Meine Finger mit deinem Saft bedecken?

Sie schnappte nicht mehr nach Luft, sondern stöhnte, während sie sich gegen meine Finger drückte, die noch immer in sie stießen. Ich fügte einen zweiten Finger hinzu und hörte dann auf, die Hand zu bewegen. Ich benutze sie wie eine Schere und schob ihr Loch auseinander, während ich dafür sorgte, dass ihr Verlangen mich vollkommen einhüllte. Als ich meine Finger aus ihr zog, stöhnte sie vor Enttäuschung.

„Hör nicht auf", flüsterte sie. „Mach weiter."

Ich drehte sie um, sodass sich ihre Brüste gegen die Wand drückten und schlug ihr fest auf den Hintern. „Du hast hier nicht die Kontrolle, Portia. Du sagst mir nicht, was ich zu tun und zu lassen habe. Das ist eine Einstellung, die dir Ärger bereiten wird und mich dazu zwingt, hinter dir herzuräumen." Ich ergriff ihre Haare und zog ihren Kopf ruckartig nach hinten. „Leg deine Hände gegen die Wand."

Ohne Zögern leistete sie meiner Anweisung Folge. Ich hielt noch immer ihre Haare fest, versohlte ihr den Hintern und war fasziniert davon, wie sie es schaffte, die ganze Zeit über die Haltung zu bewahren.

Es machte mir nichts aus, gegen sie zu kämpfen, aber ich liebte es wirklich, wenn sie sich ergab.

Ich nutzte es aus, dass meine Finger noch immer von ihrem Saft bedeckt waren, so schob ich sie in Richtung ihres Hinterns und drückte fest. Ich glitt nicht ganz hinein, aber der Druck war genug, dass sie zweifelsohne wusste, was ich im Schilde führte. Portia spannte sich an, aber sie blieb in Position.

Ich zog an ihren Haaren und mein Finger glitt noch weiter in ihren Hintern. Sie wimmerte, aber sie wehrte sich nicht. Zentimeter für Zentimeter glitt mein Finger in sie, bis ich schließlich tief in ihrem Arsch steckte.

„Zeit für uns, unseren morgendlichen Spaziergang zu absolvieren", verkündete ich in dem Moment, als ich ihre Haare losließ.

Alles, was ich gebraucht hatte, um mein Haustier unter Kontrolle zu bringen, war ein Finger, der tief in ihrem engen kleinen Arschloch steckte.

„Sully...", entfuhr es ihr atemlos.

„Lass uns hinüber zum Fenster gehen und schauen, was du angerichtet hast." Ich drückte sie mit meiner Hand nach vorne, damit mein Finger noch tiefer in sie hineinglitt. Der Winkel, den ich dabei ausnutze, war wie der eines Hakens, sodass ich die komplette Kontrolle über ihren Körper besaß.

Vorsichtig begann Portia in Richtung des Fensters zu gehen. Ihre Bewegung hatte dazu geführt, dass mein Finger noch tiefer in sie geglitten war, weshalb sie nun auf Zehenspitzen dastand. Sie hielt allerdings nicht inne, sondern ging weiter hinüber zum Fenster.

„Genauso. Geh weiter", lobte ich sie und genoss den Anblick ihrer Arschbacken, die sich an mein Handgelenk schmiegten, während sie langsam hinüberging. „Schauen wir uns an, was du Frechdachs mit dem Garten von Oleander gemacht hast. Ich bin mir sicher, dass die Angestellten dich jetzt wirklich gerne haben."

„Es tut mir leid", verkündete sie, während ich sie gegen das Glas des Fensters drückte, damit sie hinabsehen konnte. „Ich wollte nicht, dass jemand anders sich um meinen Dreck kümmern muss."

„Vielleicht sollte ich dich zwingen, es wegzuputzen,

während mein Finger noch tief in deinem Arsch steckt", schlug ich vor.

Sie versteifte sich, blieb jedoch still.

Ich zog meinen Finger hinaus, nur um ihn wieder hinein zu stoßen und begann dann, ihren Hintern mit meinem Finger zu erobern. Die Laute, die sie machte, brachten mich in Versuchung, anstatt meines Fingers meinen Schwanz zu verwenden, aber ich durfte nicht aus den Augen verlieren, worum es an diesem Morgen tatsächlich ging.

Portia Collins musste die Kontrolle verlieren.

„Lass uns einige Regeln besprechen", begann ich. „Die erste Regel ist: Der Morgen ist tabu. Wenn du mich einigermaßen ausschlafen lässt und aufhörst, Krach zu machen, bevor die Sonne überhaupt aufgegangen ist, dann verspreche ich dir, dass ich aufstehen werde und wir beide joggen gehen. Die zweite Regel ist, dass du aufhören wirst, auf dem verdammten Boden zu schlafen. Ich mag vielleicht ein Arschloch sein, aber meine Erziehung zu einem Gentleman der Südstaaten schlägt wirklich durch und ich hasse es, wenn du dort schläfst. Deshalb wirst du mit mir im Bett schlafen, egal was du darüber denkst. Die dritte Regel ist, dass du aufhören wirst, wegen allem mit mir zu streiten. Ich kenne mich in dieser Welt aus. Ich hasse sie, aber ich verstehe sie. Du tust das nicht. Du wirst mir vertrauen müssen. Wenn ich dir also sage, dass du springen sollst, dann wirst du einfach fragen, wie hoch. Noch Fragen?"

Sie schüttelte den Kopf und legte ihre Handflächen gegen die Scheibe, um das Gleichgewicht zu erlangen, während mein Finger noch immer im selben Rhythmus den Weg in ihr kleines, enges Loch nahm.

Während ich ihren Hintern weiter mit dem Finger nahm, lehnte ich mich nach vorne zu ihrem Ohr und sagte:

„Wir werden das hier nur überstehen, wenn du die Rolle der lieben kleinen Südstaatenschönheit spielst. Das magst du wahrscheinlich nicht sonderlich, aber du triffst hier nicht die Entscheidungen." Ich schob einen zweiten Finger an die Seite des ersten, was sie zum Schreien brachte. „Haben wir uns verstanden?"

„Ja. Ja." Sie nickte, während ihr Atem schnell ging.

„Wenn du das nächste Mal meine Geduld herausforderst oder einen Streit anzettelst, dann wird nicht mein Finger in deinem Hintern sein, sondern etwas deutlich Größeres. Verstanden?"

Sie nickte abermals, aber das war nicht die Antwort, die ich hören wollte. Ich stieß die Finger tiefer in sie hinein.

„Ja", kreischte sie und ging auf die Zehenspitzen, während sie antwortete: „Ich werde von jetzt an die perfekte kleine Südstaatenschönheit sein."

„Innerhalb dieser Mauern haben die Männer das Sagen. So ist es einfach. Ist das krank? Ja. Aber so war es schon immer und wenn du glaubst, dass du kleine freche Blondine das ändern wirst, bist du naiv." Ich zog langsam die Finger hinaus und schob sie dann ohne große Anstrengung zurück.

„Ohhh", stöhnte und schrie sie gleichzeitig. „Das tut weh! Das ist zu viel. Du dehnst mich zu weit."

„Gut. Vielleicht erinnerst du dich dann beim nächsten Mal daran, dass ich hier die Entscheidungen treffe." Ich nahm ihren Hintern weiterhin mit zwei Fingern. Ich genoss ihr Stöhnen, ihr Flehen und die Laute, die sie von sich gab. „Also, beantworte noch einmal die Frage. Wer hat in dieser Villa das Sagen?"

„Die Männer", entgegnete sie leise und gehorsam.

„Braves Mädchen!", lobte ich und zog meine Finger aus ihrem Hintern.

Ich kämpfte gegen das Verlangen an, sie über das Bett zu beugen und zu ficken. Ich kam jedoch zu dem Schluss, dass die Strafe effizienter sein würde, wenn ich sie hängen ließ. Sie würde keinen Orgasmus bekommen und ich hoffte, dass sie das in den Wahnsinn treiben würde. Es kostete alle Entschlossenheit in mir, in das Bad zu gehen, die Tür hinter mir zu schließen und die Dusche anzustellen.

Eiskalt natürlich.

9

Portia

SCHEIßE, sie würden mich jeden Augenblick eingeholt haben. Ich musste mich beeilen.

Ich musste *rennen*. Ich musste *schnell rennen*. Schneller als ich je zuvor in meinem Leben gerannt war.

Denn während des Abendessens war eine weitere Einladung gekommen. Sullys Gesicht war in dem Moment, in dem er sie gelesen hatte, kreidebleich geworden, was ich nicht gerade als gutes Zeichen deutete.

„Fuchsjagd", schaffte er es irgendwie zu murmeln, bevor ich ihm die Einladung aus seiner Hand riss und die große weiße Schachtel an mich nahm, die zusammen mit der Einladung gekommen war.

Darin war ein lederner Umhang, der roch, als wäre er hundert Jahre alt und an dessen Kapuze ein ausgestopfter Fuchskopf mit Glasaugen angebracht worden war.

Oh, aber das war natürlich noch nicht alles, was ich in

der Kiste gefunden hatte. Natürlich war es das nicht. Nicht bei diesen sadistischen Bastarden.

Es gab weiterhin einen plüschigen, weichen, kleinen, roten Fuchsschwanz—der an einem Buttplug befestigt worden war.

Immerhin sah *dieser* aus, als wäre er neu, denn er war noch immer in seiner Verpackung. Aber was zur Hölle?

„Die erwarten doch nicht wirklich von mir—", fing ich an. Dann allerdings traf mein Blick auf Sullys ernsthaften Ausdruck.

„Doch, genau das haben sie vor."

Wir mussten noch ein paar Stunden warten, bevor die eigentliche Fuchsjagd beginnen würde—oder hätten wir es tatsächlich besser Menschenjagd nennen sollen? Hatte ich in der Junior-High School nicht mal etwas über so etwas gelesen? *Das grausamste Spiel?* So etwas sollte eigentlich gar nicht mehr erlaubt sein.

Man konnte nicht zum Spaß Jagd auf Menschen machen!

Aber jetzt, als ich durch das Dickicht floh und darauf achtete, dass ich am Waldrand blieb, musste ich wohl oder übel zugeben, dass ich falschgelegen hatte. Selbst während ich rannte, spürte ich, wie mein Hintern immer wieder den Buttplug drückte, der sicher in mir war. Lieber Gott, das war das Letzte, worauf ich mich gerade konzentrieren sollte.

Denn offenbar konnten Menschen *tatsächlich* aus Spaß Jagd auf andere machen und taten das auch. Es war egal, wie sie es verpacken wollten und ob sie mich als unmenschlichen Fuchs darzustellen versuchten.

Das Bellen der Hunde in der Ferne sorgte dafür, dass ich überall am Körper Gänsehaut bekam. Und noch mehr Gänsehaut.

Es war Januar und selbst in Georgia kann es im Winter

eiskalt werden. Ich konnte meinen eigenen Atem in der Luft vor meinem Gesicht sehen. Mal abgesehen von dem Umhang und dem Buttplug war natürlich keine weitere Kleidung in der Schachtel gewesen.

Man hatte mir nicht einmal erlaubt, *Schuhe* anzuziehen.

Inzwischen konnte ich meine Zehen nicht mehr fühlen und ich war gerade einmal zwanzig Minuten hier draußen gewesen. Einer der Ältesten hatte mir mit einem gemeinen, unangenehmen Lächeln versichert, dass mir die Temperatur nichts ausmachen würde, als ich danach fragte. Er versicherte mir, ich würde geschnappt und geblutet werden, bevor eine Unterkühlung bleibenden Schaden hinterlassen würden. Die Art und Weise, wie er dabei seine Hände gewunden hatte, ließ mich glauben, dass er hoffte, der Glückliche sein zu können, der mich erhaschen würde.

Was auch immer dieses verdammte „geblutet" heißen sollte. Mir war die Definition nicht mitgeteilt worden und wenn ich ehrlich war, wollte ich es auch nicht wissen. Tatsächlich versuchte ich gegenwärtig keinen Gedanken daran zu verschwenden.

Ich hatte angefangen zu fragen, wie ich „gewinnen" konnte—indem ich es bis zum Morgen aushielt oder—

Aber Sully hatte mit dem Kopf geschüttelt und als Warnung mein Handgelenk ergriffen. Da hatte ich es verstanden. Das hier würde niemals ein faires Spiel sein. *Ich* hatte keine Chance zu gewinnen. Ich konnte dieses Spiel nur verlieren—indem ich geschnappt und „geblutet" wurde.

Bei dem Spiel ging es darum, herauszufinden, welcher der starken, großen Männer mich schnappen konnte und als Trophäe für die Nacht behalten durfte.

Mir war schlecht.

Besonders jetzt, während ich hier um mein Leben rannte, während mir das Gebell der Hunde und der lange

Ton des Horns folgten, der mir signalisierte, dass meine zwanzig Minuten Vorsprung nun verstrichen waren.

Scheiße! Ich war noch nicht da, wo ich sein wollte.

Denn ich wusste etwas, was diese großen, bösen Männer, die mich auf ihren Pferden jagten, nicht wussten: Dieser kleine Fuchs hatte ebenfalls einige Tricks auf Lager.

Ich wendete mich den Bäumen zu und riss mir den stinkenden Umhang vom Körper. Angeblich war das ja eine Nettigkeit, die meine zarte Haut vor den rauen Temperaturen schützen sollte.

Aber ich war gewarnt worden. In Wahrheit war das Leder *präpariert* worden, sodass es noch mehr roch und somit handelte es sich um einen Wegweiser für die Bluthunde, die für die Jagd abgerichtet worden waren.

Als wäre diese ganze Angelegenheit nicht sowieso schon unfair—Diverse Mitglieder des Ordens, die verdammt noch mal mit Pferden unterwegs waren, um ein einziges Mädchen, das nackt und barfuß durch die Wälder irrte, zu fangen.

Aber nein, sie wollten uns „Füchse" auch noch dadurch in die Irre führen, dass sie uns den Umhang gaben, der offensichtlich ein Teil der Tradition war und dafür da, dass wir uns weniger nackt fühlten. Natürlich war er in Wahrheit einfach nur eine Falle, die es ihnen leichter machen würde, uns schneller zu finden, weil sie ihn eingesprüht hatten, ohne uns das mitzuteilen.

Meine Wut wegen der gesamten Situation führte dazu, dass meine Bewegungen noch schneller und fokussierter wurden.

Ich bearbeitete einen kleinen Bereich und gab mir Mühe, den Umhang an jedem einzelnen der Bäume zu reiben.

„Aua", zischte ich. *Mist.* Ich war in der Dunkelheit auf

einen weiteren Zweig getreten und das tat dank meiner blanken Fußsohlen *unglaublich* weh. Ich versuchte so vorsichtig wie möglich zu sein, während ich, nun, während ich durch den Wald floh.

Konzentrier dich. Reg dich nicht über das auf, was nicht in deiner Kontrolle ist. Das war schon mein ganzes Leben lang mein Mantra gewesen oder nicht? Inzwischen sollte ich das wirklich in Perfektion beherrschen. Ich biss auf die Innenseite meiner Wange, um dem Schmerz in meinem Fuß entgegenzuwirken und knüllte den heimlich präparierten Umhang zusammen. Dann warf ich ihn so hoch die Kiefer, unter der ich stand, hinauf, wie ich nur konnte.

Er fiel wieder hinab auf meinen Kopf. Eine Sekunde lang blicket ich ihn wütend an. Dann warf ich ihn erneut, diesmal mit noch mehr Kraft. Er blieb in den Ästen hängen. *Gott* sei Dank. Wobei ich bezweifelte, dass Gott mit der Situation, in der ich mich gegenwärtig befand, sonderlich viel zu tun hatte.

Ich warf einen Blick hinauf, aber wie ich gehofft hatte, verschwand der Umhang in der Dunkelheit, die die Äste umgab und den dunklen Nadeln.

Dann rannte ich so schnell ich konnte hinüber zum See. Den Buttplug konnte ich bei jedem meiner Schritte fühlen. Es war fast unmöglich, mit einem recht großen Buttplug im Hintern zu sprinten und das verdammte Teil nicht zu fühlen.

Dass ich auf den See zusteuerte, hieß, dass ich diagonal zurück in die Richtung lief, aus der ich nun die donnernden Hufe der Pferde vernahm. Das hier war verrückt. Das war komplett irre. Ich war komplett irre. Was dachte ich mir dabei? Das war ein vollkommen wahnsinniger Plan.

Es war der einzige Plan.

Ich rief mir wieder ins Gedächtnis, dass sie mich *bluten* wollten...

Scheiße. Ich drückte die Pobacken um den Buttplug in meinem Arsch fester zusammen und rannte noch schneller. Glücklicherweise waren auf dem perfekt gemähten Rasen, der an einigen Stellen bis in den Wald reichte, keine Dornen. *Gut*, dass man hier viel Wert auf die Landschafts-pflege legte.

Ich konzentrierte mich auf den Weg, der vor mir lag. Keine Ablenkungen. Keine Ablenkungen. Lieber Gott, das hier war meine einzige Chance. Die einzige Möglichkeit.

Ich wäre von meinem Plan nicht sonderlich überzeugt gewesen, wenn auf dem Zettel nicht gestanden hätte, was ich zu tun hatte.

Der Zettel... ich dankte Gott dafür.

Ich hatte gebetet, dass er nicht einfach ein weiterer Stol-perstein sein würde, der mich direkt ins Verderben schickte. Denn bei diesen sadistischen Wichser kann man nie wissen, woran man war. Ich konnte einfach nur blind vertrauen.

Schließlich konnte ich den See in der Ferne erkennen. Auf der Oberfläche spiegelte sich von irgendwo Licht. Viel-leicht von dem Haus irgendwo in der Nähe.

Zeit für blindes Vertrauen!

SULLY HATTE, seit die Schachtel nach dem Abendessen hergebracht worden war, schlechte Laune gehabt. Ich glaube, dass wir beide uns auf einen ruhigen Abend gefreut hatten. Wir hatten endlich etwas gefunden, was einer Routine nahekam. Nach drei Wochen waren wir an dem Punkt, wo wir damit zufrieden sein mussten oder den Verstand verlieren würden.

Und nach seiner kleinen, ähm, *Lektion* ein paar Tage zuvor... nun, ich konnte nicht bestreiten, dass es seither harmonischer zwischen uns verlief.

Ich ließ ihn auschlafen. Ich ließ ihn allerdings nur schlafen, weil ich angefangen hatte, mit ihm im selben Bett zu schlafen, nachdem er so vehement darauf bestanden hatten. Morgens öffneten sich meine Augen immer noch beim kleinsten Sonnenstrahl. Dann fand ich einen riesigen Jungen aus den Südstaaten vor, der sich wie eine Decke um mich gelegt hatte. Ich versuchte nicht zu viel in diese Tatsache hineinzuinterpretieren. Wahrscheinlich war es einfach eine Angewohnheit von ihm, alles, was neben ihm im Bett war, in den Arm zu nehmen. Schließlich hatte ich, als ich noch auf dem Boden schlief, bereits festgestellt, dass das Bett immer ein großes Chaos aus Decken und Laken war. Wahrscheinlich bedeutete es nicht sonderlich viel, dass er sich nun... ja, um *mich* wickelte, wenn er schlief.

Dafür, dass er ein so mürrischer Mann war, war es wirklich überraschend, dass er so gerne kuschelte.

Zugegeben, das Kuscheln führte meistens am Morgen *tatsächlich* dazu, dass wir Sex hatten, wenn seine Morgenlatte so weit fortgeschritten war, dass er sie gegen meine weichen Stellen drückte... Aber das war nicht gerade ein schlechter Start in den Tag.

Und wenn es darum ging, wie wir den Rest des Tages verbrachten... Manchmal weigerte Sully sich noch immer, mir Aufmerksamkeit zu schenken, wenn ich danach verlangte. Immer öfter konnte ihn allerdings so lange aus seiner schlechten Laune reißen, dass er mit mir Monopoly oder Scrabble oder an ganz guten Tagen sogar Speed Scrabble spielte.

Es war unglaublich, wie wichtig es ihm war, zu gewinnen, wenn man bedachte, dass er den Rest der Zeit eher apathisch war. Vielleicht lag es aber auch daran, dass er einfach nicht gerne gegen *mich* verlor. Nach einem besonders harten Wettkampf in der letzten Woche hatte er mich vom Boden, wo wir gespielt hatten, hochgehoben und auf das Bett geschmissen und verkündet, dass er entschlossen habe, mir zu zeigen, wer hier der „Boss" sei.

Danach hatte jedes unserer Spiele damit geendet, dass ich mich in einem Wrestling Match auf dem Bett wiedergefunden hatte, bis Sully mir gezeigt hatte, dass er den Ton angibt.

Und ich musste ehrlich zugeben... Das war nicht gerade ein schlechter Zeitvertreib.

Der Sex, den wir hatten, hob Sullys Laune merklich und ich... Nun, ich hatte mich entschlossen, nicht zu viel darüber nachzudenken.

Wir waren beide Erwachsene, wir hatten Spaß und wenn der Sex uns dabei half, die nächsten drei Monate zu überstehen, ohne einander umzubringen... Dann war da sicher nichts Schlimmes dran, wieso sollten wir also etwas ändern?

Aber die Ruhe, der nicht so ätzende Sully, all das war verschwunden, als die Einladung zur Fuchsjagd gekommen war. Sully hatte kaum etwas gesagt, bis er mir befohlen hatte, den Buttplug mit Fuchsschwanz einzuführen, während er duschte.

„Benutze das Gleitgel, das wird helfen", war alles, was er mir über die Schulter gesagt hatte, bevor er für eine seiner extrem langen Dusch-Exkursionen ins Bad verschwunden war.

Es war gut, dass er so lange brauchte, denn es dauerte länger, als ich es wollte, das kleine Glasobjekt mit dem flauschigen Schwanz in meinen Hintern zu bekommen. Es wollte am Anfang einfach *nicht* hinein. Ich meine, ich hatte niemals irgendwas in meinem Hintern gehabt, bis Sully in der letzten Woche— Als Sully—

Oh mein Gott, ich konnte kaum an das denken, was er getan hatte. Wie er mich herumgeführt hatte, wie eine dreckige, versaute Puppe mit dem Finger in meinem—

Aber Sully hatte recht gehabt. Das Gleitgel hatte mich gerettet.

Es hatte sich allerdings komisch angefühlt. Noch komischer fühlte es sich an, als ich versuchte, aufzustehen und durch die Gegend zu laufen. Unfreiwillig zogen sich die Muskeln darum zusammen, was dazu führte, dass der Schwanz immer wieder über meine Schenkel glitt, wenn ich mich bewegte.

So, so komisch.

Als Sully mit dem Duschen fertig war, hörte ich den Föhn im Bad angehen. Nun, offenbar wollte jemand für seine Freunde bei der Fuchsjagd *gut* aussehen, was?

Ich hatte keine Ahnung, wie ich mich auf das, was nun passieren würde, einstellen sollte. Ich hätte wirklich ein wenig Unterstützung vertragen können, das stand fest.

Aber ich schätzte, dass das wohl nicht die Art von Beziehung war, die Sully und ich führten. Es war besser, das jetzt noch einmal zu bemerken, bevor ich das, was zwischen uns passiert war, zu hoch bewertete. Der Sex, den Sully und ich hatten, bedeutete ihm rein gar nichts.

Ich war nicht mehr als ein warmer, williger Körper, wo es sonst niemanden gab. Er hatte Langeweile. Ich hatte ihm seinen Alkohol genommen. Sex war wahrscheinlich das nächstbeste auf der *Liste der gewünschten Ablenkungen eines im Exzess lebenden Playboys*, habe ich recht?

Mein Blick senkte sich zu Boden.

War ich am Ende nicht doch einfach eine Hure?

Sully kam zusammen mit einer Wolke aus Wasserdampf

aus dem Bad. Er verzog das Gesicht, als er mich sah. „Wieso bist du nicht angezogen?"

Ich lachte. Dann wurde mir klar, dass er es ernst meinte. „Was soll ich anziehen? Das?"

Ich zeigte auf den Umhang aus Leder mit dem grotesken Fuchskopf, der auf der anderen Seite des Raumes am Rande dessen hing, was ich als Kostümschachtel betitelt hatte. Diese stand noch immer auf dem antiken Schreibtisch, der an der Wand neben einem der riesigen Fenster stand.

„Das sind die Regeln." Er ging hinüber zur Schachtel. Mir den Rücken zugewandt, zögerte er kurz, dann brachte er sie hinüber zu dem Bett und reichte sie mir. „Das ist alles. Du darfst nichts weiter tragen als diesen Umhang."

Ich nahm ihm die Schachtel aus den Händen. Mal abgesehen vom Umhang und... ähm, dem Buttplug, war nichts weiter darin. Komplett leer. „Was ist mit Schuhen? Die werden mir doch sicherlich wenigstens ein Paar Schuhe geben."

Sully hatte nicht viel darüber preisgegeben, was eine „Fuchsjagd" war. Er selbst wusste nicht viel darüber, hatte nur die Gerüchte gehört, die er und seine Freunde auf den Fluren von Oleander Manor aufgeschnappt haben—aber er hatte zumindest eine Vorstellung. Die „Schönheit" wurde irgendwo auf dem Gelände ausgesetzt und die Mitglieder des Ordens machten auf den Rücken ihrer Pferde eine traditionelle Fuchsjagd der Südstaaten auf sie. Das war alles, was er gewusst hatte. Wenn sie den Fuchs fingen, „bluteten" sie ihn, um ihren Sieg zu feiern.

Ja. Ich hatte auch nicht die leiseste Ahnung, was zur *Hölle* das heißen sollte.

Sully war einen Moment lang wie versteinert, dann sah er mir direkt in die Augen. Ein Muskel an seinem Kiefer zuckte, als er sagte: „Nein, keine Schuhe. Nur das, was in der Kiste ist."

„Also...", find ich an zu sagen, was er nicht aussprach. „Barfuß. Diese Wichser erwarten, dass ich draußen barfuß, quasi nackt, herumrenne, während sie mich jagen?"

Ein weiteres Zucken am Kinn und dann: „Ich lass dich in Ruhe."

Mit diesen Worten nahm er das, was sein Jagdoutfit sein würde und verschwand wieder im Bad, um sich anzuziehen. Das war ganz schön albern, wenn man bedachte, dass wir einander ständig nackt sahen. Aber wenn er jetzt Manieren zeigen wollte, würde ich ihn nicht davon abhalten.

Ich ließ die Finger über den Umhang gleiten und fühlte das alte, raue Leder.

Das Innere war schöner. Es schien, als wäre das Futter aus Seide irgendwann ausgetauscht worden, wahrscheinlich in den letzten zwanzig Jahren.

Dann verzog ich das Gesicht. Im Futter war eine kleine Tasche und sie war leicht verbeult.

Ich ließ meine Hand hineingleiten und zog einen kleinen, zusammengeknüllten und ausgefransten Zettel heraus, dessen Ränder bereits braun wurden.

Eine Nachricht.

Ich musste die Augen zusammenkneifen, um die kleine Schrift zu entziffern:

An die Frau, die das hier nach mir trägt.

Das Leder ist mit dem Geruch von Füchsen präpariert worden.

Sieh zu, dass du den Umhang so schnell wie möglich loswirst. Geh in den See, wasch dich.

Hör nicht auf zu rennen, das machen die Hunde auch nicht. Gute Verstecke:

Die Klippe am südöstlichen Ende des Grundstücks – steinig, keine Geruchsspur.

Der Keller mit den getrockneten Lebensmitteln

Hier werden Füchse am ehesten geschnappt:

Schlucht an der nördlichen Grenze – das Wasser ist zu flach.

Die Scheune am See

Offene Felder

Ich drehte den Zettel um und auf der Rückseite war eine schnell gezeichnete Karte des Grundstücks zu sehen. Pfeile kennzeichneten die unterschiedlichen Punkte, die im Test erwähnt worden waren.

Das war der Augenblick, in dem mir wirklich klar wurde, was da auf mich zukam. Ich meine, einerseits war das einfach nur Wahnsinn. Der Zettel las sich ein wenig wie die Regeln für ein Spiel, das man mit Kindern spielt. Gute Orte zum Verstecken spielen.

Nur hatten bisher weder Sully noch die Einladung klar gemacht, was eigentlich mit mir geschehen würde, wenn ich irgendwann *gefasst* werden würde und was zur Hölle das „bluten" war—und ich hoffte innerlich wirklich, dass es sich dabei einfach um eine Zeremonie handelte... vielleicht eine mit roten Schleifen? Und nein, ich machte mir nicht weiter Gedanken darüber, wie naiv dieser Einfall war, denn ich klammerte mich einfach fest daran, in der Hoffnung, dass es tatsächlich doch eben darum gehen könnte.

Aber was würde nach dem „bluten" passieren? Selbst, wenn ich naiv war, was die Bedeutung dieses Begriffs anging, war ich nicht dumm genug davon auszugehen, dass es nicht um mehr gehen würde. Es schien unwahrscheinlich, dass die kleine, nackte Schönheit mit Fuchsschwanz, die von den großen, bösen Männern gejagt wurde, am Ende *nicht* von dem Mann, der sie schnappte und offenbar den

Größten Schwanz von allen hatte, komplett durchgevögelt werden würde.

Es war offensichtlich.

Ehre, wem Ehre gebührt, richtig?

Für diese Männer würde ich immer nur ein Objekt sein. Ein Pokal, den man gewinnen konnte. Und teilen.

Sully hatte bereits gezeigt, dass es ihm nichts ausmachte, zu teilen.

Oh Gott, mir wurde schlecht. Ich hatte gedacht, dass sich etwas zwischen Sully und mir geändert hatte, aber ich war einfach nur eine sentimentale Idiotin gewesen.

Und was war mit der Frau passiert, die diese Botschaft hinterlassen hatte?

Es gab absolut keinen Hinweis darauf, wer sie gewesen war und was bei der Fuchsjagd mit ihr passiert war oder ob sie jemals all das bekommen hatte, was sie sich gewünscht hatte. Hatte sie es durch die Rituale geschafft und hatten sie ihr am Ende wirklich ihre Träume erfüllt, ihr das Leben, dass sie sich in ihren kühnsten Träumen ausmalte, verwirklicht?

Was auch immer mit ihr passiert war, ihre Erfahrung mit der Fuchsjagd war offensichtlich nicht so gut gewesen, wenn sie das Bedürfnis gehabt hatte, eine solche warnende Botschaft zu hinterlassen. Offenbar hoffte sie, das nächste Mädchen besser vorbereiten zu können...

Du könntest dein Safeword sagen, flüsterte eine gefährliche, kleine Stimme in mir. *Von hier verschwinden, bevor der Wahnsinn tatsächlich losgeht.*

Meine Schwestern würden es verstehen.

Wenn ich ihnen nur von der Hälfte der Dinge, die hier von mir verlangt wurden, erzählte, würden weder Reba noch Tanya mir die Schuld dafür geben, dass ich aufgegeben hatte.

Besonders Reba. Reba hatte ein so großes Herz. Sie wollte stets für alle das Beste. Sie war jemand, der vermittelte, jemand, der eingriff, wenn es zwischen LeAnn und Tanya zu heiß herging. Die beide waren die Temperamentvollen in der Familie.

Niemand konnte länger wütend sein, wenn Reba ihre leise Stimme erhob und darum bat, dass man einander zuhörte, anstatt sich zu streiten. Jede meiner Schwestern hatte eine so unglaubliche Gabe.

Tanya war harsch und mutig und sagte, was sie dachte, und meistens wünschte ich mir, ein wenig mehr wie sie zu sein. Reba war die Friedensstifterin und sie hatte es geschafft, sich ein kleines, monotones Leben aufzubauen und damit glücklich zu sein. LeAnn war die Schönheit. Sie war beliebt und hatte Talent. Sie war die Einzige von uns, die tatsächlich singen konnte, auch wenn sie nach einer Country-Sängerin benannt war.

Meine Schwestern waren Frauen, die ihren Weg machen würden.

Aber ihre Zukunft hing von mir ab, davon, dass ich nicht aufgab, nur weil... ich mich einem kleinen Menschen-wollen-aus-Spaß-Jagd-auf-mich-machen-Problem gestellt sah.

Ich würde sie nicht einfach im Regen stehen lassen.

Ich war nicht schließlich nicht mein Vater.

Jetzt rannte ich auf den See zu. Ich kam von hinten heran, durch den dunklen Wald, in der Hoffnung, dass mich so niemand würde sehen können.

Aber ich war nah genug an ihnen, dass ich, auch wenn ich wirklich glaubte, dass sie mich nicht sahen und sie alle nur aus Spaß an der Freude schrien, Angst vor den Stimmen und Lichtern in der Ferne hatte. Und den Stimmen, die frohe Dinge riefen wie: „Jagd die Schlampe! Der Erste, der sie blutet, trinkt für ein Jahr umsonst."

Ich wäre fast gefallen, als sie den mysteriösen Teil des Rituals, der sich *bluten* nannte, riefen, aber ich konnte mich gerade noch fangen. Ich war am Rande des Sees. Das Ufer war eine Mischung aus Steinen, Schlamm und dreckigem Wasser.

Ich ging auf die Knie, damit sie mich nicht entdecken konnten.

Heilige Sch... formte mein Mund und ich schaffte es gerade noch, den überraschten Schrei über das eiskalte Wasser *zurück*zuhalten. Ich biss mir auf die Lippen und stählte mich.

Gott, das Wasser war kalt. Kalt, kalt, kalt. Und ich war unglaublich nackt. Es war kein Neoprenanzug in sich. Oh, Heiliger Jesus, Sohn Marias und *Josefs*—

So leise ich konnte, ging ich weiter ins Wasser, bis ich komplett von ihm bedeckt war. Ich konnte mir kein Spritzen erlauben.

Auch wenn ich gedacht hatte, dass das Wasser kalt war, als es meine Schienbeine berührte, war das nichts im Vergleich von der Kälte, die mich erfasste, als ich bis zu den Schultern im Wasser war.

Nein, versuchte ich meinen zitternden Körper zu befehlen... Es ist n-n-n-icht k-k-k-alt. Wenn es allerdings unter null wäre, wäre hier Eis. Ich werde nicht erfrieren, es ist nur kalt. Es ist nichts gefroren. Du kannst das. Du musst das schaffen.

Beweg dich.

Verdammt noch mal, beweg dich. JETZT.

Geräuschlos krabbelte ich komplett in den See. Dann hob ich ein wenig Schlamm vom Boden des Sees und begann ihn in meinem Haar zu verteilen. So konnte ich sowohl meine blonden Haare unauffälliger machen als auch den Geruch meines Shampoos überdecken. Und dann fasste ich einen Entschluss. Anstatt aus dem Wasser zu gehen und zu rufen, dass ich aufgebe, mich von einem der alten, faltigen Wichser „bluten" lassen würde und dann seinen Schwanz-der-nur-von-Viagra-hart-wird-damit-er-seinen-Preis-für-die-Nacht-auf-bestialische-Weise-nehmen-kann ritt, nur damit ich wieder Wärme fühlen konnte—

Stattdessen fing ich an zu schwimmen.

Ich würde über den Plan nachdenken. An nichts anderes durfte ich denken. Ganz sicher dufte ich nicht an die Eiseskälte denken, die meine Knochen zu umhüllen schien. Ich hatte nicht gewusst, dass sie einem so ins Mark gehen kann.

Der Plan. *Richtig.* Sie alle mussten meinem alten, stärkeren Geruch folgen, den ich verbreitet hatte, als ich noch den Umhang trug. Ich wusste nicht viel über Hunde, die darauf abgerichtet waren, zu jagen und einer Fährte zu folgen, aber ich schätzte, dass sie sie meine Falle schnell durchschauen würden und hier wären, bevor ich so weit war.

Der See war groß und hatte viele Abzweigungen und Ufer. Ich konnte den Buttplug und den Fuchsschwanz fühlen, den ich hinter mir durch das Wasser zog, denn er riss förmlich an meinem Hintern. Ich drückte die Arschbacken zusammen, denn ich wollte ihn nicht im Wasser verlieren. Die Tatsache, dass ich für eine Weile vergessen hatte, dass er überhaupt da war, war ein weiterer Beweis dafür, wie wahnsinnig diese ganze Nacht war.

Der Mond schien in dieser Nacht nicht. Meine Haare und mein Gesicht waren von Schlamm bedeckt und ich hoffte wirklich, dass das ausreichte, um mich im Wasser unsichtbar zu machen.

Plötzlich fragte ich mich, *wo Sully war*. War er da draußen mit all den anderen Männern auf den Pferden und hoffte, dass er die Chance auf das *erste Blut* bekommen würde?

Nein, jetzt hatte ich keine Zeit darüber nachzudenken. Weiter. Ein Zug nach dem anderen. Wühl das Wasser nicht zu sehr auf. *Du bist einfach nur eine weitere Welle im Wind an einem sehr, sehr kalten, aber nicht eiskalten Abend im Januar.*

Ich erreichte das Ufer an der anderen Seite des Sees von der, wo die Männer waren und schwamm an ihm entlang in Richtung der Villa.

Plötzlich begannen die Hunde in der Ferne wie wild anzuschlagen. Die lauten Stimmen waren aufgeregter.

Zweifelsohne hatten sie die Stelle entdeckt, an der ich meinen Geruch verteilt hatte. Das hieß, dass es nicht mehr lange dauern würde, bis sie den Umhang in dem Baum entdecken würde. Sie würden feststellen, dass ich versucht hatte, sie auszutricksen und wären noch entschlossener, mich zu fangen und dann wären sie zweifelsohne schäumend vor Wut, wenn sie es schafften.

Mein Fuß traf auf den Grund des Sees. Ich hatte es an das andere Ufer geschafft, aber wenn ich heraushechten würde, wäre klar, dass ich hier den See verlassen hatte.

Ich biss mir auf die Lippe und auch wenn es mich wertvolle Zeit kostete, schwamm ich ein bisschen zurück. Hier war ein tief hängender Ast, der sich über das Wasser neigte. Was für mich noch besser war, war die Tatsache, dass an diesem ein Seil mit einigen Knoten hing, welches wenige Zentimeter über der Wasseroberfläche endete.

Ein Sommerspaß würde meine Rettung sein.

Nun, nackt ein altes, verknotetes Seil hinaufzuklettern, war jetzt nicht gerade meine Vorstellung von Spaß. Der komplett durchnässte Fuchsschwanz des Buttplugs zog mich zurück in das Wasser. Ich musste meinen Hintern extra fest zusammenkneifen, um ihn nicht zu verlieren.

Letztes Jahr hatte Tanya eine Phase, in der es nur um Gesundheit gegangen war und obwohl wir uns keine Mitgliedschaft in einem Fitnessstudio hatten leisten können, hatten wir die Möglichkeit gehabt, auf unserer Terrasse etwas aufzubauen, was sie die *Dorfversion von Cross-Fit* nannte. (LeAnn nannte es *Red Neck Cross-Fit*.)

Neben unterschiedlichen anderen Stationen hatte Tanya auch ein Seil aufgehängt, das diesem, welches mich nun rettete, unglaublich ähnlich gewesen war. Weiterhin hatten wir einige Blöcke aus Zement gehabt und wir waren mit Reifen, die wir an uns festgebunden hatten, die Straße hinauf und hinab gelaufen. Wir hatten so ziemlich alles genutzt, was wir in die Hände bekommen hatten und es wie MacGyver umfunktioniert, damit es zum Sportgerät wurde.

Tanya hatte mich jeden Morgen um sechs gezwungen, mit ihr raus zu gehen.

Die ersten drei Monate hatte ich es das Seil nicht hoch-geschafft. Aber schließlich, als ich oft genug mit den Zementblöcken trainiert, die Reifen oft genug gezogen hatte, da passierte es endlich—ich schaffte es, das Seil zu einem Drittel hinauf zu klettern.

Einen Monat später hatte ich es fast bis ganz nach oben geschafft. Das war im letzten Dezember gewesen.

Heute Abend hatte das Adrenalin mir genau in dem Moment den nötigen Schwung gegeben, obwohl ich bereits erschöpft und voll Angst gewesen war. Ich zog mich selbst aus dem eiskalten Wasser hinauf. Eine Hand und dann, nachdem ich die Zähne zusammengebissen und all meine Muskeln angespannt hatte, die andere Hand.

Ich ignorierte das Brennen des Seils an meinen weichen

Händen. Zu Hause hatten wir immer Tape um die Hände gewickelt, um sie zu schützen.

Alleine der Gedanke an Tanya, Reba und LeAnn brachte mir neue Kraft. Sie waren mein Ansporn. Das waren sie immer gewesen.

Ich ließ ihre Gesichter vor meinem inneren Auge erscheinen und zog mich das verdammte Seil hinauf.

Eine Hand nach der anderen und *ziehen*.

Ausstrecken, *ziehen*. Der nasse Fuchsschwanz klatschte gegen meine Schenkel.

Ausstrecken und *ziehen*.

Ruhig zu bleiben war der halbe Kampf. Aber nein, nicht der kleinste Laut verließ meinen Mund. Ich würde ihnen nicht verraten, wo ich war.

Ich konnte die Hunde nicht mehr hören und auch die Stimmen waren leiser geworden. Ich konnte mich jetzt nicht darauf konzentrieren, was das bedeuten könnte.

Ich kletterte einfach weiter hinauf in die Dunkelheit.

Bis meine Hand endlich die Rinde des Astes berührte.

Ich zog meinen Körper hoch auf den Ast, was noch schwerer war als alles andere bisher. Die ganze Zeit hatte ich Angst davor, dass jemand bemerken würde, dass sich der Ast bewegt.

Aber wir waren an dem Punkt, an dem ich nur mein Bestes geben konnte. Das hier war meine beste Chance und ich war langsam am Ende. Entweder würde es funktionieren oder eben nicht.

Schließlich hatte ich meinen gesamten Körper hochbugsiert und schob mein Bein über den Ast. Dann saß ich darauf, anstatt an ihm herunterzuhängen. Ich hätte vor Erleichterung laut loslachen können. Ich gab mir allerdings nur zwei Sekunden als Pause, dann kletterte ich weiter hinauf, auf einen weiteren Ast, der sich in die andere Richtung erstreckte—über das Land, anstatt den See.

Meine Arme waren wie aus Gummi, als ich schließlich weit genug geklettert war und am Ast hing. Ich ließ mich die letzten Zentimeter auf den festen Boden fallen.

Wag es nicht, warnte ich mich selbst, als meine Knie drohten, nachzugeben. *Wag es ja nicht.*

Ich hatte mich nicht umsonst durch den fast gefrorenen See manövriert. Es war reine Willenskraft, die mich zu diesem Zeitpunkt auf den Beinen hielt. Denn verdammt, desto weniger Oberflächen mit meinem Körper in Berührung kamen, umso schwerer würde es sein, meine Spur wieder aufzunehmen. Es war wahrscheinlich ziemlich offensichtlich, wo ich in den See gegangen war, aber ich hoffte, dass sie zumindest eine Weile lang rätseln würden, an welcher Stelle ich diesen jedoch verlassen hatte.

Hier waren die Grünflächen gerade erst gemäht worden und Sully hatte mich darauf hingewiesen, dass frisch gemähter Rasen etwas war, das Jagdhunde durcheinanderbringen konnte. Und weil der Orden eben diesen Sport mochte—was bedeutete, dass sie es mochten, wenn ihre Menschenjagd länger dauerte—sorgten sie stets dafür, dass der Rasen am Tag der Jagd gemäht wurde.

Das gepflegte Gras war außerdem angenehmer für meine blanken Füße. Ich musste aber trotzdem vorsichtig sein, schließlich könnte es sein, dass einer dieser Bastarde an all das gedacht hatte und irgendwo auf der Lauer lag. *Bastarde.* Dieses Spiel war psychologisch wie physisch abgefahren.

Ich duckte mich beim Rennen und blieb so nah am Boden, wie ich konnte, als ich mich auf den Weg zu dem hellen Lichtschein auf dem Hügel machte, der von der Villa ausstrahlte. Der nasse Fuchsschwanz am Buttplug klatschte ab und an gegen meine Oberschenkel, aber ich zwang mich, das zu ignorieren.

Vielleicht wäre es schlauer gewesen, hinüber zur Klippe zu gehen. Ich war allerdings noch nie eines der klugen Mädchen gewesen, oder?? Und jetzt war es zu spät, um umzukehren.

Ich war müde und nackt und hatte ich angemerkt, dass ich *müde* war? Nein, sagen wir besser erschöpft.

Wenn ich das hier wirklich schaffte—es schaffte, dass sie zurückritten und einige Stunden im Wald suchten, dann war das super. Denn ich konnte diese Geschwindigkeit einfach nicht viel länger halten. Meine Arme brannten noch immer, weil ich das Seil hinaufgeklettert war und langsam ebbte das Adrenalin ab.

Meine Beine allerdings, die konnten noch ein bisschen.

Also rannte ich hinübergebeugt und vernahm, bis es endlich still wurde, die Geräusche der Hunde und Pferde in der Ferne. Ich rannte in den Keller, der auf der kleinen Karte auf dem Zettel gekennzeichnet worden war. Es war sogar noch eine weitere kleine Zeichnung da gewesen, die beschrieben hatte, wie man hineingelangen konnte.

Ich umrundete den Ostflügel und schlich mich durch den Garten, der angelegt worden war, um die Küche mit Gemüse zu versorgen. Und dann fand ich ihn endlich. Der Eingang war ziemlich versteckt. Es war weiterhin ein Sturmschutzbunker. Natürlich konnte eine Villa wie diese so etwas nicht einfach offensichtlich haben, das hätte ja den Anblick des gesamten Gebäudes verunstaltet.

Ich hastete hinüber zum Eingang beim Garten und drückte mit aller Kraft gegen die Statue der nackten Venus. Natürlich musste auch der Gemüsegarten eine Tour über die Geschichte Georgias wert sein.

Ich hätte nicht so fest drücken müssen. Die Statue glitt

leicht und leise zur Seite. Offenbar war sie auf irgendeiner Schiene fixiert, die ich nicht sehen konnte. Vor mir erschienen Steinstufen, die in die Dunkelheit hinabführten.

Ich ging sie einfach hinunter, ohne weiter darüber nachzudenken.

Ich hielt nur kurz inne und fragte mich, ob ich in die Falle getappt war, als das gedämpfte Licht der Nacht, an das sich meine Augen schnell gewöhnt hatten, komplett verschwand.

Denn die Statue rutschte hinter mir wieder an ihre ursprüngliche Position und ich war von Dunkelheit umhüllt, in kompletter Finsternis. Und niemand auf dieser Welt hatte die leiseste Ahnung, wo ich mich befand.

10

Sully

Ich wusste, dass sie klug war.

Gott sei Dank war sie klug.

Ich hatte gehofft, dass sie in den Keller gehen würde und als ich ihren mit Matsch beschmierten Körper hinter der Statue in der Dunkelheit verschwinden sah, konnte ich nicht anders, als endlich durchzuatmen.

Ich konnte die Hunde in der Ferne hören und handelte schnell, indem ich ihr folgte. Ich hob die Gaslaterne, damit ich mich in dem dunklen Raum umsehen konnte. Es dauerte nur eine Sekunde, bis ich ihre großen Augen und ihre wilde Körperhaltung entdeckte.

Als ihr klar wurde, dass ich es war, der sie gefunden hatten, entspannte sie sich und sah nicht mehr aus, als hätte sie ihre Krallen ausgefahren und wäre im Begriff, mit mir zu kämpfen.

„Du hast mich also gefunden", stelle sie fest, während sie die Arme über der Brust verschränkte.

„Hättest du es lieber gehabt, wenn es jemand anders gewesen wäre?" Ich ging durch den Raum und stellte die Laterne auf den alten Holztisch. Das warme Licht erhellte den Raum gerade genug, dass ich sehen konnte, wie dreckig und erschöpft Portia aussah. Sie hatte Schlamm im Haar, ihr Körper tropfte und sie zitterte.

Ich entledigte mich des albernen Gehrocks, den ich für die Jagd hatte anziehen müssen und legte ihn Portia um die Schultern.

Sie zog ihn eng um sich herum, aber ihre Zähne klapperten noch immer. „Wie hast du mich gefunden?"

Ich hatte nicht das Bedürfnis, ihr zu sagen, dass ich den Zettel geschrieben und in der Tasche des Umhangs versteckt hatte. Ich war bereits als Junge Teil dieser Jagdgesellschaften gewesen und wusste genau, was sie taten. Ich wusste, dass sie Hilfe dabei benötigte, diese Schlappschwänze bei ihrem eigenen Spiel zu schlagen. Ich hatte in Erwägung gezogen, es ihr einfach zu sagen, aber ich hatte nicht daran geglaubt, dass sie mir zuhören oder gar vertrauen würde. Ein Brief von einer ehemaligen Schönheit allerdings... nun, ich hatte gehofft, dass sie klug genug sein würde, die Anweisungen ernst zu nehmen.

Ich beantwortete ihre Frage durch ein Schulterzucken und hoffte, dass sie nicht weiter nachbohren würde. Es war wichtig, dass sie gerade das Gefühl hatte, die Kontrolle zu haben, trotz der Umstände, und ich wollte, dass sie sich fühlte, als hätte sie alleine die Kraft, den Jägern zu entkommen.

„Also, was heißt das jetzt?", fragte sie und ging somit zur nächsten Frage über.

„Ich habe die Jagd gewonnen", erklärte ich trocken. „Scheint, als dürfte ich ein Jahr lang umsonst trinken." Ich wartete auf eine ihrer typischen Anmerkungen, als jedoch von dem zitternden und verängstigten Mädchen keine Reaktion kam, wurde mir klar, dass das hier nicht der richtige Zeitpunkt für freche Kommentare war. „Geht es dir gut?"

„Wieso sollte es das nicht?", fuhr sie mich an. Sie hob die Arme und drehte sich im Kreis. „Ich meine... schau mich an. Seh' ich nicht aus, als würde es mir gut gehen?" Sie ergriff den Schwanz und zog diesen mit verzogenem Gesicht aus ihrem Hintern. Dann warf sie ihn in eine Ecke des Raums. „Ich bin es hier so leid. Ich habe keine Lust mehr auf diese Rituale. Sie sind es nicht wert. Ich kann nicht immer und immer wieder Schreckliches erleben, wie diese Jagd. Wofür?"

„Ich kann das verstehen. Ich bin es auch leid", erklärte ich sanft. „Aber wir müssen weiter machen. Glaub mir, es ist einfach, aufzugeben. Ich habe es mehr als einmal in Erwägung gezogen. Aber zeitgleich heißt das auch, dass diese Wichser gewonnen haben. Das heißt auch, dass alles, was wir bereits hinter uns haben..." Ich zeigte auf ihren durchnässten und verschmutzen Körper. „... alles, was *du* bis zu diesem Punkt durchgemacht hast, umsonst gewesen wäre und wir beide ohne alles von hier fortgehen. Wie haben alleine für das, was wir bisher durchgestanden haben, bereits einiges verdient."

„Ach, jetzt bin ich keine Hure mehr, die nur hinter Geld her ist?", fragte sie skeptisch.

„Nicht mehr oder weniger als alle anderen."

Ihre Augen sahen traurig aus und ihr schlanker Körper sah in meiner Jacke noch kleiner aus. Das hier war nicht das freche Mädchen, an das ich mich gewöhnt hatte. Die Jagd hatte eindeutig Spuren hinterlassen.

„Ich bin im Begriff, mich zu verlieren", sagte sie. „Ich

weiß gar nicht mehr, wer ich überhaupt bin. Ich habe absolut keine Kontrolle und..." Sie seufzte laut. „Ich habe das Gefühl, dem Teufel meine Seele verkauft zu haben... In diesem Fall wahrscheinlich eher den Teufeln."

„Das hast du.", stimmte ich ihr zu. „Wir müssen der Wahrheit ins Gesicht sehen. Das haben wir beide."

„Und das ist der Grund, warum ich in Erwägung ziehe, den Ältesten zu sagen, dass sie mich am Arsch lecken können." Sie hielt inne und sah auf den Boden. „Ich weiß einfach nicht, wie viel von diesem kranken Wahnsinn ich noch ertragen kann."

„Versuch daran zu denken, wieso du die Einladung ursprünglich akzeptiert hast. Das hilft mir zumindest, wenn ich einfach durch die Tür stürmen und niemals wieder zurückblicken möchte." Ich stellte fest, dass es ihr unter meinem Mantel nicht wärmer zu werden schien, weshalb ich auf sie zuging und in den Arm nahm, um sie zumindest ein wenig mit meinem Körper zu wärmen. „Es ist zu kalt hier im Keller. Lass uns zusehen, dass du an einen wärmeren Ort kommst."

„Was ist mit der Jagd?", fragte sie, während sie sich an mich kuschelte.

„Ich habe gewonnen. Sie ist vorbei."

„Was ist mit den anderen? Den Hunden? Ich kann hören, dass sie noch immer nach mir suchen."

„Lass sie suchen. Ehrlich gesagt finde ich, dass die Wichser die ganze Nacht hier draußen bleiben und nach dir suchen sollten. Wenn sie uns dann finden, bist du bereits in meinem Besitz. Ich bin mir sicher, dass sie dachten, das hier würde leicht werden. Nun... Die Arschlöcher müssen sich schon ein bisschen mehr anstrengen."

„Die Vorstellung gefällt mir."

Ich hob sie hoch und wiegte sie in meinen Armen, bevor ich sagte: „Ich möchte dich an einen Ort bringen, wo ich als Junge viel mit meinen Freunden gewesen bin. Es wird eine Weile dauern, bis sie uns da finden, schließlich weiß ich, dass wir vorhin schon einmal an der Klippe nach dir gesucht haben. Sie müssten zurückkreiten, um uns zu finden und das wird sie wirklich wütend machen."

„Ich kann laufen", verkündete sie, aber sie versuchte nicht, sich zu wehren oder gar aus meinen Armen zu befreien.

„Sie werden nach deiner Spur suchen. Nicht nach meiner. Ich werde auch das Pferd hierlassen, nur um auf Nummer sicherzugehen." Ich nickte in Richtung der Laterne. „Du kannst die halten und uns den Weg weisen."

„Was ist mit dem Schwanz?", fragte sie, während sie angewidert in die Ecke blickte, in den sie ihn gepfeffert hatte.

„Lass ihn hier. Du hast ihn während der Jagd verloren. Das ist nicht dein Problem."

„Werden die Ältesten nicht wütend sein?"

„Es steht nicht in den Regeln, dass du den Umhang oder den Schwanz bei dir behalten musst. Sie werden es wahrscheinlich nicht gutheißen, dass du weder das eine noch das andere hast, aber sie können nicht behaupten, dass du irgendwas falsch gemacht oder das Ritual nicht absolviert hast."

Das Bellen der Jagdhunde wurde lauter und ich wusste, dass wir uns beeilen mussten, wenn wir nicht riskieren wollten, dass der Abend vorbei war. So sehr ich mich nach einer heißen Dusche, unserem Bett und den Wänden von Oleander, die Schutz vor diesem barbarischen Ritual bedeuteten, sehnte, hatte ich meine Rede genauso gemeint.

Ich wollte, dass die Mitglieder ein wenig leiden mussten. Es hatte geregnet. Das Grundstück war komplett schlammig. Die Moskitos waren unterwegs und hungrig. Im Matsch zu jagen machte nicht sonderlich Spaß und ich hatte keinen Zweifel daran, dass sie alle gerade von Bourbon und einem Blowjob träumten.

Mir würde in diesem Moment jedenfalls beides gefallen. Da ich allerdings ein verschmutztes Mädchen in eine geheime Höhle zu tragen hatte und das Ganze nicht gerade angenehm werden würde, fand ich, dass auch die anderen etwas leiden mussten.

„Wie hast du mich gefunden?", fragte sie erneut, als wir unterwegs zur Klippe waren.

„Du bist klug. Ich habe mir gedacht, dass du zum Keller kommen würdest." Ich verlagerte ihr Gewicht, sodass ich sicherstellen konnte, dass der Gehrock weiterhin so viel wie möglich von ihrem Körper einhüllte.

„Werde ich zu schwer?", kam es ihr in den Sinn und legte die Arme um meinen Nacken, so als würde das helfen.

„Dank dir bin ich gut in Form. All der Frühsport hat nicht nur meinem sogenannten Bäuchlein geholfen", sagte ich grinsend. „Und nein, du bist nicht zu schwer." Ich ging ein wenig schneller, um meine Aussage zu unterstreichen. Außerdem wollte ich unbedingt die Höhle erreichen, bevor das Licht unserer Laterne von irgendjemandem entdeckt wurde.

„Stinke ich?", fragte sie. „Weil ich mich wirklich fühle, als würde ich stinken."

Ich lachte laut auf und schüttelte den Kopf. „Nein, du stinkst nicht."

„Ich bekomme den Schlamm vielleicht nie wieder aus den Haaren."

„Wenn ich mich recht erinnere, dann tropft ein wenig Wasser in die Höhle. Daraus formen sich die Stalagmiten oder Stalaktiten oder wie sie heißen. Aber es sollte genug sein, dass du dich einigermaßen sauber machen kannst, wenn wir da sind."

Den Rest des Weges gingen wir schweigend, das einzige Geräusch war das Bellen der Hunde in der Ferne. Es war so weit weg, dass ich geschworen hätte, dass wir einige Stunden lang sicher wären, bevor die Jäger zurückkehren würden. Als die Höhle in Sichtweite kam, konnte ich nicht anders, als wegen der Erinnerungen, die über mich hereinbrachen, zu lächeln.

Montgomery, Beau, Rafe, Walker, Emmett und ich hatten es geliebt, in unser geheimes Klubhaus zu gehen. Niemand wusste, dass es hier war—zumindest gingen wir davon aus—und wir mochten, dass es ganz uns gehörte, wir uns dort aufhalten und die Gegend erkunden konnten. Einige der Partys, zu denen wir in die Villa mitgenommen worden waren, waren so langweilig gewesen, dass wir es kaum hatten abwarten können, endlich raus zu dürfen und in unserer besonderen Höhle zu spielen. Oleander war nicht nur schlecht. Tatsächlich hatte es eine Zeit gegeben, in der wir Jungs es kaum hatten abwarten können, Mitglieder des Ordens des Silbernen Geistes zu werden. Es gehörte irgendwie dazu, so, wie die Jungfräulichkeit zu verlieren. Es war nichts gewesen, wovor wir uns fürchteten, sondern etwas, worauf wir uns freuten.

Mein Vater war damals mein großes Vorbild gewesen. Die Väter aller. Wir wollten genau so sein wie sie, wenn wir einmal erwachsen waren. Mein Vater hatte in meinen Augen nichts falsch machen können, auch wenn ich ihn kaum zu sehen bekam. Das war genau der Grund, warum ich es als Junge geliebt hatte, zu Oleander Manor zu gehen.

In der Villa hatten wir wenigstens die Möglichkeit, im selben Raum zu sein wie er oder immerhin im selben Haus. Er war ständig am Arbeiten und kaum zu Hause gewesen. Für mich war Oleander also besser als zu Hause gewesen. Es hieß, dass mein Vater da war. Und er hatte es gemocht, dass ich da war. All die Väter hatten es gemocht, ihre Söhne zu angemessenen Partys und Ritualen mitzubringen. Wir waren ihre Erben. Wir waren das, was sie hinterließen. Und es gab unter uns Jungs keinen, der all das nicht gewollt hätte. Wir hatten damals davon geträumt, eines Tages selbst Mitglieder des Ordens des Silbernen Geistes zu werden.

Natürlich waren wir irgendwann erwachsen geworden und hatten einiges erkannt.

Entweder war es das oder etwas hatte sich geändert. Es war nur schwer vorstellbar, dass Generation für Generation von Männern, die gebildet waren, auf Ivy League Colleges gegangen waren, all diese sexistischen, animalischen und perversen Spiele gutheißen konnten. Es war nicht so, als hätte bloß das Geld das Treiben im Geheimbund bestimmt, vor allem nicht, weil jedes Mitglied mehr als genug hatte. Es war das Verlangen nach noch *mehr* Geld. Das Verlangen nach Macht und ehrlich gesagt... die Vorstellung von Weltherrschaft. Gier bestimmte alles in Oleander noch mehr als die Tradition. Der Orden des Silbernen Geistes war vom rechten Weg abgekommen und ich wollte damit nichts zu tun haben. Absolut gar nichts, es sei denn, ich hatte keine andere Wahl.

Ich musste es tun.

Meine Schwester verließ sich darauf, dass ich es tat.

Und gerade als ich mit Portia im Arm die Höhle betrat, wusste ich, dass auch sie mich brauchte. Montgomery hatte recht gehabt, als er sagte, dass wir beiden ein Team waren und wir das hier zusammmen durchstehen mussten, um bestehen zu können. Bisher war ich ein ziemlich schlechter Teamplayer gewesen und ich machte Portia keinerlei Vorwürfe, weil sie zweifelte und daran dachte, aufzugeben. Sie hatte all das hier bislang ganz alleine machen müssen und ich hatte es mit dem Trinken nur noch schlimmer gemacht.

Aber scheiß drauf. Das würde sich alles ändern. Ich würde nicht akzeptieren, dass diese Männer mich brachen und ich würde auch ganz sicher nicht zulassen, dass sie das mit Portia machten.

Meine Schönheit würde ungebrochen bleiben.

Ich war froh, als ich den kleinen Strom Wasser erblickte, der von der Decke der Höhle in einen kleinen Teich lief. Meine Erinnerung hatte mich nicht betrogen. Die Luft war kühl, aber es war nicht eiskalt und ich war mir ziemlich sicher, dass in Portias Augen alles besser war, als gejagt zu werden.

„Hier kann man die Hunde nicht hören", stellte Portia fest, als ich sie absetzte. „Wir werden sie nicht kommen hören."

„Das ist egal. Wir haben mehr als genug Zeit." Ich deutete auf das Wasser. „Mach dich sauber. Du stinkst." Dabei zwinkerte ich ihr mit einem schiefen Grinsen zu, bevor ich ihr die Laterne abnahm und sie auf einen flachen Stein stellte.

„Arsch", erwiderte sie. Dann jedoch legte sie meine Jacke ab und tat das, was ich aufgetragen hatte.

Tatsache war, dass Portia Collins auf Oleander meine Sexpartnerin, meine Fickfreundin, meine Freundin mit Vorzügen oder wie auch immer man es nennen wollte, geworden war. Wir schliefen miteinander, weil wir ansonsten nicht viel zu tun hatten. Außerdem war ich immer noch ein Mann. Man kann mich nennen, wie man will, aber sie war unglaublich hübsch und ich hatte keine Chance, das Verlangen nicht unterdrücken, meinen Schwanz in sie zu stecken, wann immer ich aufwachte und sie schlafend in meinen Armen fand. Jetzt, wo sie unter dem Wasser stand und sich den Schlamm aus ihrem goldenen Haar wusch, wollte ich sie jedoch nicht ficken.

Ich wollte sie festhalten.

Ich wollte sie beschützen.

Ich wollte ihr versprechen, dass kein Mann sie jemals wieder anrühren würde... außer mir.

Die überraschenden Gefühle, die über mich hereinbrachen, waren ungeschliffen. Roh.

Das unglaubliche Verlangen, sie als mein Eigentum zu kennzeichnen, nur meins, schien mir die Luft zum Atmen zu nehmen.

Wassertropfen glitzerten im warmen Licht der Laterne auf ihrer Haut und zum ersten Mal an diesem Abend erweckte Portia in mir das Gefühl, wieder einigermaßen zufrieden zu sein. Ihre Stärke schien zurückzukehren, während sie die Schwäche, die sie gezeigt hatte, zusammen mit dem Schlamm von ihrem Körper wusch.

„Du hattest gesagt, dass du Schwestern hast", begann ich, weil ich das Gefühl hatte, das Schweigen beenden zu müssen.

Sie blickte zu mir herüber, während sie ihr Haar ausdrückte und den letzten Rest Schlamm aus den Spitzen wusch. „Habe ich das?"

„Im Keller."

"Oh... nun, ja. Ich habe Schwestern." Sie wusch ihre Haare weiter und sah mich nicht mehr an. „Was ist mit dir? Hast du Geschwister?"

„Ja", sagte ich und fragte mich, wieso sie nicht über ihre Familie reden wollte, wobei ich ihr auch keinen Vorwurf machte. Ich hatte auch nicht wirklich das Bedürfnis, über Jasmine zu reden. „Ich habe eine Schwester."

Wieder Schweigen.

Mir wurde klar, dass Portia und ich nicht wirklich über vieles miteinander sprachen. Definitiv nicht über etwas Wichtiges. Bisher hatte mir das gefallen, aber aus irgendeinem Grund wollte ich jetzt mehr über sie wissen. Vielleicht lag das daran, dass ich sie an diesen besonderen Ort gebracht hatte. Die Höhle war stets Tabu für Mädchen gewesen. Das war unser Brocode, wobei ich mir ziemlich sicher war, dass meine Freunde mir das hier vergeben würden. Aber es war ein Teil meiner Kindheit gewesen, dass ich jetzt mit ihr teilte... nun, zumindest was ich unter teilen verstand.

„Wissen deine Schwestern, dass du das hier tust? Die Aufnahme?", fragte ich sie.

„Weiß deine es?", erwiderte sie schlagfertig.

„Ja", sagte ich und fand einen Stein, auf den ich mich setzten konnte. „Man kann nicht als ein VanDoren aufwachsen und nichts von Oleander, dem Orden des Silbernen Geistes und all dem kranken Scheiß, der damit einhergeht, wissen. Ich schätzte, man würde sagen, dass all das Teil unseres Südstaatencharmes ist."

"Wieso möchtest du Teil des Ordens werden, wenn du ihn so sehr hasst?", fragte sie, als sie vom Wasser wegtrat und meinen Gehrock von dem nahe gelegenen Stein nahm und ihn überzog.

Gute Frage. Wieso?

Wahnsinn.

Gehirnwäsche.

Anerzogenes Pflichtgefühl.

„Schicksal. Vorbestimmung. Ich weiß es nicht. Anerzogen."

„Also willst du *nicht* Mitglied im Orden sein?", wollte sie wissen, als sie herüberkam und sich neben mich setzte.

„Es ist kompliziert", begann ich. Ich hasste es, wenn Menschen das sagten, aber das war das Einzige, was meine Situation beschrieb. „Was ist mit dir? Wieso machst du das alles hier mit? Wie viel bekommst du dafür?" Ich gab mein Bestes, mich nicht so anzuhören, als würde ich sie verurteilen, sondern wollte, dass es sich wie die ehrliche Frage anhörte, die es war.

„Das ist auch kompliziert." Sie hielt inne und ihre Augen wurden groß. „Hast du das gehört? Ich glaube, ich habe draußen etwas gehört."

Ich stand auf und ging hinüber zum Höhleneingang. Ich bedeutete Portia, dass sie bleiben sollte, wo sie war. Ich hörte die Hunde nicht, aber das hieß nicht, dass sich ein Mitglied des Ordens nicht vom Rest getrennt hatte, wie ich es getan hatte, in der Hoffnung, alleine mehr Glück zu haben. Die Dunkelheit machte es förmlich unmöglich, irgendwas zu erkennen. Ich zog in Erwägung zu rufen, aber ich war nicht sicher, ob ich schon bereit war, einem Mitglied des Ordens gegenüberzutreten.

„Ich sehe Spuren, die zu dieser Klippe führen", rief eine Stimme. „Hol die anderen und die Hunde. Vielleicht versteckt sie sich irgendwo zwischen den Steinen. Lasst uns unseren kleinen Fuchs heraustreiben."

Fuck.

Wir hatten nicht so viel Zeit, wie ich erwartet hatte. Ich drehte mich um und kehrte in die Höhle zurück. „Zieh meine Jacke aus und gib sie mir." Wies ich sie an, während ich mich ausgestreckter Hand auf sie zuging. „Sie kommen."

Portia machte einen Schritt nach hinten und zog den Mantel fester um sich. „Was heißt das?"

"Das heißt, dass du nicht meine Jacke anhaben kannst."

Als sie noch immer keine Anstalten machte, mir die Jacke zu geben, stellte ich klar, dass ich sie gejagt hatte und sie *mein* Gewinn war. Wir wollten den Ältesten keinen Grund zur Annahme gegeben, dass ich ihr in irgendeiner Weise geholfen hatte.

Ihre Augen waren groß und ich konnte sehen, dass ihre Lippe zu zittern begann, aber sie zog die Jacke aus und streckte den Arm in meine Richtung, damit ich sie ihr abnehmen konnte.

Ich kam auf sie zu, berührte sanft ihren Oberarm und streichelte dann ihre Wange, während ich ihr tief in die Augen sah: „Alles wird gut. Vertrau mir. Ich werde nicht zulassen, dass sie dich anfassen. Du gehörst mir. Ich habe dich gefunden."

Ohne ihr die Möglichkeit zu geben, ein weiteres Wort zu sagen, beugte ich mich vor und warf sie über die Schulter. Ich trug sie, wie ich Beute tragen würde, wenn wir wirklich gejagt hätten. Ihr nackter Hintern war neben meinem Gesicht und ich schätzte, dass es den Ältesten Freude machen würde, wenn sie sahen, wie ich den gefangenen Fuchs wie einen Sack Kartoffeln trug.

„Ich hab sie!", rief ich, als ich aus der Höhle kam. „Ich habe den Fuchs gefangen!"

Es dauerte nicht lange, bis Mitglieder des Ordens uns noch immer zu Pferd umzingelten. Ich hatte gehofft, dass sie die ganze Nacht lang mit der Suche nach ihr beschäftigt sein würden, aber es waren immerhin Stunden seit dem Beginn der Jagd vergangen und ich konnte sehen, dass die Männer es leid waren. Sie waren glücklich darüber, dass der Fuchs endlich gefunden worden waren.

„Wie ich sehe, hast du den Geruch deiner Schönheit verinnerlicht", verkündete einer der ältesten mit einem fiesen Lächeln im Gesicht.

„Ich habe sie bei den Steinen gefunden", erklärte ich, glücklich, dass ich den Mitgliedern zuvorgekommen war, sodass sie uns nicht in der Höhle gefunden hatten. Vielleicht kannten einige von ihnen unseren geheimen Ort, aber ich war zufrieden darüber, dass ich zumindest dieses Geheimnis vor der Jagdgesellschaft hatte verbergen können.

„Die kleine Wilde hat sich ihres Umhangs und des Schwanzes entledigt", stellte ein anderer Ältester fest.

Ich ließ Portia zu Boden gleiten und entschloss die Gruppe durch meine nächste Handlung abzulenken, bevor sie sie weiter kritisieren oder das Fehlen von Umhang und Schwanz erörtern konnten und vor allem, bevor sie in Erwägung zogen, dass das eine Strafe zur Folge haben könnte.

Ich sah Portia in die Augen und hoffte inständig, dass sie meine Gedanken lesen konnte. Sie musste mir vertrauen. Sie musste still bleiben und mir erlauben, das hier in die Hand zu nehmen. Sie musste mich in dem, was ich als Nächstes tun würde, ganz hingeben.

Ich holte mein Taschenmesser aus der Hosentasche, ergriff ihre Hand, drehte ihre Handfläche in meine Richtung. „Ich habe die Jagd gewonnen", erklärte ich.

Ich ließ die Klinge über ihre Hand gleiten, hielt sie fest, als sie vor Schmerzen zusammenzuckte und sich von mir losreißen wollte. Ein blutroter Streifen erschien auf ihrer Haut und ich hasste, dass ich diese Wunde verursacht hatte. Ich ließ meine Finger über den Schnitt gleiten und rieb mir im Weiteren mit den blutigen Fingern über das Gesicht, markierte mich selbst mit dem Blut der Gejagten. Dann ergriff ich ihre Hand erneut, wischte das verbleibende Blut von der Wunde und verschmierte es ebenfalls auf ihrem Gesicht.

„Sie gehört mir", verkündete ich.

Die Mitglieder des Ordens feierten meinen Sieg und das

Bluten. Sie waren außerdem zweifelsohne dabei zu feiern, dass sie jetzt endlich ihren Bourbon und Blowjob bekommen würden, woran sie sicher bereits dachten, seit das Ritual begonnen hatten.

Die Fuchsjagd war endlich vorbei.

Und die Beute gehörte definitiv mir.

11

Sully

EIN TEIL von mir wollte tatsächlich mit den anderen Mitgliedern des Ordens zusammen in den Billard-Raum gehen und Bourbon trinken und Blowjobs genießen, schließlich war das die Tradition der Fuchsjagd, die sie jetzt ausleben würden, aber ich empfand das Portia gegenüber als nicht sonderlich fair. Das arme Mädchen war durch die Hölle gegangen und ich wollte wirklich nicht, dass sie danach allein sein musste. Ich hatte auch ein merkwürdiges und sehr instinktives Bedürfnis, sie zu beschützen.

Ich wollte sie nicht erneut aus den Augen lassen.

Nicht, solange wir noch hier in Oleander Manor waren.

Kein Mann würde dieses Mädchen noch mal jagen und ihr eine solche Angst einflößen, auch nicht aus Spaß.

Ich würde nicht zulassen, dass sie das noch einmal durchmachen musste, solange es in meiner Macht stand.

Ich würde sie beschützen.

Es stand jetzt viel auf dem Spiel. Wir waren dem Ziel

einen Schritt nähergekommen und so langsam fiel es mir wie Schuppen von den Augen: Wenn wir den letzten Tag erreichen wollten, würden wir zusammenarbeiten müssen, Eins werden.

„Ich lass dir Badewasser ein", erklärte ich, als wir das Zimmer betraten. Sie war nicht mehr so schmutzig, wie als ich sie gefunden hatte, da sie in der Höhle ihre Haut abgespült hatte, aber ihr gesamter Körper zitterte wegen der Kälte, die ihr zweifelsohne bis in die Knochen gegangen war. Sie hatte es verdient. Überall in ihrem Gesicht war ihr Blut verschmiert, das hatte ich zu verant-worten und das Mindeste, was ich tun konnte, war es zu entfernen.

Sie nickte, während sie Arme um ihren nackten Körper schlang. Ich hatte mich langsam daran gewöhnt, sich nackt zu sehen, aber ich hasste es, wie verletzlich sie nun war.

Nackt war zwar unglaublich sexy, aber ihre Verletzlich-keit bewegte etwas anderes in mir und ich wollte es richtig-stellen. Ich konnte nicht alles wieder gut machen, aber ich konnte zumindest dafür sorgen, dass ihr wieder warm wurde.

Nachdem ich wenigstens ein Dutzend Mal überprüft hatte, ob das Wasser nun eine angenehme Temperatur erreicht hatte, gab ich einige Kappen des Schaumbades hinzu. Ich wollte sichergehen, dass ihre Nacht deutlich weniger schlimm endete, als sie begonnen hatte. Dann ging ich hinüber zum Waschbecken und wusch ihr Blut von meinem Gesicht und versuchte nicht daran zu denken, wie makaber die gesamte Situation war.

„Ich glaube, ich habe mich noch nie in meinem Leben so sehr nach einem Bad gesehnt, wie jetzt", sagte Portia hinter mir, als sie das Bad betrat.

„Guck erst, ob die Temperatur gut ist", wies ich sie an,

während ich mich aufrichtete. „Ich habe noch nie für irgendjemanden Badewasser eingelassen."

„Ich bin mir sicher, dass es perfekt ist. Vielen Dank", verkündete sie, ging herüber und steckte einen Zeh langsam in das Wasser.

Ich trat an den Rand der Wanne und reichte ihr meinen Arm als Stütze, während sie in die Wanne stieg. Ich war mir nicht wirklich sicher, wieso ich ihr in die Wanne half, schließlich konnte sie das durchaus alleine, aber andererseits... Bei der Fuchsjagd hatte mich irgendwas verändert. Ich wollte dieses Mädchen jetzt einfach behandeln, als gehöre sie in eine Porzellankiste.

Während sie sanft ins Wasser glitt und der Schaum ihre Nacktheit langsam verdeckte, sagte ich: „Ich gönne dir ein wenig Ruhe."

„Warte", rief sie mir nach. Als ich mich zu ihr umdrehte, fügte sie hinzu: „Kannst du nicht bleiben und mit mir reden? Ich möchte gerade nicht wirklich mit meinen Gedanken alleine sein."

Ich lehnte mich gegen das Waschbecken und nickte. „Das kann ich verstehen. Wenn deine Gedanken meinen nur im Geringsten ähneln, dann sind sie ganz schön angst-einflößend."

Sie verrieb den Schaum auf ihren Armen und sah mich nicht an. „Das sind sie. Alles hat sich geändert, als ich herkam. Ich dachte, dass ich das hier könnte. Ich hatte mich selbst immer als starke Person gesehen und es gab einfach nichts, was ich nicht konnte, wenn ich mich dazu entschlossen hatte. Heute Nacht habe ich zum ersten Mal daran gezweifelt."

„Das ist das, was der Orden will", sagte ich. „Sie möchten die Schönheiten brechen. All das hier ist einfach nur ein krankes Spiel für sie."

Ich holte einen Waschlappen vom Waschtisch und ging hinüber zur Wanne. Dort tauchte ich ihn in das schaumige Wasser und begann dann, ihr das Blut vom Gesicht zu waschen. Ich wollte nicht zu weit gehen, also bot ich ihr den Lappen an, damit sie es selbst zu Ende bringen konnte, aber ich fand es merkwürdig, dass ich nicht aufhören wollte.

„Du hörst dich immer an, als hättest du hier überhaupt keine Rolle, so als würdest du überhaupt nicht so sein wollen, wie sie. Ich finde das irgendwie schwer zu glauben."

„Seit ich alt genug war, um zu sehen, wie krank ihr Treiben hier ist, wollte ich niemals werden wie sie. Niemals." Ich verlagerte das Gewicht von einem Bein aufs andere und lehnte mich erneut gegen das Waschbecken. „Ich weiß, dass du glaubst, dass ich einfach nur ein verwöhntes Kind reicher Eltern bin und es mein größter Traum sei, Teil des allmächtigen Ordens des Silbernen Geistes zu werden—aber du könntest dich nicht mehr irren." Ich ging hinüber zum Rand der Badewanne und brachte den Becher mit, den ich eben vom Waschbecken genommen hatte. „Lass mich deine Haare waschen."

Sie wehrte sich nicht und sagte kein Wort, als ich nach der Shampooflasche griff.

"Ich bin nie davon ausgegangen, dass ich dich kenne, Sully", sagte sie, während sie den Kopf drehte, weil ich Wasser darüber goss und langsam das Shampoo in ihre Haare einarbeitete. „Du bist für mich wie ein großes Rätsel, genauso wie der Orden und Oleander."

„Ich mag lange Spaziergänge am Strand, Labradore und Cognac am Kamin", scherzte ich. Die Unterhaltung wurde mir langsam ein wenig zu ernst. „Und offenbar mag ich es auch, hübschen Blondinen die Haare zu waschen."

Sie kicherte. „Nun, diese Blondine ist dir jedenfalls sehr dankbar. So langsam fühle ich mich endlich wieder normal.

Wenn es das Ziel des Ordens gewesen ist, dass ich mich wie eine Bestie fühle, dann haben sie das zumindest geschafft. Als ich auf der Flucht war, habe ich mich tatsächlich wie ein wildes Tier gefühlt."

„Diese Arschlöcher sind einfach krank im Kopf", erklärte ich und wusch dabei das Shampoo aus, bevor ich nach der Spülung griff.

„Sully?", fragte sie leise. „Glaubst du, dass wir es durch die ganzen 109 Tage schaffen werden?"

Ich atmete hörbar aus. „Das glaube ich. Ich denke nicht, dass es einfach werden wird, aber ich glaube, dass du und ich etwas Besonderes auf unserer Seite haben."

„Und was ist das?"

„Wir beide sind sture Arschlöcher."

Sie lachte laut. „Da hast du recht."

„Und wir beide wollten nicht, dass sie gewinnen. Wenn wir verlieren... Nun, das gönne ich ihnen einfach nicht."

„Ich auch nicht", beschloss sie.

„Nun, dann lass uns versprechen, dass wir beide, egal was passiert, das hier zu Ende bringen werden und es ihnen nicht erlauben, uns zu brechen."

„Versprochen. Wir gegen sie."

„Wir gegen sie", wiederholte ich.

Meine nächste Handlung war die eines Mannes, der wirklich Gefühle für die Frau hatte, die vor ihm in der Badewanne saß und in einer Villa voller Hass eingesperrt worden war.

Das hier war nicht ich. Ich kümmerte mich nicht um andere. Mir war alles egal. Aber Portia hatte verdient, dass ich genau das für sie tat. Sie hatte es verdient, dass man zärtlich mit ihr war. Sie hatte verdient, dass man nett mit ihr umging und sie hatte meine Hingabe verdient.

Zumindest für den Augenblick.

Zumindest heute Nacht.

Ich half ihr aus der Badewanne und wickelte ein kuscheliges Handtuch um sie herum. Ihre großen Augen sahen mit einem stillen Dank zu mir hinauf.

Keine Aggressionen.

Keine Anfeindungen.

Kein zweischneidiges Messer.

Nicht heute Nacht.

Ich brachte sie hinüber zum Waschbecken und nahm ihre Bürste in die Hand. Ich fragte nicht um Erlaubnis, hatte allerdings auch nicht das Gefühl, dass das notwendig gewesen wäre. Langsam ließ ich die Borsten durch ihr langes Haar gleiten. Sie beobachtete jede meiner Bewegungen im Spiegel.

Wir sprachen nicht.

Wir mussten auch nicht sprechen.

Im Moment brauchten wir nur einander.

Wir waren mitten in einem Spiel, für das wohl nicht jeder geeignet gewesen wäre. Es war ein Albtraum, den wir gemeinsam durchstanden. Uns vereinte etwas, was wir niemals wieder mit einer anderen Person haben würden. Ich brauchte sie. Sie brauchte mich.

Wenn ich gemein zu ihr war, dann hieß das, dass ich gemein zu mir selbst war.

Wir waren jetzt eins.

Zumindest hier in Oleander.

Als ich schließlich beim letzten Knoten angekommen war, drehte sie sich zu mir um und küsste mich ebenso sanft, wie ich soeben ihre Haare gebürstet hatte.

Ich hatte nicht vorgehabt, sie heute Nacht zu ficken. Das war nicht meine Absicht gewesen. Nicht nach all dem, was sie in den letzten Stunden durchgemacht hatte. Sie allerdings ließ ihr Handtuch fallen und stand noch feucht und bereit vor mir. Sie ließ mir keine Wahl.

Ich musste in ihr sein.

Sie gab mir definitiv keine andere Option, als sie damit anfing, auch mich auszuziehen.

„Ich brauche dich", flüsterte sie zwischen Küssen.

Wir brauchten einander.

Schließlich hatte sie auch mich entkleidet, also hob ich sie hoch und setzte sie auf der Ablage im Bad ab. Sie schlang die Beine um meine Taille und schob mir ihre Zunge tiefer in den Mund.

Ich ließ meine Finger durch ihre Haare gleiten und versuchte mich zu beherrschen und nicht an diesen zu ziehen. Ich mochte harten Sex, aber nicht heute Nacht. Heute Nacht ging es nur um sie. Ich wollte, dass sie sich gut umsorgt und sicher fühlte.

Ich drückte ihre Beine auseinander und ging zwischen ihren Schenkeln in die Knie. Ich atmete tief ein und nahm ihren Geruch wahr, dann küsste ich sie dort.

„Sully...", schnurrte sie förmlich. Ihre Finger vergruben sich in meinen Haaren und sie war an der Reihe zu ziehen.

Die Muskeln in ihren Schenkeln spannten sich an und spornten mich an, weiter zu machen. Aus meinen Küssen wurde ein Lecken und meine Zunge malte auf jedem Zentimeter ihrer weichen Muschi Kreise. Als mein Mund schließlich ihren Kitzler fand, schrie sie auf und drückte sich fest gegen mein Gesicht.

Als Belohnung für ihre sichtbare und hörbare Lust schob ich zwei Finger in sie hinein, während ich meine Zunge weiter Kreise zeichnen ließ. Mein Ziel war es, dass sie unter meinen Lippen kam.

„Oh mein Gott, Sully..." Ihre Worte waren von ihrem

schnellen Atmen abgehakt und ihre Beine zitterten um mich herum.

„Komm für mich", verlangte ich und stieß mit den Fingern tiefer in sie. Ich wollte nichts mehr, als ihr einfach Lust bescheren.

Ihre unterwürfige Natur sorgte dafür, dass sie meinem Kommando direkt Folge leistete. Sie wurde lauter und ihre Hüfte zuckte, als sie schließlich erleichtert aufstöhnte.

Bevor sie wieder zu Atem gekommen war, erklärte sie: „Ich möchte dich in mir. Jetzt."

Ich war niemals jemand gewesen, der auf andere hörte, aber in diesem Fall würde ich wohl eine Ausnahme machen müssen. Ich verschwendete keinen weiteren Augenblick, stand auf und positionierte sie am Rande des Waschtisches, sodass ich meinen harten Schwanz in sie stoßen konnte.

So sehr ich noch immer zärtlich mit ihr sein wollte, konnte ich doch die Bestie in mir nicht länger zurückhalten.

Immer und immer wieder stieß ich fest in ihren engen Schlitz und wollte niemals wieder damit aufhören. Das unbändige Verlangen, meinen Körper mit ihrem zu verschmelzen, überlagerte jedes andere Gefühl. Ihre festen Muskeln verkrampften sich um mich, während sie schrie, als sie ihren zweiten Orgasmus erreichte. Ihr Körper bewegte sich mit meinem, molk mich förmlich, damit auch ich den Höhepunkt erreichte.

Bis zu diesem Moment hatte ich mich noch nie so gefühlt, als gehöre ich in die Arme einer bestimmten Frau. Ja, ich nahm sie mit Lust und Leidenschaft, aber es gab da noch so viel mehr. Wir waren im Kampf und glücklicherweise auf derselben Seite stationiert. Wir hatten einen gemeinsamen Feind, ein gemeinsames Ziel, einen gemeinsamen Preis, der am Ende auf uns wartete.

Montgomery hatte gesagt, dass wir ein Team sein

würden. Er hatte genau gewusst, wie es sich anfühlte und ich hatte mich damals dazu entschlossen, seine Worte zu ignorieren, mich sogar gegen die Vorstellung zu wehren.

Jetzt allerdings...

In diesem Moment...

Wollte ich niemals mehr einen anderen Soldaten als Portia Collins an meiner Seite wissen...

12

Portia

DIE DECKE FIEL uns auf den Kopf und das trieb uns komplett in den Wahnsinn.

Das ist die einzige Art und Weise, wie ich das, was zwischen Sully und mir geschah, beschreiben konnte. Wir hatten uns gehasst und nun... naja, irgendwie war es jetzt das komplette Gegenteil. Innerhalb von wenigen Tagen, Stunden, Minuten. Es war, als säßen wir in einer Achterbahn der Gefühle und ich wusste nicht recht, wie ich damit umgehen sollte. Ich konnte mir nur vorstellen, dass es ihm wahrscheinlich ähnlich erging. Ich wurde jedenfalls nicht aus ihm schlau oder hatte die leiseste Ahnung, was in ihm vorging, egal wie sehr ich mich anstrengte.

Heute... war er seltsam. Distanziert, aber nicht gemein. Es war merkwürdig, aber nicht kühl.

Ich war im Bad gewesen und hatte mich für das Ritual am Abend vorbereitet. Keiner von uns hatte die leiseste Ahnung, was es sein würde. Ich hatte ein salbeifarbenes

Kleid bekommen, das etwa die Mitte meiner Schenkel erreichte. Es war nicht freizügig und wenn man bedachte, dass ich gewöhnlich nackt unterwegs war, war das in diesem Augenblick tatsächlich ein großer Fortschritt. Wobei man das hier niemals wirklich wissen konnte. Ich wusste, dass ich das hier wertschätzen musste.

„Einfacher Zugang", hatte Sully gemurmelt, während seine Finger unter den Saum des Kleides geglitten waren und meinen Hintern gestreichelt hatten. Ein Schauer war über mich gelaufen, aber ansonsten hatte ich seinen Kommentar einfach ignoriert, anstatt irgendetwas Freches zu entgegnen. Mir war klar geworden, dass ich mich nicht immer gegen ihn wehren durfte. Gegenwärtig gefiel mir die weiße Fahne, die wir beide schwangen, deutlich besser.

Als ich im Badezimmer gerade im Begriff war, Lippenstift aufzulegen, hörte ich ein Klopfen an der Tür und dann schallte Mrs. Hawthornes Stimme durch den Raum. Ich zog in Erwägung, das Bad zu verlassen und ihr „Hallo" zu sagen, entschied mich allerdings stattdessen das Ohr gegen die Tür zu drücken und zu lauschen, schließlich waren sie und Sully bereits tief in ein Gespräch vertieft.

„Du musst netter zu dem Mädchen sein", versuchte sie ihm vorzuschreiben. „Sie hat verdient, besser behandelt zu werden als ein Tier."

„Bei allem Respekt, Mrs. H—"

„Genau das ist das Problem, Jungchen", unterbrach sie ihn harsch. „Du respektierst überhaupt niemanden. Du machst einiges durch wegen des Todes deines Vaters und all dem und deshalb habe ich wirklich versucht, mit deinem schlechten Benehmen klar zu kommen und Ausreden gefunden, bevor ich etwas sagte, aber glaube ja nicht, dass ich weiter den Mund halten werde. Nur, weil du inzwischen erwachsen bist, heißt das nicht, dass ich dir keinen Satz heiße Ohren verpassen kann."

„Mein Vater hat nichts mit meinem *schlechten Benehmen* zu tun."

Ich konnte beide deutlich hören, aber trotzdem wünschte ich mir, dass ich sie auch sehen konnte.

„Dein Vater hat viel mit deinem Verhalten zu tun. Du tust dir selbst keinen Gefallen damit, dass du das leugnest", erklärte sie ihm.

Ich hörte ein tiefes Seufzen von Sully, ein Laut, an den ich mich inzwischen schon gewöhnt hatte. „Mrs. H... ich muss mich wirklich für heute Abend fertigmachen."

„Ja, ja, das musst du. Genau deshalb bin ich hier. Heute Abend ist ein Test für euch beide und du musst für dein Mädchen da sein. Sie braucht dich. Du brauchst sie."

„Das habe ich verstanden."

„Ich glaube nicht, dass du das verstanden hast, Sully. Du errichtest diese Mauern in dir, aber der Orden wird es schaffen, sie niederzureißen, so oder so. Ich möchte einfach nur verhindern, dass das Mädchen dabei ebenfalls zerstört wird."

„Ich habe nicht vor, sie zu verletzten. Und nur, damit Sie es wissen: Ich versuche netter zu sein."

„Nun, dann gib dir mehr Mühe", verlangte Mrs. H. „Alles, was ich sehe, ist ein Arschloch. Du bist besser als das. Das bist du schon immer gewesen. Werde nicht so wie dein Vater."

„Ich bin in keiner Weise wie mein Vater", verteidigte Sully sich.

„Da möchte ich widersprechen, Kleiner. Wenn du nicht vorsichtig bist, wird die Dunkelheit, die in seiner Seele war, auch deine einnehmen. Du musst lernen, dich unter

Kontrolle zu bringen und den Hass, der durch dich fließt, zu zähmen."

Einen Augenblick lang herrschte Stille und ich fragte mich, ob Mrs. Hawthorne gegangen war, aber dann hörte ich sie wieder sprechen.

„Hör auf, gegen alle zu kämpfen, Sully. Wir sind nicht alle deine Feinde."

„Sie würden auch kämpfen, wenn Sie in meiner Lage wären."

„Du bist nicht der erste junge Mann, der das hier durchmacht. Du bist allerdings der Erste, der die ganze Zeit eine so schlechte Stimmung an den Tag legt."

„Und Sie finden das, was hier passiert, in Ordnung?", fragte Sully.

„Das muss ich nicht entscheiden. Ich kann nur eines sagen... es ist dein Schicksal. Deine Abstammung. Es liegt an dir herauszufinden, wie du dich anpassen und über beides hinauswachsen kannst. Du kannst nicht vor dem, was du bist, davonrennen. Du kannst dich nicht verstecken. Ich weiß, dass du glaubst, dass es eine gute Idee war, nach Kalifornien zu gehen und dort als Surferboy zu leben, aber auf deinen Schultern lastet Verantwortung. Du hast eine Schwester und eine Mutter, die dich beide jetzt noch mehr brauchen als je zuvor."

Ich spitzte die Ohren. Sully hatte irgendwann mal angemerkt, dass er eine Schwester hatte, aber nicht mehr über sie preisgegeben. War sie jünger oder älter als er? Er war immer so reserviert, wenn es um sein Privatleben ging oder überhaupt um etwas, das passiert war, bevor wir hier nach Oleander gekommen waren.

„Es ist Zeit, dass du deinen Platz einnimmst und dich verhältst wie ein Mann. Genau darum geht es beim Aufnahmeritual. Ein Mann zu sein. Es ist an der Zeit."

Die Schlafzimmertür öffnete und schloss sich. Mrs. H. war gegangen.

Ich wartete ein wenig und kam das auf dem Schlafzimmer. Ich war mir nicht sicher, wie Sully gelaunt sein würde. Er schien mir nicht die Art Mann zu sein, die gerne von anderen Vorträge bekam, aber auf mich wartete eine schöne Überraschung. Er stand in seinem Smoking da, hatte eine Hand in die Hosentasche geschoben und trug ein Lächeln im Gesicht, als er mich wahrnahm.

„Du siehst einmalig aus", sagte er. „Wunderschön."

Ich blickte an meinem kurzen Kleid hinunter und auf meine silbernen Pumps und grinste. „Immerhin habe ich kein Halsband um, oder einen Fuchsschwanz oder sonst ein versautes Kostüm."

„*Noch* nicht", warf er zwinkernd ein. „Der Abend ist noch jung."

Er bot mir seinen Arm an und führte mich dann aus dem Schlafzimmer heraus und in den Ballsaal. Auch wenn ich diesen Weg inzwischen häufig gegangen war, wurde ich jedes Mal aufs Neue nervös. Es war die Ungewissheit. Die Überraschung. Ich konnte mich nicht vorbereiten.

Sully war der Erste, der sprach, als wir den Saal betraten. „Scheiße." Seine gesamte Körperhaltung versteifte sich.

Ich folgte seinem Blick und entdeckte einen Mann, der neben einem Lederstuhl platzgenommen hatte und eine Tätowiermaschine in der Hand hielt. Die Ältesten umringten ihn mit ihren Stöcken in den Händen und es wirkte fast, als wären sie bereit, uns zu schlagen, wenn wir dem, was sie für uns geplant hatten, nicht zustimmten. Das Licht der Kronleuchter war gedimmt und ein Feuer brannte im Kamin zu unserer Rechten. Es war wir eine Szene aus einem Horrorfilm in Schwarz-Weiß.

„Wollen die uns etwa tätowieren?", fragte ich, während ich versuchte, mich mental darauf vorzubereiten.

Sully atmete hörbar auf und führte mich zum Stuhl herüber.

„Gentleman", begrüßte er zu den Ältesten. „Bekomme ich hier den pinken Schmetterling auf den Hintern?"

„Sully VanDoren", sagt einer der Ältesten. „Du bist als Erster dran."

Ich hatte erwartet, dass Sully sich wehren würde, aber zu meiner Überraschung setzte er sich hin, zog seinen Ärmel hoch und legte sein Handgelenk vor den Tätowierer. Es war klar, dass er wusste, was passieren würde und dass er sich seinem Schicksal bereits ergeben hatte. Er hatte geahnt, was geschehen könnte und er hatte sogar gewusst, dass man uns tätowieren würde. Aber er war eben auch in dieser wahnsinnigen Welt aufgewachsen.

Ich allerdings hatte noch immer nicht die leiseste Ahnung, was passieren würde. Ich machte einen Schritt auf Sully zu, damit ich sehen konnte, wie der Tätowierer mit der vibrierenden Maschine, deren Echo von den Wänden des Ballsaals widerhallte, begann Sully ein Tattoo zu stechen. Die Ältesten standen einfach nur da, beobachteten Sully, während das Bild zwei gekreuzter Schwerter auf seinem Handgelenk verewigt wurde.

Sully zuckte nicht einmal zusammen. Er saß so stoisch da, dass ich mich innerlich fragte, ob es tatsächlich wehtun würde, wenn ich an der Reihe war. Ich war mir ziemlich sicher, dass es nicht nicht wehtun könnte, wenn eine kleine Nadel immer und immer wieder in mein Handgelenk gestochen wurde, aber Sully schien keinen großen Schmerz zu empfinden.

Sein Blick ruhte auf mir. Ich war mir nicht sicher, ob er einfach nur vermeiden wollte, die Ältesten anzusehen, was dazu führen würde, dass ihm schlecht wurde oder ob ich ihm irgendwie Ruhe gab, aber ich mochte es. Ich mochte es, dass er ganz auf mich konzentriert war, denn so konnte ich pflichtbewusst an seiner Seite stehen und für ihn stark sein – auch wenn ich innerlich zitterte.

Hier war ich, im Begriff, vor einem Haufen alter Kerle mit Umhängen mein erstes Tattoo zu bekommen und es gab nichts, was ich daran hätte ändern könnten.

Ich glaube mir persönlich hätte der pinke Schmetterling besser gefallen als das Motiv, das Sully gerade gestochen wurde, aber ich war mir ziemlich sicher, dass ich das Tattoo unter Armbändern würde verbergen können, bis ich es entfernen oder verändern lassen konnte, damit es nicht mehr so gruselig war.

Als die Schwerter das Tattoos sich auf der Innenseite seines Handgelenks kreuzten, war er fertig. Die Tätowiermaschine wurde ausgeschaltet und das Schlagen der Stöcke auf den Boden trieb mir die Angst bis ins Mark.

Ich war als Nächstes dran.

Ich atmete tief durch, sah Sully in die Augen und nickte.

Ich konnte das hier tun.

„Portia Collins", verkündete der Älteste. „Jetzt bist du an der Reihe, das Zeichen des Ordens zu bekommen."

Sully wartete ungeduldig darauf, dass der Tätowierer sein Tattoo abklebte, stand dann auf und ergriff meine Hand. Er lehnte sich zu mir herunter und flüsterte in mein Ohr: „Du musst das hier nicht machen, wenn du nicht möchtest. Ich würde es verstehen, wenn du Nein sagst und abbrichst."

Ich riss mich von ihm los, damit ich ihm direkt in die Augen schauen konnte. Ich wollte, dass er erkannte, wie ernst ich es meinte und wie entschlossen ich war. „Eine Tätowierung wird mich sicher nicht abhalten."

Ich nahm auf dem Stuhl platz, auf dem Sully gesessen hatte und genoss seine Wärme, die nun vom Stuhl auf mich überging. Ich war bereit, das hier hinter mich zu bringen, aber der Tätowierer stand auf und sammelte seine Sachen zusammen. Er war im Begriff zu gehen.

Verwirrt sah ich zu den Ältesten hinüber. Bekam ich nicht auch ein Tattoo? Sie hatten gerade gesagt, dass ich an der Reihe war, die Markierung zu bekommen, dass ich dran war.

Aber dann ging einer der Ältesten hinüber zum Kamin und zog den langen Stil eines Schürhakens aus der Glut. Er hatte mitten im Feuer gesteckt und war mir überhaupt nicht aufgefallen. An der Spitze des Metalls war das Sigel mit den zwei gekreuzten Schwertern zu sehen.

„Auf gar keinen Fall", schrie Sully. Offensichtlich beobachtete er das, was auch ich sah, aber scheinbar verstand er es schneller. „Ihr gebt ihr kein Brandmal. Auf gar keinen Fall."

Ich schnappte nach Luft, als es mir klar wurde. Sie wollten tatsächlich— Sie würden— Würden—

Aber ich konnte den Gedanken nicht einmal zu Ende bringen, da stürmte Sully bereits auf den Ältesten zu und schlug ihm wutentbrannt den Haken aus der Hand.

„Sully VanDoren", rief einer der Ältesten. „Entweder du beruhigst dich augenblicklich oder du verlierst. Das Aufnahmeritual ist vorbei und sowohl du als auch Miss Collins werden Oleander Manor als Verlierer verlassen."

Die Drohung reichte aus, dass ich vom Stuhl aufsprang und an Sullys Seite eilte, bevor er alles für uns beide ruinierte. Nein, das durfte er nicht! Das konnte ich nicht zulassen!

„Sully", sagte ich, während ich seine Hände ergriff. „Sully!" Ich schrie ihn förmlich an, weil er mich überhaupt nicht zu bemerken schien, obwohl ich direkt vor ihm stand. Seine Augen waren auf die Ältesten gerichtet, so als würde er ihre Ermordung in seinem Kopf planen... mit jedem einzelnen Detail. Jedem grausamen Detail. Mist. Ich musste zu ihm durchdringen. „Wir werden sie nicht gewinnen lassen. Erinnerst du dich?"

Seine von Zorn gezeichneten Augen fielen auf mich. „Du wirst dich nicht dort hinsetzten und wie ein Rindvieh ein Brandmal bekommen. Das lasse ich nicht zu." Er warf einen weiteren Blick hinüber zu den Ältesten, dann sah er mich an. Seine Augen fokussierten sich endlich auf mein Gesicht. „Sag mir, wie viel Geld du willst. Ich schreibe dir einen Scheck, hier und jetzt und dann können wir von hier fortgehen und niemals zurückblicken."

Oh, Sully. Ich schüttelte den Kopf. „Was ist mit dir? Was ist mit den Gründen, aus denen zu hier bist?"

„Scheiß drauf. Es gibt Dinge, die es einfach nicht wert sind. Das hier geht zu weit. Das ist verdammt nochmal krank!"

Ich drückte seine Hände in der Hoffnung, dass ich ein wenig meiner Ruhe in seinen rasenden Geist übertragen könnte. „Sie können mich nicht brechen."

Das wusste ich. Nicht, wenn so viel auf dem Spiel stand. Ich würde sie mich nicht brechen lassen. „Und sie können dich nicht brechen." Zumindest hoffte ich das inständig.

Aber nein, als ich seine Wut sah, seinen rasenden Zorn und seinen Willen—da wusste ich, dass sie auch niemals seinen Geist würden brechen können. Wer konnte sich schon gegen Sully VanDoren stellen und gewinnen?

Er riss seine Hände aus meinen. „Ich habe dir gerade gesagt, dass ich dir geben werde, was immer sie dir versprochen haben. Ich habe das verdammte Geld!"

„Es geht nicht um das Geld", widersprach ich und hoffte,

dass die Ältesten das hier nicht als Aufgeben ansehen würden, weil wir so lange diskutierten.

„Sully", fügte ich mit gesenkter Stimme hinzu in der Hoffnung, dass er den Druck hörte, den ich spürte. „Wir müssen das machen."

„Ist das ein verdammter Scherz?", rief er. Ich war mir nicht sicher, ob er mich meinte oder die Ältesten oder uns alle. Wahrscheinlich meinte er uns alle. Oder vielleicht schrie er auch Gott an. „Ein Brandmal, Portia! Sie wollen dir ein *Brandmal* verpassen!"

Ich musste schnell handeln. Ich hatte keine Chance, Sully zu überzeugen, dass wir das hier tun sollten und umso länger wir hier standen, desto größer wurde die Gefahr, dass die Ältesten ihre dummen Stöcke auf den Boden schlagen und erklären würden, dass die Aufnahme hiermit beendet sei.

Also tat ich, was ich tun musste. So wie ich es immer tat.

Ich war *nicht* wie mein verdammter Vater.

Ich blieb. Ich nahm den schwereren Weg. Ich traf die schwierigen Entscheidungen, weil ich wusste, was Liebe war.

Ich ging hinüber zu dem Brandeisen auf dem Boden, das langsam abkühlte und hob es auf. Ich reichte es dem Ältesten, der es zuerst in der Hand gehalten hatte.

„Mach schon", sagte ich und drehte mein Handgelenk. „Mach es einfach." Meine Stimme zitterte nur ein kleines bisschen.

Sully marschierte zu mir herüber, ergriff meinen Arm und zog mich aggressiver an sich, als er es jemals zuvor getan hatte. „Ich habe Nein gesagt!"

Ich zeigte ihm die Zähne. „Nun, dann ist ja gut, dass ich dich nicht um Erlaubnis gebeten habe."

„Also gehst du über Leichen, nur um das Geld zu

bekommen? Ist es das, was du mir sagen möchtest?" Sully hatte die Zähne zusammengebissen, seine Hände waren zu Fäusten geballt und sein ganzer Körper stand unter so viel Spannung, dass ich Angst hatte, dass seine Wirbelsäule brechen würde.

„Ich sage dir, dass ich mich weigere, zu verlieren!", schrie ich.

Seine Wut hatte endlich auf mich abgefärbt und wenn ich mich nicht auf das Brandmal konzentrierte, dann würde ich wirklich ausrasten.

Der Älteste hatte das Brandeisen bereits zurück in das Feuer bugsiert, herausgezogen und reichte es nun an Sully, der es einfach nur anstarrte. Die Spitze glühte wieder in einem gold-gelben Orange. Mir stieg der Rauch in die Augen und die Luft um die Spitze flimmerte.

„Sully...", begann der Älteste. „Es ist deine Pflicht der Schönheit das Brandmal zu verpassen, um diese Aufgabe zu bestehen."

Sullys Augen fielen auf mich, das heiße Brandeisen, dann wieder auf mich. „Willst du das? Willst du das wirklich?"

„Tu es", fuhr ich ihn an, während ich ihm mein Handgelenk hinhielt.

„Auf die Hüfte", erklärte der Älteste und zeigte dabei auf meinen Hüftknochen.

Ich brauchte einen Augenblick, um zu verdauen, welcher Teil meines Körpers fortan ein Brandmal haben würde, aber tatsächlich war es mir dort lieber als auf dem Handgelenk. Also zog ich mein kurzes Kleid hoch, warf Sully einen bösen Blick zu und hoffte inständig, dass er nicht den Mut verlieren würde.

„Wir lassen nicht zu, dass sie gewinnen, Sully. Lass es nicht zu", sagte ich leise.

„So unglaublich krank", wütend sah er sich im Raum um, betrachtete die Ältesten. „Ihr alle seid kranke Schweine. Wie könnt ihr nur nachts schlafen?"

Dann nahm er dem Ältesten das Brandeisen ab und bracht es in die Nähe meiner Hüfte.

Er dachte darüber nach, es zu tun. Das konnte ich sehen.

Dann sah ich, wie er vor Ekel erschauderte. Es würde seine Seele für immer belasten, wenn er das Eisen auf meine Haut brachte und diese für immer zeichnete, wenn er mich auf diese Weise verletzten würde.

Sully hatte seine Limits, man konnte ihn nicht weiter Zwingen. Er war ein Ochse von einem Mann. Sie hatten ihn an den Punkt gebracht, an dem er brechen würde. Er würde eher diese gesamte Villa in Schutt und Asche legen, als mich mit diesem Brandeisen zu markieren.

Also streckte ich die Hand aus, legte sie hoch genug an das Eisen, an eine Stelle, an der ich hoffte, dass es eine aushaltbare Temperatur hatte und drückte es fest auf meine verfickte Hüfte.

Glühendes Eisen, verbranntes Fleisch.

Barbecue.

Es roch wie ein Barbecue. *Ich* roch wie brennendes Fleisch.

Ich schrie vor Schmerz und riss das Eisen im selben Moment, in dem Sully es komplett verstört von mir riss, von meinem Fleisch.

Schmerz, unglaublicher Schmerz, meine Hüfte brannte, der Schmerz kroch meine rechte Seite empor. Feuer. Ich brannte. SCHEISSE! DAS TAT WEH! ICH BRANNTE VERDAMMT—

Meine Beine gaben nach.

Von hinten ergriffen mich Arme, bevor ich wirklich fiel. *Ihre* Arme. *Sie* hielten mich. Nicht Sully.

Sully stand mit verzerrtem Gesicht vor mir. Wieso hielt er mich nicht? Sully. *Sully. Mach, dass sie mich loslassen!*

Aber ich konnte nicht gehen oder mich wehren. Verdammt noch mal, ich war so weit gekommen, ich hatte diese Aufgabe bestanden. Nichts auf dieser Welt konnte mich schlagen. Niemand.

Das letzte, an das ich mich erinnern konnte, war Stille, Dunkelheit und ein loderndes Feuer, dass sie so tief in meine Hüfte brannte, dass ich mich fragte, ob der Schmerz jemals nachlassen würde.

Feuer. Feuer. Ich verbrannte im Feuer...

ICH WAR MIR NICHT SICHER, wie lange ich mich dem Schmerz hingab, als ich jedoch schließlich die Augen öffnete, stand Sully über mir. Ich lag in unserem Bett und er saß auf der Bettkante. Sein Gesicht war von Sorge gezeichnet.

„Sie ist wach", rief er über seine Schulter. Er klang zeitgleich verängstigt und erleichtert.

Mrs. Hawthorne tauchte hinter ihm auf und legte ihre Hand auf seine Schulter. „Oh, gut. Sieht aus, als hätte ihr hübsches Gesicht auch wieder etwas Farbe."

„Geht es dir gut?", fragte Sully, während seine Hand über meine Stirn und durch meine Haare glitt.

„Was ist passiert?", fragte ich. Ich war mir wirklich nicht sicher, wie ich in unserem Zimmer, in unserem Bett gelandet war.

„Du bist ohnmächtig geworden, Mädel. Das ist nicht wirklich überraschend, wenn man bedenkt, was du durchgemacht hast", antwortete Mrs. Hawthorne.

„Wie fühlst du dich jetzt?", fragte Sully und ergriff zeitgleich mein Handgelenk, um meinen Puls zu fühlen. Er sah zu Mrs. Hawthorne hinauf und erklärte: „Ich denke immer noch, dass wir einen Arzt holen sollten."

Ich schüttelte den Kopf und versuchte mich aufzurichten, aber Sully drückte mich wieder in die Kissen. „Kein Arzt. Es geht mir gut", ich blickte hinab und sah, dass ich ein Pflaster auf der Hüfte hatte. Ich konnte das Brennen noch immer fühlen, aber es war nicht mehr annähernd so schlimm. „Es geht mir gut." Ich war ein wenig außer Atem, als ich das erklärte, aber es wahr war. Der Schmerz hatte deutlich nachgelassen, was mich wirklich überraschte.

„Wir haben Brandsalbe auf deine Wunde aufgetragen", sagte Mrs. Hawthorne. „Du wirst dich bald besser fühlen und es wir gut heilen."

„Ich hätte niemals zulassen dürfen, dass sie dir das antun", sagte Sully und sah mich böse an.

„Du hast nichts zugelassen", erwiderte ich, während ich mich aufrichtete. „Ich treffe meine eigenen Entscheidungen und das hier war eine von diesen."

„Das ist richtig, Mädel. Sieh zu, dass du dieses Feuer behältst und du wirst diesen Ort verlassen und all deine Träume gehen in Erfüllung. Lass nicht zu, dass diese Männer gewinnen." Sie lächelte mich an, klopfte Sully auf den Rücken und erklärte dann: „Wenn ihr mich braucht, findet ihr mich in der Küche."

Ich sah ihr nicht nach, als sie ging, denn ich hatte mich bereits wieder auf Sully, der noch immer direkt neben mir saß, fokussiert. Seine Augenbrauen waren zusammengezogen, er hatte dunkle Ränder unter den Augen und er schien seit dem Vortag um Jahre gealtert zu sein. Ich lehnte mich nach vorne und küsste seine Wange. Wir hatten es überstanden. Gott sei Dank hatten wir es geschafft.

„Mach dir keine Sorgen. Es geht mir gut", wiederholte ich. „*Uns* wird es gutgehen, aber wir müssen stark bleiben. Es gib nichts, was wir nicht schaffen können. Nichts!"

„Niemals wieder", knurrte er. „Verstehst du mich? Ich möchte dich niemals wieder so vor Schmerzen schreien hören. Ich werde morden, bevor ich jemals wieder zulasse, dass das passiert. Niemals. Niemals. Wieder!"

Er drückte seine Lippen auf meine und gab mir den sanftesten Kuss.

Ich küsste ihn, damit ich seiner Forderung nicht zustimmen musste. Ich hatte keine Ahnung, was uns weiterhin erwartete. Wenn ich schreien und heulen und auf den Knien betteln musste, bevor das hier vorbei war, wenn ich noch mehr Schmerzen ertragen musste, dann würde ich es tun. Ich würde es alles tun.

Denn nichts wäre schlimmer als das, was mich erwartete, wenn ich es nicht schaffte.

KAPITEL 13

Sully

MRS. HAWTHORNE HATTE MIR GESAGT, dass ich nett sein sollte. Ich wusste, dass ich nett sein sollte.

Aber Scheiß drauf.

Ich war unglaublich wütend. Rasend. Wutentbrannt.

Und so sehr ich Portia in den Arm nehmen, sie sanft küssen, ihr versprechen ins Ohr flüstern wollte, die ich nicht halten konnte, wollte ich tief in mir einfach nur schreien. Ich versuchte, es zurückzuhalten. Das arme Mädchen war schließlich verbrannt worden. Ihre zarte Haut war verbrannt und verschmort. Sie brauchte Trost. Sie brauchte Zärtlichkeit.

Aber Scheiß drauf. Meine Wut war zu groß. In mir tobte ein Monster.

„Woran denkst du?", fragte sie mich und erweckte es weiter. Sie wollte nicht wissen, was ich wirklich dachte.

„Wieso hast du mein Angebot nicht angenommen?",

fragte ich sie, während versuchte die Wut zurückzuhalten, die jede meiner ausgesprochenen Silben färbte.

„Angebot?"

„Ich habe dir alles Geld der Welt geboten, damit du das Mal nicht tragen musst."

Sie wich meinem Blick aus und holte tief Luft. „Und ich habe dir gesagt, dass es hier um mehr geht als das Geld. Wenn du nur ein wenig geduldiger wärst, könnte ich—"

Aber die brodelnde Wut in mir kochte schließlich über. „Geduldig? Du hast dir verdammt noch mal selbst ein Brandmal zugefügt! Das hast du selbst getan! Bist du eine solche Hure, dass du nicht erkennen kannst, wie wahnsinnig das, was du gemacht hast, ist?"

Ihr Mund stand vor Schock offen und dann erfüllte dasselbe Feuer ihre Augen, wie ich es am Ende des Brandeisens gesehen hatte. Endlich, Gott sei Dank, endlich.

„Wir sind also wieder an dem Punkt, an dem du mich eine Hure nennst, angekommen, ja?", fuhr sie mich an. In ihren Augen tobte ein Feuer. „Nenn mich, wie du willst, aber wenn ich nicht wäre, hätten wir beide das Ritual heute Abend nicht geschafft. Du Schlappschwanz konntest es nämlich nicht!"

Schlapp? Ich war der Einzige, der Rückgrat bewiesen und es den kranken Wichsern gezeigt hatte.

„Wen interessiert's?", schrie ich, während ich vom Bett aufsprang und wie ein eingesperrter Tiger im Raum auf und ab ging. „Wen interessiert es verdammt nochmal? Es gibt Dinge im Leben, die—"

„Nein", schrie sie vom Bett. „Aufgeben ist keine Option. Hörst du mich? Wir. Können. Nicht. Aufgeben!"

Ich ließ meine Finger durch mein Haar gleiten und konzentrierte mich aufs Atmen. Ich brauchte verdammt noch mal einen Drink. Ich musste die Wut aus mir ficken.

Ich musste von hier wegrennen und niemals zurück-schauen. Ich brauchte eine Ablenkung von der Gegenwart, meiner Vergangenheit und der verdammten Zukunft.

Aber nur eine dieser Möglichkeiten konnte ich realisieren.

Ich würde die geldgeile Hure, die mit mir in dieses Zimmer gesperrt war, ficken.

Ich fragte nicht. Ich wartete nicht. Ich zögerte keine Sekunde. Ich stürmte auf das Bett zu und riss ihr, blind vor Wut, die Kleider vom Körper.

Sie hätte schreien können. Sie hätte Nein sagen können. Sie hätte versuchen können, sich zu wehren.

Nichts von all dem hätte sie gerettet.

Stattdessen stellte sie sich meiner Wut, meinen Aggres-sionen, meinem Wahn.

„Ich werde dich ficken, bis du schreist", warnte ich sie knurrend, während ich mich selbst meiner Kleidung entledigte.

„Gut", erwiderte sie.

„Ich werde dir wehtun."

„Gut", knurrte sie wütend zurück.

„Ich werde dich so behandeln, wie eine Hure, wie du es verdient hat."

„Solange das heißt, dass du nicht so handelst, wie der Schlappschwanz, der du bist", warf sie zurück.

Verdammte Schlampe.

Ich sah rot, drehte sie auf den Bauch und leckte mir über die Hand – das war das einzige Gleitmittel, das ich ihr bieten würde. „Es wäre besser, wenn du anfängst, dich zu fingern, mit deinem Kitzler spielst, egal was, sorg dafür, dass du feucht wirst. Ich werde deinen Hintern nehmen, bis du um Erbarmen bettelst."

„Mach, dass es wehtut", murmelte sie, den Kopf in den Kissen vergraben.

Ich ließ meine feuchte Hand über ihre Muschi gleiten und nutzte die Feuchtigkeit, die dort bereit war, um ihren Hintern mit ihrer Lust zu befeuchten. Es schien, als würde meine Hure es mögen, wenn man grob mit ihr umging.

Und gerade in dem Augenblick, als ich mein Glied nahm und es an ihr Loch hob, war ich wie versteinert.

Ich war nicht dieser Mann.

Ich war nicht wie mein Vater. *Er* würde eine Frau in den Hintern ficken, ohne einen weiteren Gedanken zu verschwenden. *Er* würde eine Frau eine Hure nennen. *Er* war das aggressive Arschloch ohne Selbstkontrolle gewesen.

Ich war nicht mein Vater.

Ich war verdammt noch mal nicht wie mein Vater!

Ich sprang vom Bett, schaffte es irgendwie, mich aus all der halbausgezogenen Kleidung zu befreien und hasste mich für das, was ich fast getan hätte.

„Warte", rief Portia. Sie hörte sich verwirrt an, wütend und zeitgleich verletzlich. „Geh nicht!"

„Ich muss gehen", verkündete ich, während ich die Hose hochzog. „Ich vertraue mir selbst gerade nicht in deiner Gegenwart. Ich kann die Wut in mir nicht beherrschen. Ich habe komplett die Kontrolle verloren." Wenn ich jetzt nicht ging, dann würde meine Faust die Wand treffen.

Sie streckte die Hand nach meiner aus. „Lass deine Wut an mir aus. Ich möchte, dass du das tust. Ich möchte, dass du meinen Hintern nimmst. Ich möchte all deine Wut auf mich nehmen. Ich möchte es." Sie zog mich hinab aufs Bett. Ich erlaubte mir, ihr in die Augen zu sehen und ich konnte es überall in mir spüren, als sie sagte: „Ich brauche das hier genauso sehr wie du."

Ich hatte nicht die Kraft, um Nein zu sagen. Und sie

hatte recht. Wir brauchten es beide. Wir mussten beide einen Weg finden, die Spannung, die uns zu ersticken drohte, loszuwerden. Und Scheiße, ich wusste, wie gern ich in ihr sein wollte—in ihrem engen Arsch. Ich hatte noch nie im Leben etwas so sehr gewollt wie das hier. Ich zog meine Hose wieder aus, aber ich ging zuerst hinüber zum Nachttisch und holte eine Tube Gleitgel heraus. Dem Mädchen war eben ein Brandmal verpasst worden und sie hatte nicht verdient, dass ich ihren Hintern trocken nahm, egal wie sehr die Wut in mir brodelte.

Ich wollte nicht nachdenken. Ich wollte sie nicht betören. Ich wollte sie nicht trösten. Ich wollte einfach nur bis zu den Eiern in ihrem Allerwertesten stecken. Wenn ich mir ansah, wie Portia dort auf ihrem Bauch lag und ihren Hintern in die Luft gestreckt hatte, sodass ich ihn perfekt sehen konnte... wie sie wartete... dann wollte sie es genau so sehr.

Ich befeuchtete meinen Schwanz mit dem Gleitgel und sagte: „Ich werde nicht sanft oder langsam sein."

„Gut", entgegnete sie mit einem Blick über die Schultern und einem sündigen Lächeln. „Ich möchte lieber diesen Schmerz fühlen als den an meiner Hüfte."

Ich platzierte mich hinter hier und schob mein Glied wieder an ihr Loch—Scheiße, sie hatte wirklich ein wunderschönes, kleines, perfektes Arschloch—ich wollte meine Daumen hineinschieben und ein Gefühl entwickeln. Ich wollte sie dehnen und dann an diesen geheimsten aller Orte gelangen, aber ich war zu ungeduldig. Mein stahlharter Schwanz musste noch viel dringender in ihr sein.

Ich musste ficken. Ich musste sie jetzt ficken.

Mein Schwanz begann zwischen ihr heißes Fleisch einzudringen. Auch wenn ich angekündigt hatte, dass ich es nicht langsam tun würde, hielt ich inne, als sie nach Luft schnappte und die Hände in den Laken zu Fäusten ballte. Die Spitze meines Schwanzes war nicht gerade klein, ihr enges Arschloch allerdings war es. So eng. Sie stöhnte und versuchte sich zu entspannen und erlaubte mir somit langsam den Weg in ihren Körper.

Wir mussten zusammenarbeiten und irgendwann musste ich nichts weiter tun, als meine Hüften nach vorne zu stoßen und in sie *einzudringen*.

Als ich das tat, schrie sie auf, fast so wie eine kleine miauende Katze und ein Stöhnen aus meinem tiefsten Innern gelangte an die Oberfläche. Verdammte *Scheiße*, nichts anderes fühlte sich so unglaublich gut an, wie in ihrem Hintern zu sein. Nur ihre Muschi ermöglichte überhaupt einen Vergleich, aber beide waren perfekt auf ihre eigene Art. Jetzt, wo ich ihren Hintern erobert hatte, würde ich wahrscheinlich niemals wieder loslassen. Ich würde immer wieder verlangen, an diesen Ort zurückzukehren, zumindest so oft, wie sie mich ließ. Vielleicht wäre es nur zu speziellen Anlässen und fuuuuuuuuuuuuuck—

Ich schob mich tiefer hinein und zog mich dann wieder heraus.

Ihr gesamter Körper zuckte und ihre Fäuste klammerten sich so fest an die Laken, dass ihre Knöchel weiß wurden. Aus ihrer Kehle traten allerdings weitere Laute der Lust.

„Mach weiter", rief sie. „Komm in meinem Hintern."

Gott, diese Frau...

Ich glitt tiefer und tiefer in sie hinein und fühlte, wie sich ihre inneren Muskeln um mich zusammenzogen. Ich würde das nicht lange durchhalten, so eng war sie und so sehr dehnte ich sie, aber wahrscheinlich war sie deshalb auch nicht gerade auf eine Marathonsitzung erpicht. Ich war glücklich zu sehen, dass ihre Hand nach unten geglitten war und jetzt mit ihrem Kitzler spielte, während ich meinen

Schwanz wieder herauszog, nur um ihn erneut hineinzu-
drücken.

Ihre leisen Schreie wurden immer höher und sie wand
sich unter mir. Unsere Körper bewegten sich zusammen
und ich drückte die Stirn gegen ihre Wirbelsäule.

Mein Mund fand ihr Schulterblatt, und als ich erneut in
sie stieß, vergrub ich die Zähne in diesem, während mein
Schwanz an den seidigen Innenwänden ihres Arsches rieb,
die sich um ihn schlossen. Sie spannten sich an und
entspannten sich wieder, immer wieder, während sie ihre
Pussy und ihren Kitzler streichelte.

Ich versuchte einen Rhythmus zu finden, aber ich
schaffte es nicht. Bei ihr gab es niemals einen ruhigen
Rhythmus, es war also egal, wie viel Mühe ich mir gab, ich
konnte die Kontrolle nicht wiedererlangen. Stattdessen
passierte etwas anderes. Sie beruhigte das rastlose Monster
in mir.

Mit jeder ungleichmäßigen Bewegung löste sich meine
Wut weiter auf. Mit jedem Stoß verebbte mein Zorn. Mit
jedem Stöhnen und sexy Laut, der Portias Lippen verließ,
als sie kam, während ich ihren Arsch eroberte, erkannte ich
mehr und mehr, wer diese Frau wirklich war.

Keine Schlampe.

Keine Hure.

Eine gottverdammte Kämpferin. Ein Schatz.

Sie war stark und voller Kraft.

Sie war die Frau, die mich in die Knie zwingen würde.

Und wenn es sie nicht gegeben hätte... dann wären wir
schon nicht mehr im Spiel.

Ich stieß komplett in sie hinein. Mein starker Stoß
führte dazu, dass sie sowohl aus Lust als auch aus Schmerz
aufschrie, während ich mein Sperma tief in sie an ihren
geheimsten Ort spritzte.

KAPITEL 14

Portia

ICH WÜRDE kein weiteres Brandmal durchstehen. Wobei, zu diesem Zeitpunkt konnte niemand das genau sagen oder? Wer zur Hölle hatte noch die leiseste Ahnung davon, womit ich klarkam und womit nicht?

Als ich zum ersten Mal über diese Türschwelle getreten war, hätte ich gesagt, dass ich alles aushalten könnte, egal, was es war. Für meine Familie würde ich alles durchstehen. Alle Schmerzen, alle seelischen Qualen, einfach *alles*. Für meine Familie konnte ich es durchstehen, denn so war die Liebe. Wahre Liebe.

Und jetzt?

Jetzt... naja, ich bezahlte den Preis dafür. Meine Haut war verbrannt und ich konnte mich noch immer an das Zischen erinnern, das Gefühl ihrer Arme, die mich fixiert hatten, während ich schrie. Es war ein Mal, das ich für alle Zeiten mit mir herumtragen würde.

War es das wert gewesen?

Absolut.

Würde ich es noch einmal tun?

...

Wahrscheinlich.

Aber ich war zeitgleich wirklich glücklich darüber, dass es so etwas wie Zeitmaschinen nicht gab. Ich war froh darüber, dass es keine Entscheidung war, vor der ich noch einmal stehen würde.

Wenn man mal davon absah, dass wir gerade mit einer weiteren Einladung beehrt worden waren, natürlich.

Mal lud uns freundlich nach unten zu einer Nacht voller Sünden und Ausschweifungen ein und die Frage, die mir durch den Kopf ging, war: Wie viel von meinem Blut würden sie dieses Mal wollen?

Die Fuchsjagd hätte wirklich deutlich schlimmer enden können. Ich war mit ein paar Kratzern davongekommen. Das Brandmal allerdings würde mir auf Lebzeiten bleiben.

Was wohl das kleine Zusammentreffen am heutigen Abend für mich bereithielt?

Sully war, seit wir die Einladung bekommen hatten, in sich gekehrt, wenn man mal von dem wilden Sex der letzten Nacht absah.

Direkt, bevor wir allerdings nach unten gingen, streckte er die Hand nach mir aus und ergriff meine. Ich war überrascht und das muss deutlich auf meinem Gesicht zu sehen gewesen sein.

„Ich lasse nicht zu, dass sie dir wieder wehtun", erklärte er. Die Entschlossenheit in seinem Gesicht zeigte, wie ernst er das meinte.

Innerlich schmolz ich. Ich wollte nichts mehr sagen, als dass er ein solches Versprechen nicht machen durfte, dass das eines war, welches er nicht würde halten können, weil ich das nicht *zulassen* würde, aber er zog mich bereits durch die Tür und die Treppe herunter.

Der Dresscode auf der Einladung war als „elegante Abendkleidung + Maskerade" angegeben worden, also trug Sully einen schwarzen Anzug, wobei die obersten Knöpfe seines gestärkten Hemdes offengeblieben waren. Es war sexy, allerdings vermutete ich so langsam, dass ich diesem Mann selbst dann noch sexy finden würde, wenn er einen Kartoffelsack anzog.

Ich hingegen trug ein eng anliegendes, rotes Kleid, das meine Kurven betonte, aber zeitgleich so viel Ausschnitt bot, dass Sully es nicht geschafft hatte, seinen Blick abzuwenden, nachdem ich es angezogen hatte, aber nicht tief genug, dass ich mich geschämt hätte, wenn ich es zur Kirche angezogen hätte. Nicht, dass ich das jemals tun würde, denn rot war die Farbe des Teufels. Das war mir als kleines Kind oft genug von meinem geschlechtslosen Lehrer in der Sonntagsschule gepredigt worden.

Als wir die Treppe hinabstiegen, wurde mir klar, dass die anwesenden Gäste die Bitte um „elegante Abendkleidung" eher frei interpretiert hatten. Oh, natürlich hatten die meisten Männer Anzüge oder gar Smokings an, die präsenten Frauen allerdings waren eine vollkommen andere Geschichte.

Natürlich waren sie alle unglaublich elegant. Und alle hatten Masken auf. Auf manchen glitzerten Juwelen, andere waren einfache Masken aus schwarzer Seide. Einige waren wirklich komplizierte Konstrukte. Feder und Schleifen waren angebracht worden. Einer hatte eine lange, hängende Nase, so als hätte der Träger einer Maske wie zu Zeiten der schwarzen Pest auf. Ein paar andere Männer hatten Masken gewählt, die auf andere Weise grotesk waren und zum Teil fast satanistisch anmuteten.

Die Frauen trugen Masken, die alle schön waren. Weiße. Rote. Pfauenfarben und Federn, wahrscheinlich von einem echten Pfau, so wie ich die Leute hier einschätzte.

Aber was den Rest der Outfits der Frauen anging... Nun, elegante Diamanten verliefen über eine dunkle Brünette, die als Schmuckstück auf einem runden Tisch platziert worden war. Eine glitzernde Kette sorgte dafür, dass Diamanten zwischen ihren blanken Brüsten und fast bis zu ihrem Bauchnabel durchliefen. Ihre Beine waren weit gespreizt und alles, was sie ansonsten trug, war eine Perlenkette um die Hüfte, die vom Bauchnabel bis zwischen ihre Schamlippen lief.

Die maskierten Männer spielten abwechselnd mit den Perlen, ließen sie mit Hilfe ihrer Zungen gegen ihren Kitzler reiben und leckten sie. Manchmal gossen sie Champagner über ihren Körper und die Männer leckten ihn von ihr, wie Hunde, die sich um den leckersten Bissen stritten.

Alle, die sich im Raum zu befinden, schienen in einer anderen Welt zu sein. Nicht so, wie Menschen normalerweise wirkten, wenn sie betrunken waren, aber auch nicht gerade nüchtern. Ihre Körper waren komplett entspannt, aber ihre Augen waren aufmerksam.

„Absinth, Sir?", fragte eine wunderschöne Kellnerin, die eine goldene Maske trug, die mich an den Karneval in Venedig erinnerte, nachdem sie vor Sully zum Halt gekommen war. Sie bot ihm ein Tablett an, auf dem kleine Gläser standen, die etwa zu einem Drittel mit einer hellgrünen Flüssigkeit gefüllt worden waren, sowie ein paar andere Dinge.

Sully war im Begriff dankend abzulehnen, aber die Frau lehnte sich zu ihm und flüsterte etwas in sein Ohr. Ich wollte die Tussi schlagen, was dachte sie, wer sie war... es war offensichtlich, dass er mit mir hier war... dann allerdings hörte ich, was sie sagte. „Es wird erwartet. Montgomery hat mir gesagt, dass ich dir sagen soll, dass sie erwarten, dass du trinkst."

„Scheiße", fluchte Sully. Dann nickte er leicht. „Fein." Er streckte die Hand nach einem der kleinen Gläser aus, aber die Kellnerin zog das Tablett aus seiner Reichweite.

„Du hast deine Maske nicht auf."

„Gott im Himmel", fluchte Sully. Dann holte er zwei zerknitterte Masken aus der Tasche an seinem Hintern und reichte mir eine. Seine Maske war schwarz und hatte ein paar goldene Details. Meine war weiß, hatte jedoch dasselbe Muster. Sie waren deutlich weniger elegant als die anderen im Saal, aber dafür war ich nicht gerade undankbar. Ich hätte es gehasst, die Aufmerksamkeit auf mich zu ziehen, wenn meine Maske eine der riesigen mit Federn an der Seite wäre, auf die man die ganze Nacht achtgeben müsste.

Ich setzte die einfach, elegante, weiße Maske auf, während die Frau mit dem Absinth uns zu einem kleinen Tisch an der Seite des Saals führte.

Gekonnt stellte sie zwei der kleinen Gläser mit Absinth auf den Tisch, dann legte sie hübsche kleine Löffel auf diese, auf denen sie ein Zuckerstück platzierte. Sie goss etwas auf den Zucker, sodass anfingen, sich aufzulösen und rührte dann den Zucker in den Absinth.

„Was ist das?"

Sie lächelte, antwortete jedoch nicht, sondern reichte stattdessen Sully und mir die beiden Gläser, die sie vorbereitet hatte. Alles, was sie sagte, war: „Ich wünsche euch einen schönen Abend, an dem ihr die wunderschönen Seiten von Körper und Geist erleben könnt."

Sully verdrehte die Augen. „Ja, schon klar."

Er sah mich an, stieß sein Glas gegen meins und grinste.

„Guten Durst!"

Ich ließ den Blick erneut über die anderen Gäste im Raum gleiten und sah dann Sully an. „Ist das hier der Grund dafür, dass alle... irgendwie... komisch wirken?"

Während ich das Glas noch skeptisch betrachtete, begann Sully zu lachen. „Komm schon, trink es einfach wie einen Kurzen. Das Brennen hält nur kurz an, das ist ein bisschen, wie wenn man ein Pflaster entfernt. Wenn wir schon nicht gegen sie kämpfen, können wir wenigstens mitmachen und es genießen."

Okay, nun, es war ja nicht so, als hätte ich die Wahl. Ich nickte ihm zu und dann tranken wir beide die Gläser leer— in einem Zug.

Die Flüssigkeit *brannte* in meinem Hals. Ich begann auf der Stelle zu husten und nach Luft zu schnappen.

Sully lachte mich einfach nur aus. Ich wollte ihn schlagen, also tat ich es—nur auf die Schulter, aber trotzdem.

„Was ist da drin?", brachte ich hervor. Meine Kehle brannte noch immer.

Er zuckte mit den Schultern. „So, wie ich diese Männer kenne... könnte es alles gewesen sein. Wenn sie es nicht auch alle trinken würden, würde ich vermuten, es war Gift."

„Wasser", keuchte ich, weil meine Kehle noch immer brannte.

Er hörte endlich auf zu lachen und ergriff meinen Arm. Die Kellnerin war nicht in Sicht—wie konnte es auch anders sein. Sully führte mich durch die hauptsächlich nackte Menge der Gäste und fand schließlich eine große Karaffe mit Gurkenwasser. Er goss mir ein Glas ein und ich trank es leer. Dann drückte ich das kühle Glas gegen meine plötzlich warmen Wangen.

Wir standen einfach nur still da. Vielleicht waren es Minuten, Stunden... ich hatte keine Ahnung. Meine

Gedanken überschlugen sich und mein Körper schien zu summen, auf eine merkwürdige Weise. So hatte ich mich noch nie gefühlt.

„Oh, Gott", flüsterte ich, bevor ich die Hand vor den Mund hielt, weil ich husten musste. „Wer trinkt so etwas *freiwillig*?"

Was Sully wieder zum Lachen brachte. „Ich war davon ausgegangen, dass du nur so tust, als wärest du niedlich, aber so langsam glaube ich, dass es echt ist. Du kannst einfach nicht anders."

Ich warf ihm einen bösen Blick zu: „Ich. Bin. Verdammt. Noch mal. Nicht. *Niedlich*!"

Sein Grinsen wurde nur noch breiter: „Doch, das bist du!"

„Bin ich *nicht*." Wieso hatte ich das Gefühl, dass es mir reichlich wenig bringen würde, wenn ich mich jetzt aufregte und mit dem Fuß auf den Boden stampfte? Ohhhh, jetzt wollte ich ihm *wirklich* das Grinsen aus dem Gesicht schlagen.

Oder ihn ficken, bis ihm das Lachen verging. Ihn so ranzunehmen, dass ihm das Lachen verging, hörte sich nach einer *exzellenten* Option an.

Ich biss mir auf die Lippen und spürte, dass mir die Röte in die Wangen stieg. Es war Zeit, den Blick von diesem unglaublich attraktiven Mann abzuwenden. Ja. Denk einfach nicht weiter dran. Vergiss es einfach.

„Was zur Hölle war das?"

Überrascht sah ich Sully an. „Was?"

„Der Gedanke, den du gerade hattest, der dich hat rotwerden lassen wie eine Jungfrau?"

Mein Mund stand offen und ich wandte den Blick ab. Zweifelsohne wurde mein Gesicht nur noch roter.

„Geht dich nichts an!", flüsterte ich. Dann lag plötzlich

Sullys heiße Hand in meinem Nacken und massierte mich direkt unter meinem Ohr. Er lehnte sich zu mir hinunter und flüsterte mir ins andere Ohr. Sein Atem war heiß und kitzelte.

„Was war in dem Getränk?", fragte ich. Plötzlich schien selbst mein Sehsinn beeinflusst zu sein. Alles war so hell und mein Körper war wie erweckt. „Nach nur einem Drink sollte ich mich nicht so fühlten." Der rationale Teil von mir wehrte sich verzweifelt gegen das Bedürfnis... albern zu sein.

„Ist das wichtig?", fragte er lächelnd. Er blinzelte einige Male, offenbar fühlte er sich genauso wie ich. „Wir haben es getrunken. Jetzt müssen wir einfach das Beste daraus machen."

„Wir sollten mitfeiern."

„Du meinst auf der Party, wo alle miteinander Sex haben? Wo sie sich anfassen und kommen, obwohl sie nicht mal annähernd die Chemie haben, die uns beide verbindet?" Seine Zunge kam zum Vorschein und glitt über mein Ohrläppchen. „Sprichst du von *der* Party?"

Mir stockte der Atem. Mein gesamter Körper erschauderte und ich hatte das Gefühl, auf der Stelle zu kommen.

Ich drehte mich in Sullys Armen und meine Fäuste klammerten sich an den Kragen seines Sakkos. Plötzlich hatte ich das Gefühl, dass er mich betrunken machte. Gott, seine *Lippen*. Sie waren so voll, so rau und ich wusste genauuuuuuuu wie er sie gerne auf meinem Körper einsetzte.

Ich biss mir fest auf die Unterlippe.

Denn es waren nicht nur seine Lippen, die er gerne benutzte.

Oh, nein, Sully benutzte auch gerne seine Zähne. Überall an meinem Körper. Er knabberte, er biss. Er war so ein ungezogener Junge. Wusste er nicht, dass brave Mädchen sich nicht gerne beißen ließen?

Andererseits war ich am Ende aber vielleicht gar nicht so ein gutes Mädchen? Schließlich *mochte* ich es, wenn er mich biss. Vielleicht war ich die Art Mädchen, die sonntags in einem roten Kleid in die Kirche ging. Vielleicht war ich die Art Mädchen, die wollte, dass die Männer sie ansahen... Nein, ich wollte nur, dass DIESER Mann mich ansah.

Ich wollte, dass er mich genauso ansah wie in diesem Moment, so als wäre er kurz davor, mir die Kleidung vom Leib zu reißen und mich so hart ranzunehmen, dass ich niemals wieder einen anderen an meinen Körper lassen würde, weil es sich falsch anfühlte, weil jeder außer IHM falsch wäre.

Ich hob den Blick von seinen Lippen zu seinen Augen...

In ihnen spiegelte sich dieselbe Lust, derselbe Wunsch und das verzweifelte VERLANGEN, das ich spürte, wider.

Er hob mich an der Taille hoch und meine Beine legten sich um seine Hüfte.

Wie ein verdammter Höhlenmensch führte er mich aus dem Raum.

Wir fielen quasi durch die Tür in das Arbeitszimmer. Ein anderes Paar knutschte an die Wand gelehnt, wild rum, aber Sully schrie: „VERSCHWINDET!", mit dem bestimmendsten, anzüglichsten Tonfall, den ich jemals gehört hatte und die beiden taten, wie er befohlen hatte.

Er allerdings ging so nicht auch mit mir um. Er war vorsichtig, als er mich auf dem Plüschteppich vor dem Kamin ablegte.

Ich jedoch wollte es nicht zärtlich.

Ich wollte, dass das Tier in ihm es mit dem Tier in mir trieb.

Ich riss das verdammte, schicke, rote Kleid, was wahrscheinlich so viel kostete, dass es mich in normalen Zeiten fast um den Verstand gebracht hätte, von meinem Körper. An diesem Abend war mir das allerdings egal. In dem Moment war es mir egal. Ich hatte die tiefste Stelle des V-Ausschnitts ergriffen und diese einfach nach unten gerissen. Es war nicht viel passiert, weshalb Sully mir half, sodass es am Ende komplett in der Mitte zerrissen war.

Wir weiden beide genauso ungeduldig, was meine Unterwäsche anging, weshalb wir den BH einfach nur nach unten schoben. So konnte er dann den Kopf zu meinen Brüsten bringen, einen meiner Nippel mit seinem Mund finden und dann seinen Schwanz in mich rammen.

In dem Moment, in dem er in mich stieß, atmeten wir beide hörbar auf.

Nicht, dass das genug gewesen wäre. Es war nicht einmal annähernd genug.

„Mehr", verlangte ich stöhnend. „Härter!" Ich riss mir die Maske vom Gesicht und dann ereilte seine dasselbe Schicksal. Ich wollte nicht, dass irgendwas zwischen uns war. Ich wollte nicht, dass auch nur ein Millimeter seiner unglaublichen Augen verdeckt blieb. Ich brauchte alles von ihm.

Er nickte bereits, platzierte eine Hand auf dem Boden über meinem Kopf. Die andere fand den Weg an meinen Hintern, sodass er noch tiefer in mich eindringen konnte.

„Ja, Baby, genauso!", murmelte er. „Ich weiß, was du brauchst. Ich kümmere mich um uns, Baby. Ich kümmere mich um dich. Ich werde mich immer um dich kümmern!"

Ich nickte und vergrub mein Gesicht in seiner Brust, aber auch das reichte noch immer nicht. Ich hob es wieder an, damit mein Mund auf den seinen treffen konnte.

Einen Augenblick lang gab er nach. Unsere Zungen lieferten sich einen Kampf, während er tief in mir war, mich mit seinen tierischen Stößen eroberte, genau wie ich es brauchte. Er wusste immer ganz genau, was ich brauchte. Verdammt ja, genau so—

"Ja, Liebling, oh ja, genau *so*, ja—" Meine Stimme war viel zu hoch, als ich erneut kam. Meine Beine waren um ihn geschlungen, meine Ferse grub sich in seinen Hintern und zog ihn noch näher an mich heran.

Er nahm mich noch schneller, stieß mich auf den weichen Teppich und den harten Boden darunter, was sich unglaublich gut anfühlte. So, so unglaublich—

Ich fuhr erneut zusammen und kam ein weiteres Mal und das war es dann auch für ihn.

Er versank in mir und fluchte: „Scheiße, das beste Mal meines Lebens, verdammte Traum-Muschi, ich will niemals eine andere, niemals, die Beste, perfekt. Du bist perfekt. Scheiße, ich bete ich an. Oh Fuck, Scheiße, nur du, immer du, nur *du*. Hier kommt es. Oh Scheiße, oh Fuck, oh Fuuuuuuuuck!" Das letzte Wort war eher ein Schrei und er drückte meinen Körper an sich. Ich zog mich um ihn herum zusammen, während wir gemeinsam den Höhepunkt erreichen. Eine Explosion in Millionen von Einzelteilen.

Sully sank über mir zusammen. Er atmete schwer.

Ich schwebte.

Aus meinem Körper heraus und nach oben, irgendwo an der Decke.

Zeitgleich war ich in meinen Fingerspitzen. In ihnen!

Alles kribbelte. Ich schwebte. Es drehte sich.

Da waren Farben. So viele Farben.

Meine Seele kicherte.

Der Alkohol... was war in dem Kurzen gewesen, das mich so... hell sein ließ? Hell. Hell. So hell.

Sully war so warm. Haut an Haut.

„Ich mag dich. So sehr", gestand ich ihm und in meinen

Ohren hörte meine Stimme sich fremd an. Meine Ohren fühlten sich... merkwürdig an.

Sully bewegte sich und ein unglaubliches Lächeln erhellte sein Gesicht. Er lächelte nicht oft genug. Er sollte häufiger lächeln. Mein Finger traf auf seine unglaublichen Lippen, glitt von der einen Seite seines Mundes über die Mitte hinweg zur anderen Seite. Schöne, schöne Lippen.

Eine seiner dicken, sexy, sexy Augenbrauen zog sich hoch. Hatte er mich gehört? Hatte ich das laut gesagt?

„Schöne Lippen?", fragte er. Er hörte sich an, als würde er sich über mich amüsieren. Ich konnte beobachten, wie seine schokoladenfarbenen Augen zu strahlen begannen. Er blinzelte einmal und das Lächeln verschwand auf der Stelle.

„Wieso fühle ich mich... Ich fühle mich anders", erklärte ich. Ich konnte nicht sagen, dass ich es hasste, aber ich war verwirrt davon, wie Licht jede von Sullys Bewegungen zu umrahmen schien.

„High. Wir sind high. Ich hatte schon mal Absinth und das hat sich in keiner Weise so angefühlt. Das hier ist etwas..." Er schloss die Augen, dehnte den Nacken wie ein Löwe, der sich streckt und in seine Haut wächst.

Dann öffnete er die Augen und sein Blick fiel wieder auf mich, so als wäre ich die Beute, die er suchte. Aber es war mehr als das. Da war ein Licht, eine Wärme und auch so etwas wie Besitzergreifen in seinem Blick. „Das hier ist etwas anderes", flüsterte er mit seiner tiefen Bassstimme, die ich so sehr liebte. Ich mochte es, wie sie aus den Tiefen seiner Brust erklang und in meiner vibrierte, weil unsere Körper sich berührten.

Es war fast so, als würde er mich wieder zum ersten Mal sehen. Allerdings war seine gewöhnliche Maske nicht aufgelegt. Er sah aus... es sah aus, als würde das, was er sah, ihm den Atem rauben.

Ich blickte schnell über meine Schulter, aber da war niemand anders. Ich war noch immer die Einzige hier im Raum.

Er streckte einen seiner langen, starken Finger aus und ließ ihn über meine Nase gleiten. Ich kicherte, als er mich berührte.

Und endlich lächelte er wieder. „Ich mag den Klang", murmelte er. Seine Silben waren nicht klar voneinander getrennt. Dann legte er sich erneut auf mich.

Ich legte mich zurück auf den Teppich und er positionierte sich wieder über mich, seine Hände jeweils an der Seite meines Kopfes und sein Knie schob sich zwischen meine Schenkel.

Er erkundete mein Gesicht mit seinen Fingern.

Sein Gesicht allerdings war nicht wie gewöhnlich. Er hatte keinen sarkastischen Ausdruck aufgelegt, kein Grinsen und auch keiner seiner gewohnten vorsichtigen Ausdrücke.

In seinem Gesicht war der Ausdruck reiner... Konzentration. Er biss sich auf die Lippe, während er meine Gesichtszüge erkundete. Meine Nase, dann meine Wangen, dann liefen seine Finger über jede meiner Konturen.

Und überall dort, wo er mich berührte, entzündete sich ein Feuerwerk.

Meine Nippel waren steinhart.

Sully war zwischen meinen Beinen und auch wenn wir gerade erst Sex miteinander gehabt hatten, wurde er wieder hart. Er drückte sich hart wie Stein gegen meinen Oberschenkel.

Er schien allerdings nicht vor zu haben, irgendwas dagegen zu tun. Er erkundete weiterhin trotz seiner großen, brutalen Finger mein Gesicht mit den sanftesten Berührungen.

Ich kam zum Orgasmus. Mein gesamter Körper bäumte sich gegen ihn auf. Ich konnte es nicht verhindern und wollte das auch gar nicht.

Daraufhin lächelte er erneut, diesmal eines der frechen Lächeln, die ich am liebsten mochte.

Dann fielen seine Augen auf meine Lippen.

Er sah aus, als wäre er vollkommen verzaubert von ihnen.

„Hast du überhaupt eine Ahnung, wie unglaublich schön du bist?", fragte er flüsternd. „Du bist nicht so wie die anderen Mädchen. An dir ist nichts falsch. Du bist keine Barbie. Du bist echt. Gott, du bist so unglaublich echt. Du machst mich verrückt. Ich kann an nichts anderes mehr denken. Ich bin von dir besessen. Ich möchte den ganzen Tag nichts anderes tun, als deinen Körper anzubeten."

Er schob die Hand zu meiner Taille, meine Hüfte hinab, massierte mein Fleisch, aber nicht auf der Seite, auf der mein Brandmal noch immer heilte. Auf der anderen Seite allerdings gab er mir eine *tiefe* Massage. „Ich möchte, dass du dich unglaublich gut fühlst..."

Er senkte den Kopf und küsste mich auf die Lippen. Anders als vorhin war nichts Wildes daran. Diesmal glitten seine Lippen kaum über meine.

Ich stöhnte, wollte eine stärkere Berührung. Ich hätte mir keine Sorgen machen müssen.

Seine dicken, männlichen Lippen glitten weiter über meine, immer fester und tiefer. Er hypnotisierte mich. Er trieb mich in den Wahnsinn.

Bis ich meine Arme um seinen Hals schlang und ihn zu mir hinunterzog, damit ich meine Lippen auf seine pressen konnte. Meine Beine fanden den Weg um seine Taille, nur um sicherzugehen. Wir waren noch immer nackt und glitschig vom ersten Mal. Diesmal drang er ohne Widerstand wieder in mich ein.

Ich schnappte nach Luft und kam bei seinem ersten Stoß. Er leckte und küsste meinen Hals, während ich auf den Wellen der Lust ritt. Meine Beine schlangen sich um ihn, dann hob er eines hoch, sodass meine Fersen wieder an seinem Hintern lagen. Ich klammerte mich an ihn, damit ich so viel wie möglich von ihm berühren konnte. Näher. Tiefer. Oh Gott, ich hätte alles gegeben, damit er tiefer in mich eindrang.

„Genau so, Baby", flüsterte er. „Scheiße, du bist so geil. Ich werde dir Höhepunkte schenken. Fühlst du mich? Fühlst du wie tief in dir ich bin. Wie ich dich tief in dir als meins markiere? Kein anderer Mann wird diese Muschi je nehmen, denn sie gehört mir. Du hast richtig gehört, du fühlst es. Du liebst es, wenn ich da bin. Du weißt, dass ich der Einzige bin, der dort hingehört. Wer sonst kann machen, dass du dich so fühlst? Wer sonst kann dir das hier geben?" Er stieß so tief in mich, wie er konnte und erkundete mein Inneres mit seinem perfekten Schwanz.

„Ja", war alles, was ich sagen konnte. „Ja, Sully. Ja. Bitte. Oh Gott, Bitte!"

Sein Mund traf auf meinen Hals und er saugte.

Ich schrie auf und sorgte dafür, dass es um seinen Schwanz herum noch feuchter wurde, denn ich kam erneut. Ich hatte niemals im Leben so auf einen Mann reagiert. Ich hatte nicht einmal gewusst, dass ich bei einem Mal so häufig kommen konnte. Alles verschwamm langsam um mich herum, nur dass das auch nicht wahr war. Jeder Höhepunkt war atemberaubend. Brachte mich noch höher. War noch besser als jeder andere zu vor, besser als ich je gedacht hatte, dass sie es sein konnten.

Wie machte er das?

Wie machten *wir* das? Wir hatten schon Sex gehabt. Ich meine, wir hatten wirklich *viel* Sex gehabt. Und der Sex war großartig gewesen.

Aber er war nicht so gewesen, wie das hier.

Ich krallte mich grob in Sullys Haare und zog sein Gesicht von meinem Hals. Ich musste sein Gesicht sehen, seine Augen. Ich musste ihm in die Augen sehen und erkennen, ob ich mir all das hier nur einbildete oder ob er wirklich mit mir hier war.

Aber Scheiße—das war er wirklich.

Er *war* es.

Er sah mich an, als wäre ich verantwortlich für alles am Firmament. So als wäre ich der Schöpfer selbst.

Er sah mich ganz.

Und ich sah ihn.

Und keiner von uns beiden wendete den Blick ab.

Er stieß immer weiter in mich. Wir waren so verbunden, wie zwei Menschen es nur sein konnten und keiner von uns konnte wegschauen.

Ich sah die Anstrengung in seinem Gesicht. Er versuchte seinen Orgasmus in Schach zu halten.

Meine Hand legte sich auf sein Gesicht. Wusste er nicht, dass er sich bei mir niemals würde zurückhalten müssen? Er konnte das heute erleben und morgen und für immer.

Wir hatten das hier gerade erst gefunden und wir würden es nicht wieder verlieren. Das würde ich nicht zulassen.

Diese unglaubliche Magie in dieser schmerzerfüllten, tragischen, beschissenen Welt.

Alle würden versuchen, sie zu nehmen, darauf herumzutrampeln, sagen, dass sie nicht echt sei, dass sie nicht wahr sei.

Das konnten wir nicht zulassen.

Wir mussten darum kämpfen.

Ich brachte mein Gesicht an seins.

Oh, wunderschöne Liebster, sang es in meinem Herzen, *kämpf mit mir darum. Lass mich hier nicht alleine. Wir können alles haben. Ich weiß nicht, wie, aber ich weiß, dass das stimmt. Ich weiß es tief in mir.*

All das teilte ich ihm mit den Augen mit und eine Sekunde lang hätte ich schwören können, dass er mich hörte. Ich sah die Erkenntnis in seinen Augen. Er hatte mich gehört und ich hoffte, dass er mutig genug sein würde, auf meinen Aufruf zu hören.

Ich betete, dass er mutig genug wäre, für uns zu kämpfen und diese einmalige Magie für uns zu bewahren.

„Süße", flüsterte er. Dann schloss er die Augen und sein Orgasmus war so stark, dass sein ganzer Körper zitterte.

Ich hielt ihn und kam selbst erneut.

Ich hatte Tränen in den Augen, während ich meinen Mann hielt, vor Glück weinte und für eine Zukunft betete, von der ich hoffte, dass wir sie haben konnten. In einem Augenblick, in dem alles möglich zu sein schien.

KAPITEL 15

Sully

DIESE WICHSER HATTEN uns Drogen gegeben.

Ich wusste, dass es mehr sein würde als nur der Absinth, aber wir hatten nicht wirklich die Wahl gehabt, als er uns angeboten wurde. Im Laufe der Nacht war mir klar geworden, dass ich deutlich mehr neben mir stand als normal. Ich hatte in meinem Leben schon häufiger den grünen Likör zu mir genommen und niemals zuvor war er mir so zu Kopf gestiegen wie in der letzten Nacht.

Es musste irgendein Halluzinogen hinzugegeben worden sein... LSD.

Wahrscheinlich. Die Sache war, dass mir alles egal geworden war, dass ich nicht im Besitz meiner geistigen Fähigkeiten war, nachdem Portia und ich das Arbeitszimmer betreten hatten.

Die Nacht war fast vorbei gewesen, als ich endlich hatte einschlafen können, nachdem wir in unser Zimmer zurückgekehrt waren. Als ich dann schlief hatte, hatte ich bizarre

Träume und die Farben waren so lebendig, dass ich mir nicht sicher war, ob ich mich überhaupt erholt hatte.

Und Portia. Die arme Portia. Selbst jetzt, wo sie wieder bei Sinnen war, konnte sie sich nicht genug entspannen, dass sie einschlafen konnte. Ihre Gedanken überschlugen sich noch schlimmer als meine. Ich hatte sie in den Armen gehalten, versucht sie zu beruhigen, sie geküsst, wann immer sie unruhig geworden war, aber ich wusste, dass sie genauso schlecht geschlafen hatte wie ich.

Und was zur Hölle war bei der Aufgabe letzte Nacht passiert?

Wir hatten den unglaublichsten Sex gehabt. Wahnsinnigen Sex. Sex, der ewig zu dauern schien. Sex, der uns auf ein völlig neues Level gebracht hatte. Aber *welches* Level?

In meinen Gedanken verschwommen die Erinnerungen und in dem Moment, in dem mein Blick auf Portia fiel, die langsam neben mir wach wurde, war es mir augenblicklich peinlich. Die letzte Nacht war nicht nur unglaublicher Sex gewesen, zumindest nicht für mich und ich bezweifelte wirklich, dass es das für sie gewesen war.

Hatte ich mich zum Affen gemacht?

Was hatte ich gesagt?

Was hatte ich *getan*?

Gott im Himmel... langsam kam die Erinnerung zurück. Ich hatte sie *Liebling* genannt und *Baby*... Ich war... kitschig gewesen. Das Beängstigendste war allerdings, dass ich jedes Wort, welches in der letzten Nacht meine Lippen verlassen hatte, genauso gemeint hatte. Ich hatte es tief in meiner geschützten, dunklen Ecke meines Herzens gefühlt.

Hatte das an dem Absinth mit Drogen gelegen?

Oder war es mehr?

„Oh mein Gott,... das war ein unglaublicher Cocktail",

murmelte sie, während sie ihre Beine aus dem Bett schwang und sich den Schlaf aus den Augen rieb.

„Ich fürchte, dass es mehr war als ein starker Drink", sagte ich gähnend. Ich streckte mich, weigerte mich allerdings, mich aufzurichten. „Ich glaube in den Zuckerwürfel war irgendeine Droge.

Ihre Augen wurden groß und sie sah mich an. „Wir... haben letzte Nacht Drogen genommen?"

„Vielleicht Acid? Nur so lässt sich das, was passiert ist, erklären."

Sie wendete den Blick ab und zuckte zusammen, fast so, als hätte ich die Hand ausgestreckt und sie geschlagen. Sie brauchte einen Augenblick, bevor sie ihr Kinn wieder hob, die Schultern nach hinten drückte und das falscheste Lächeln aufsetzte, das ich je an ihr gesehen hatte. „Richtig. Einzige Erklärung", stimmte sie zu.

„Die Ältesten wollten sich scheinbar wirklich einen Spaß mit uns erlauben." Es schien, als würden meine Worte sie wütend machen und ich zog in Erwägung, ihr zu sagen, dass ich alles, was ich in der letzten Nacht gesagt hatte, genauso meinte— Drogen hin oder her—und dass ich mich gefühlt hatte, als ob—

„Mich überrascht nichts mehr", erklärte sie schulterzuckend und ließ die Finger durch die Haare gleiten. „Alles, was es hier gibt, sind Lügen, Spielchen und... alles ist böse", fügte sie hinzu, während sie aufstand und ins Badezimmer ging. Sie schloss die Tür hinter sich.

Ich atmete erleichtert aus. Ich mochte es nicht, dass sie wütend ins Bad gestürmt war, aber ich brauchte selbst einen Augenblick, um alles zu verarbeiten. Ich rieb mir über das Kinn, denn mein Kiefer schmerzte, weil ich in der letzten Nacht die Zähne zusammengebissen hatte. Das war wohl eine Nebenwirkung der dummen Droge und ich zog in

Erwägung, mich abermals schlafen zu legen, in der Hoffnung, nach einer weiteren Runde Schlaf wieder klar denken
zu können.

Als ich die Dusche hörte, wusste ich jedoch, dass meine
Zeit im Bett gezählt war. Egal ob ich einen Kater wegen des
Acidtrips hatte oder nicht. Portia war ein Morgenmensch
und würde erwarten, dass ich wach und bereit für den Tag
sein würde.

Würden wir überhaupt über die letzte Nacht reden?

Keine sanften Umarmungen am Morgen danach?

Keine netten Worte?

Portia wollte das offenbar nicht und wenn ich ehrlich
war... ich auch nicht.

Die letzte Nacht war... nun... was in der letzten Nacht
passiert war, sollte auch dort bleiben.

Das war einfacher. Sicherer.

Als die Dusche ausging, stöhnte ich. Diese Frau konnte sich
selbst beim Duschen keine Zeit lassen. Alles musste immer
gleich passieren, schnell und ihren eigenen Ansprüchen an
Effizienz entsprechen. Ich wusste, dass es sehr wahrscheinlich
war, dass sie bereits in Sportkleidung gekleidet aus dem Bad
kommen würde, bereit in den Tag zu starten. Ich entschloss
mich diese unmögliche Idee nach einer solchen Nacht, in der
wir Gift getrunken hatten, Sport zu treiben, direkt im Keim zu
ersticken. Ich ergriff mein Handy, das neben dem Bett gelegen
hatte und rief in der Küche an, in der Hoffnung, dass Mrs. H. ein
wenig Erbarmen zeigen würde und ich sie deshalb überzeugen
konnte, uns das Frühstück im Schlafzimmer zu servieren.

„Ich habe mich schon gefragt, ob ich von dir hören
würde, Jungchen", sagte Mrs. H. nachdem sie abgenommen
hatte.

„Ja, die letzte Nacht war... interessant. Wäre es okay,

wenn wir das Frühstück gebracht bekämen? Sie hätten wirklich was gut bei mir."

„Natürlich. Das übliche Katerfrühstück", fragte sie mit einem fröhlichen Kichern.

„Sie kennen mich zu gut."

In dem Moment, in dem Portia das Bad verließ, genau in dem Outfit, welches ich erwartet hatte, legte ich auf. Ich war wirklich erstaunt, dass sie ebenso leicht in ihre aufgedrehte, ausweichende Rolle zurückfallen konnte, fast so, als wäre die letzte Nacht nie geschehen.

„Ich habe uns Frühstück bestellt", erklärte ich und ließ den Kopf wieder auf das Kissen fallen. „Das sollte bald da sein."

„Was ist mit unserem Lauf?"

„Portia", stöhnte ich. „Wir haben uns wirklich einen Tag Pause verdient. Besonders, wenn man bedenkt, was wir gestern zu uns genommen haben!"

„Dann lass es uns ausschwitzen!", schlug sie vor, während sie die Schublade, in der meine Sportkleidung verstaut war, aufzog. „All das Gift einfach wegschwitzen."

„Nein", stöhnte ich. Ich drehte mich auf die Seite und zog mir die Decke bis zum Hals. „Ich möchte fettiges Essen und etwas, was den Kater verschwinden lässt. Ich habe mir einen Muntermachen verdient."

„Sully", quengelte sie. „Komm schon!"

„Portia", sagte ich, ihren Tonfall nachahmend.

„Ich möchte laufen."

Wie wahr ihre Aussage war. Sie wollte immer laufen.

„Vielleicht könntest du es ja mal *einen* Tag ohne Laufen probieren", schlug ich ihr vor.

Sie schlug die Schublade zu und warf meine Jogginghose auf das Bett. „Ja? Nun, vielleicht könntest du einfach mal *einen* Tag versuchen, die Dinge nicht immer nur ‚vergessen' zu wollen."

Touché.

Offenbar waren wir beide einfach die, die wir waren und nicht—nicht einmal eine unglaublich intime Nacht— konnte etwas daran ändern. Besonders, wenn keiner von uns vorhatte, über unsere Worte... und Gefühle zu sprechen.

Als sie sah, dass ich nicht die Absicht hatte, aufzustehen, ging sie schnaubend zu einem der Stühle und ließ sich mit verschränkten Armen darauf fallen. „Fein. Dann gehen wir aber wenigstens nach dem Frühstück nach draußen. Ich brauche frische Luft."

„Fein", erwiderte ich, denn ich wollte wenigstens etwas für sie tun. Sie erinnerte mich ein wenig an ein eingesperrtes Tier und ich konnte ihr wirklich keinen Vorwurf machen, weil sie den engen Wänden von Oleander Manor ab und an entfliehen wollte.

Wir saßen in unangenehmer Stille da, bis Mrs. H. mit unserem Bacon, den Eiern und Orangensaft auftauchte, den ich bald schon, dank der kleinen Flasche Wodka, die neben dem Glas stand, in einen Screwdriver verwandeln würde.

Mrs. H. musterte mich, dann Portia, bevor sie erklärte: „Nun, du siehst wirklich deutlich besser aus als Sully."

„Danke", murmelte ich, aber ich konnte nicht bestreiten, dass Portia in ihrer Leggins und dem Tank Top wirklich strahlte. „Ich mag Sie auch."

Ein Grinsen erschien auf Mrs. H. Gesicht, während sie das Tablett auf dem Tisch am Kamin abstellte. „Ihr Kinder genießt euer Frühstück erst mal und lasst mich wissen, falls ihr noch etwas braucht."

„Wir brauchen vielleicht noch etwas mehr Orangensaft", sagte ich, während ich zum ersten Mal an diesem Tag aufstand und versuchte, das Klingeln in meinen Ohren zu ignorieren.

„Wir haben mehr als genug Orangensaft", warf Portia ein. „Wir werden nichts weiter brauchen. Vielen Dank."

Ich warf ihr einen bösen Blick zu, entschloss mich jedoch, vor Mrs. H. keinen Streit anzufangen, besonders weil es nicht gerade unwahrscheinlich war, dass Mrs. H. für Portia Partei ergreifen würde. „Vielen Dank, Mrs. H. Alles sieht super aus und riecht fantastisch."

Als die Frau das Zimmer verlassen hatte, stand ich vom Bett auf und zog in Erwägung, komplett nackt hinüber zum Frühstück zu schlendern, einfach, weil ich wusste, dass Portia sich unwohl fühlen würde. Ich streifte jedoch stattdessen die Jogginghose, die sie mir zugeworfen hatte, über.

Ich war zu müde, zu hungrig und immer noch ein wenig zu benebelt, um wirklich ein Arsch zu sein.

Portia war als erste beim Essen und schnappte sich die kleine Flasche Wodka. „Wenn ich nicht rennen darf, dann darfst du auch keine Gegenmaßnahmen ergreifen." Sie machte ein paar Schritte nach hinten, fast so, als hätte sie Angst, dass ich mit ihr um den Alkohol kämpfen wollen würde. „Das ist nur fair", fügte sie hinzu.

Ich nahm Platz, griff nach meinem Teller und gab meinen Cocktail am Morgen protestlos auf. „Das ist nur fair", stimmte ich ihr stattdessen zu.

KAPITEL 16

Portia

Ich hatte inzwischen das letzte Ritual verdaut. Nun gingen Sully und ich die Treppe hinab, gespannt, was uns am heutigen Abend erwarten würde. Immerhin hatten wir nach der LSD-Erfahrung ein paar Tage Ruhe gehabt.

Es bestand die Möglichkeit, dass das hier ein einfaches Ritual sein würde, vielleicht hatten sie ja beschlossen, dass wir etwas Ruhe verdient hatten. Sie konnten schließlich nicht immer sadistische Arschlöcher sein. Der Sinn von all dem hier war doch letztlich die Lust oder nicht? Absinth, LSD, alte Männer, die neue Wege fanden, wie sie einen hochkriegen konnten?

Diesmal war zusammen mit der Einladung keine Schachtel gebracht worden, in der mein Outfit gewesen wäre, also war ich nackt. Was gab es sonst noch Neues? Die alten Männer mochten es, Frauen anzusehen. Wie überraschend.

Ich war jung und hübsch.

Sie konnten mir keine zwei Brandmale verpassen.

Und Sully würde mich beschützen.

Ich warf ihm einen Blick zu und verzog das Gesicht. Seit dem LSD-Trip war es zwischen uns nicht wie vorher. Ich meine, es war nicht besonders schlimm gewesen, aber eben auch nicht gerade super. Er hatte viel geschlafen, mich allerdings nicht zu sich ins Bett geholt. Ich hatte viele Sit-ups und Lounges gemacht und die paar Aerobic-Übungen, an die mich noch aus der Zeit erinnern konnte, als Tanya und ich YouTube geschaut und sie gemacht hatten.

Kurz gesagt—wir hatten seit dem Vorfall mit dem LSD nicht miteinander geschlafen. Am Morgen danach hatte er mich wirklich verletzt, als er sagte, dass die ganze Nacht... und *alle* Geständnisse, die er mir gemacht hatte, nur wegen der Drogen gewesen seien. Er hatte es so abweisend gesagt, fast so, als gäbe es keinen Weg, dass er diese intimen, aufmerksamen Dinge nicht aus einem anderen Grund hätte sagen können.

Ich war auf der Stelle ins Bad geflohen, damit er nicht die Tränen in meinen Augen sah. Denn ich hatte gedacht— ich hatte gedacht—nun, ich war ein dummes Mädchen gewesen, das dumme, dumme Dinge gehofft hatte.

Ich hatte mir kaltes Wasser ins Gesicht geschmissen und mir selbst im Spiegel einen bösen Blick zugeworfen, aber das hatte nicht annähernd gereicht. Die Tränen waren noch immer unkontrolliert meine Wangen hinabgelaufen, also hatte ich die Dusche angestellt und so heiß gemacht, wie ich es nur aushalten konnte. Ich war vorsichtig gewesen, möglichst wenig Wasser auf das Brandmal, das noch immer schmerzte, zu bekommen. Schließlich hatte ich auf kaltes Wasser gewechselt. Es war nicht naheliegend, im Januar mit kaltem Wasser zu duschen, aber es hatte sich auch unglaublich passend angefühlt.

Erst als ich mich wieder fest im Griff hatte, war ich aus dem Bad gekommen.

Und Sully hatte einfach weiter so getan, als wäre am Abend zuvor nichts zwischen uns passiert. Vielleicht konnte er sich überhaupt nicht daran erinnern, was er gesagt hatte. Für mich war alles noch da, in hellen, klaren Neonfarben, in meinem Kopf, aber vielleicht war die Erfahrung mit der Droge auch für jeden anders.

Seither hatte er mich quasi ignoriert. Trotzdem konnte ich mich selbst nicht davon abhalten, ihm meinen Körper zu präsentieren. Ich zog enge Shorts an und bemühte mich bei meinen Aerobic-Übungen den Hintern so *viel* wie möglich in seine Richtung zu strecken, während ich schwitzte.

Er drehte sich einfach im Bett um, zog das Kissen über den Kopf und sagte mir, dass ich Kopfhörer benutzt sollte, damit er nicht fünf Stunden am Tag auf voller Lautstärke Britney Spears oder Lady Gaga hören musste.

Und dann hatte er gedacht, er könne einfach die Hand nach mir ausstrecken, wenn ich abends zu ihm ins Bett kletterte?

Eh... dazu würde ich ganz klar *Nein* sagen, mein Freund.

Er hatte den kompletten Tag verschlafen, mich die ganze Zeit über ignoriert und dann dachte er, ich würde es mit ihm treiben, weil mein warmer Körper neben seinem faulen Arsch im Bett lag?

Niemals.

Nur, weil ich in seiner Welt war, hieß das nicht, dass ich jeden Selbstrespekt verloren hatte. Nein, *keinesfalls*.

Jetzt allerdings, als wir beide komplett nackt, die Treppe hinabstiegen und uns einer uns unbekannten Aufgabe stellen mussten, wollte ich die Hand ausstrecken und seine ergreifen.

Sie hatten wie immer einen Anzug für ihn mitgeliefert.

Er hatte mir in die Augen gesehen und ihn auf den Boden gepfeffert. Er war darauf herumgetrampelt und hatte seine Unterwäsche ausgezogen. Schließlich war er genauso nackt gewesen wie ich und hatte mit dem Kopf in Richtung der Tür gedeutet, als es für uns an der Zeit gewesen war, zu gehen.

Und ich hatte mich ein bisschen in den Bastard verliebt.

Als wir beide, nackt wie am Tag unserer Geburt, von den Ältesten erblickt wurden, entgingen mir deren hochgezogenen Augenbrauchen nicht. Ein Mann warf uns sogar wirklich bitterböse Blicke zu.

Nicht, dass das Sully interessiert hätte.

Er stand einfach so da, wie Gott ihn geschaffen hatte und präsentierte alles, während er sie angrinste.

In meinem Bauch machte sich ein ungutes Gefühl breit.

Da war etwas... Irgendwas lag in der Luft.

Erwartung.

Sie warteten auf etwas.

Und ja, einige der Männer hatten den Blick von mir abgewandt, aber der Großteil sah zu mir hinüber. Und grinste.

Sie lächelten mich nicht an, sie grinsten.

Jetzt wollte ich wirklich die Hand nach Sully ausstrecken.

Aber was würde das bringen? Das wäre ein Zeichen der Schwäche, das ich den Geiern gab.

Und er konnte mich nicht beschützten.

Hatte ich das nach dem Brandmal nicht verstanden?

Ich war aus gutem Grund hier. Oh Gott, ich hatte wirklich einen Grund. Meine Familie brauchte mich. Meine Familie brauchte mich.

Das wiederholte ich immer wieder in meinem Kopf, wie

ein Mantra, während mein gesamter Körper vor Angst erschauderte. Ich war mir nicht sicher, ob ich an Gott glaubte, aber ich betete trotzdem, dass er mich beschützen würde. Ich bat ihn, das für mich zu tun, was Sully nicht konnte. Ich bat ihn, mich zu beschützen, mich vor diesen bösen Männern zu retten.

Dann tauchten zwei Frauen an der Tür auf. Sie waren ebenfalls nackt, aber wunderschön geschminkt und mit glänzendem, perfekt geföhntem Haar.

Südstaatenschönheiten, die zu Sirenen wurden.

„Nehmt sie mit und bereitet sie vor", befahl einer der Männer. Ich war mir sicher, dass er einer der Ältesten war.

Die beiden Frauen nickten wie brave Puppen und gingen auf mich zu. *Nein.* Mein gesamter Körper versteifte sich und die Alarmglocken in meinem Kopf erklangen laut.

„Wohin soll sie gehen?", fragte Sully. Auch in seiner Stimme war ein leichter Anflug von Panik zu hören. Er hatte gesehen, wie mein Körper steif geworden war.

„Darum musst du dich nicht sorgen", ließ einer der Ältesten ihn auflaufen, während ein anderer antworte: „Sie soll sich auf das Ritual vorbereiten."

Sully sah zu dem Mann in der Ecke hinüber. „Montgomery?", fragte er.

Der einzige andere junge Mann. Es war Sullys Freund. Ich blickte ebenfalls zu ihm hinüber, fast so, als hoffte ich, dass er meine Rettung sein konnte. Er sah nicht glücklich aus, aber er nickte. „Es ist nur eine Zeremonie. Alles ist in Ordnung."

Sullys Augenbrauen zogen sich zusammen, aber er nickte ebenfalls.

Ich senkte den Blick zu Boden.

Sein Freund war ein Lügner.

Oder unglaublich naiv.

Ich hoffte für Sully, dass Montgomery einfach naiv war.

Und ich haste den Mann zeitgleich, weil er mich nicht beschützte.

Denn was auch immer sie heute vorhatten, es wäre ganz gewiss nicht in Ordnung. Das wusste ich tief in meinem Innern. Ich war nicht in Sicherheit.

Aber ich hatte die Fuchsjagd überlebt.

Ich hatte das Brandmal überlebt.

Ich konnte für meine Familie alles durchstehen.

Ich drehte mich von Sully weg. Ich konnte meine wahren Gefühle einfach nicht vor ihm verstecken und wenn er die Wahrheit sah, wenn er wusste, was mir bevorstand, wie auch immer das Böse aussehen würde, dann fürchtete ich, dass er diese Villa in Schutt und Asche legen würde.

Aber ich hatte eine Familie, an die ich denken musste... insbesondere meine kleine Schwester... Meine liebe, liebe Schwester, die mich jetzt noch mehr brauchte als jemals zuvor.

Und ihr *Leben* war mehr wert als alles andere.

Ich ging also hinüber zu den Sirenen. Zu den Hexen, denen die Gesichter von Engeln verpasst worden waren und ich ließ zu, dass sie mich durch eine Tür führten, hinter welcher zweifelsohne eine weitere Hölle auf mich wartete.

KAPITEL 17

Portia

„NEIN", schrie ich. Ich kämpfte gegen sie. Ich kämpfte gegen sie und ich schrie.

Vier Männer fixierte mich, während sie mich in den Holzsarg am äußersten Rand des Grundstücks bugsierten.

Ich flehte um das Erbarmen der Männer, die mich hielten.

Ich schrie die Frauen an, die mich wie ein Lamm zur Schlachtbank in einem Golf-Cart hergefahren hatten, mir zu helfen.

Ich rief nach Sully.

Ich schrie nach meiner Mama, die längst tot war und meinem Daddy, der uns verlassen hatte, als wir ihn am dringendsten gebraucht hatten.

Ich rief nach Gott.

Und keine verdammte Seele antwortete mir, während sie den Deckel des Sargs über mir zunagelten.

Ich schrie so lange, bis meine Stimme brach. Ich hasste

enge Räume. Ich hasste die Dunkelheit, das hatte ich schon immer. Oh, Mama, ich hasste die Dunkelheit. Ich *hasste* die Dunkelheit.

„Hör auf Panik zu schieben, hör auf!", schrie ich mich selbst mit dem bisschen Stimme, dass mir noch geblieben war, an. „Denk verdammt noch mal nach."

Der Sarg war aus Kiefernholz. Ich war stark. Ich hatte die ganzen letzten Wochen trainiert. Ich war eine starke Schlampe.

Und ich war eine Kämpfernatur.

Gott, ich hatte mein ganzes Leben lang gekämpft. Es war ein Kampf bis zum Schluss gewesen.

In meinem Kopf lief Christina Aguileras *Fighter*.

Ich war stark, ich war robust und ich war klug.

Ich begann gegen den Sarg zu hämmern. Er war nur aus Kiefernholz. Vielleicht würde ich mich selbst aus diesem verdammten Ding befreien können. Das hatte ich immerhin schon in Filmen gesehen.

Ich würde mich einfach selbst retten müssen. Wie immer. Mich selbst retten und dann meine Schwestern. Ich war widerstandsfähig und wenn Gott mich nicht retten würde, dann musste ich es eben *selbst* tun.

Ich war stark, ich war widerstandsfähig, das Leben war grausam, das Leben war verdammt noch mal *scheiße* zu mir, meiner Familie, meinen schönen Schwestern und verdammt, scheiß auf ALLES, ich würde niemals aufgeben. Ich würde verdammt noch mal niemals aufgeben—

Ich schlug gegen das Holz über mir.

Ich trat.

Ich trat noch häufiger.

Ich schlug mit den Handflächen.

Ich versuchte mich zu drehen, damit ich meine Ellenbogen nutzen konnte, schaffte es aber nicht—

Verdammt, ich konnte mich in dem kleinen Sarg nicht umdrehen, da war nicht genug Platz. Ich konnte nicht— Wenn ich nur ein kleines bisschen mehr Platz gehabt hätte, dann hätte ich sicher entkommen können, aber da war einfach nicht genug. Ich konnte meinen Ellenbogen nicht bewegen, ich konnte es nicht schaffen, ich konnte es nicht—

Okay, okay, also musste ich die Handflächen benutzen. Fein. Okay, okay—

Ich schlug mit den Handflächen, aber das Holz gab keinen Zentimeter nach. Nicht das geringste bisschen. Nichts zeigte auch nur die kleinste Wirkung.

Aber vielleicht würde es nachgeben, wenn ich immer wieder dagegen schlug.

Ich versuchte wieder zu treten, aber auch hier hatte ich dasselbe Problem. Es gab einfach nicht genug Platz, um irgendwie Schwung zu bekommen und tatsächlich etwas zu bewirken.

Ich schrie vor Wut. Das war nutzlos, denn meine Stimme hatte ich inzwischen fast komplett verloren.

Dann schlug ich weiter gegen das Holz, ohne damit irgendwas zu bewirken.

Und dann wurde der dunkle Sarg plötzlich von Licht durchflutet.

Licht.

Und ich sah die Kratzer und mindestens einen Fingernagel einer Frau, der nur wenige Zentimeter über meinem Gesicht im Holz steckte.

Ich war nicht die erste Frau, die sie lebendig begraben hatten.

Oh Gott, oh Gott, sie waren komplett wahnsinnig.

Es gab keine Grenzen, die sie nicht überschreiten würden.

Sie hassten uns.

Sie wollten uns foltern.

Sie mochten das.

Wie viele hatten sie vor mir begraben?

Die ersten Tränen liefen mir über die Wange, als ich komplett die Kontrolle über mich verlor und schrie und schlug und kratze an derselben Stelle, an der schon wie viele andere Frauen gekratzt hatten?

Und dann fing die Erde an, zwischen den Brettern hindurch zu rieseln.

Ich hatte keine Stimme mehr, konnte nur ein nutzloses, verängstigten Quietschen produzieren, als sie *tatsächlich* anfingen, mich lebendig zu begraben. Ich bekam Erde in den Mund, spuckte sie aus und rastete dann komplett aus.

KAPITEL 18

Sully

BILLIARD, Bourbon und Blowjobs.

Das ist alles, an das ich mich erinnern kann, wenn ich an den Raum denke, in den sie uns alle brachten, nachdem sie Portia mitgenommen hatten. Das Billardzimmer war den Mitgliedern vorbehalten, aber als kleine Jungs hatten wir uns oft durch die Geheimgänge von Oleander geschlichen und die Männer beobachtet.

Oh, damals hatte ich es kaum erwarten können, endlich selbst die Schlüssel zu diesem Königreich in den Händen zu halten.

Wir hatten uns damals vorgestellt, wie es wohl sein würde, eines Tages selbst Mitglied des Ordens des Silbernen Geistes zu sein. Es war ganz klar, dass wir die Möglichkeit bekommen würden, wenn wir ein gewisses Alter erreichten, aber wir alle konnten es kaum abwarten, als wir diese mächtigen Männer sahen, die hier mit ihren

Zigarren, ihrem Vermögen und ihrer uneingeschränkten Macht saßen.

Ich hatte mich so sehr danach gesehnt, einer von ihnen zu sein...

Aber nicht mehr.

Der Orden des Silbernen Geistes war beschmutzt. Vergiftet. Absoluter Müll.

Und während ich splitterfasernackt den Flur entlang ging, war ich stolz darauf, dass ich niemals zulassen würde, dass ich so wurde, wie sie.

Niemals.

Ja, natürlich musste ich das hier durchstehen und für meine Schwester nach ihrer Pfeife tanzen, aber diese Männer würden niemals meine Seele vergiften. Niemals.

„Sully!", erklang Mrs. H. entsetzte Stimme. Sie kam den Flur entlang, trug Kleidung in der einen und Schuhe in der anderen Hand—die Kleidung, die mir für den heutigen Abend gegeben worden war. „Pack deine Kronjuwelen ein und zieh dir auf der Stelle etwas an", fuhr sie fort.

Ihr Kopf war knallrot vor Scham und wahrscheinlich war es ihr auch einfach unangenehm, so auf mich zu zu sprinten und mir die Kleidung in die Hand zu drücken. Ich versuchte nicht zu lächeln, weil es ihr so unangenehm war, aber das war nicht gerade einfach. Noch schwerer wurde es, als ich zu Montgomery hinüberblickte, der offensichtlich selbst versuchte, das Lachen zu unterdrücken. Mein Freund fand die Situation genauso komisch wie ich.

Ich machte den Mund auf, um zu fragen, was mit Portias Sachen sei und dass ich nackt bleiben würde, wenn man dasselbe von ihr verlangte, aber Mrs. H. erhobene Hand erstickte dieses Unterfangen im Keim.

„Ich möchte kein Wort von dir hören, junger Mann!",

verkündete sie und ihr Tonfall war messerscharf. Gehorsam hielt ich den Mund. „Deine Mutter hätte einen Herzinfarkt, wenn sie wüsste, dass ich dir erlaubt habe, splitterfasernackt über die Flure von Oleander zu schlendern. Zieh dich an. Auf der Stelle."

Die anderen Mitglieder gingen in das Billardzimmer. Einige kicherten, andere warfen mir böse Blicke zu, während ich die Hose anzog. Ich hatte nicht vor, mich mit dieser Naturgewalt einer Frau anzulegen und hatte bei den Mitgliedern des Ordens bereits ordentlich für Aufruhe gesorgt. Es gab keinen Grund dafür, hier auf dem Flur einen Streit mit dieser Frau anzufangen, die keine Skrupel hatte, mich an den Ohren zu packen, egal welches Alter ich erreichte.

„Hör besser auf die Frau", sagte Montgomery, während er zu den anderen in das Zimmer ging.

„Also wirklich, Sully. Manchmal...", sagte Mrs. H., bevor sie sich auf dem Absatz umdrehte und mich beim Anziehen zurückließ.

Ich konnte nicht aufhören zu lächeln, als ich zu den anderen Mitgliedern stieß.

Ein Punkt an Sully VanDoren.

Während ich mir ein Glas Bourbon eingoss und auf einem burgunderfarbenen Sessel mit Samtbezug in der Nähe des lodernden Feuers Platz nahm, verkündete ich: „Nun, meine Herren, welchen Wahnsinn habt ihr heute für mich geplant?"

Ich wollte es nicht zugeben, aber jetzt, wo ich komplett mit Anzug bekleidet war, fühlte ich mich doch wohler. Ich hatte das Gefühl, wenigstens ein wenig Kontrolle zu haben, während ich den Knöchel auf mein Knie legte, mich entspannt im Sessel zurücklehnte, einen Schluck von meinem Drink nahm und auf die Dinge wartete, die da kommen würden.

Vielleicht ein Blowjob? Wobei der Gedanke daran, dass irgendeine der Schlampen, die hier im Orden waren, mir einen blasen würde, dazu führte, dass wir ein wenig flau wurde. Es würde sich fast anfühlen, als würde ich Portia... betrügen? Sie und ich waren nicht offiziell monogam... Davon waren wir meilenweit entfernt. Trotzdem konnte ich nicht erklären, warum ich keine anderen Lippen als die ihren um meinen Schwanz haben wollte.

„Ja, warum widmen wir uns nicht den weiteren Festlichkeiten des Abends", schlug einer der Ältesten vor und nahm dabei neben mir Platz. „Lasst uns uns versammeln und den heutigen Film genießen."

Er deutete auf die leere Wand an der Westseite des Zimmers, auf die ein Projektor gerichtet worden war. Alle Mitglieder, die im Raum unterwegs gewesen waren, setzten sich hin oder suchten sich zumindest einen Platz, von dem aus sie den Film sehen konnten, der nun auf die Wand geworfen wurde.

Portias Schreie erfüllten den Raum, bevor ihr Bild erschien. Ich brauchte einige Augenblicke, bevor ich erkannte, was ich da sah.

Es war Portia. Wo auch immer sie war, dort war auch eine Videokamera.

Sie schrie und kratzte am Holz über hier. Sie war irgendwo gefangen.

„Lasst mich raus!", kreischte sie, während Erde auf ihr Gesicht fiel. „Hilfe! Irgendjemand! Sully! Sully!"

Der Klang der Schläge gegen ihren hölzernen Käfig trieb mich an. Meine Augen waren noch an das Bild der absoluten Panik und Angst an der Wand gefesselt.

„Was zur Hölle ist das hier? Wo ist sie?", brüllte ich.

Ich hatte den Blick von dem projizierten Bild abgewandt

und sah jetzt in die Gesichter der Mitglieder, auf der Suche nach einer Erklärung. Noch immer hörte ich Portias Schreie, die aus jeder Ecke des Billardzimmers widerhallten. Ihre Angst schien mir in die Knochen zu fahren, als mir klar wurde, was tatsächlich passierte.

„Wo ist sie? Was macht ihr mit ihr?", verlangte ich zu wissen, während ich mich auf den Ältesten stürzte, der am wenigsten weit entfernt war. Ich ergriff ihn am Kragen und schrie: „Wo zur Hölle ist sie?"

Der Älteste zuckte einfach nur mit den Schultern und lächelte mich spöttisch an. Er wusste, dass ich ihm nicht wehtun würde und selbst wenn ich es versuchte, würden die anderen Mitglieder eingreifen, bevor ich ihm tatsächlich Schaden zufügen konnte. Ich schlug es in Erwägung, ihm sein selbstzufriedenes Lächeln aus dem Gesicht zu schlagen, aber Portias anhaltende Rufe nach Hilfe brachten mich dazu, bei den anderen Mitgliedern nach Antworten zu suchen.

„Ich bekomme keine Luft", rief sie nun. „Ich bekomme keine Luft!"

„Sagt mir, wo sie ist!", rief ich erneut. „Oder, ich schwöre, ich werde dieses Haus augenblicklich anzünden."

Einer der Ältesten machte einen Schritt nach vorne und erklärte ruhig: „Sully VanDoren, als mächtige Mitglieder dieser Gesellschaft werden wir von anderen oft um Hilfe gebeten. Dass wir helfen, wird erwartet, weil wir sind, wer wir sind und über die notwendigen Ressourcen verfügen."

Er machte einen weiteren Schritt nach vorne und deutete auf die schreiende Frau, die noch immer versuchte, durch das Holz über sich zu gelangen. „Es ist deine Aufgabe, die Schönheit zu retten. Wie du das bewerkstelligst, ist dir überlassen. Du kannst dich in der Wut verlieren und um Antworten bitten, die du nicht bekommen wirst. Oder du kannst einen..." Er hielt inne und lächelte: „Oder du kannst losziehen und der Schönheit helfen."

Ich warf Montgomery einen schnellen Blick zu. Dieser starrte mich einfach nur mit weit aufgerissenen Augen an. Es schien nicht, als würde er mehr wissen als ich und wenn er doch etwas gewusst hatte, würde er später dafür bezahlen, dass er es mir nicht gesagt hatte. Ich hatte allerdings nicht die Zeit, dieses Spielchen zu spielen.

Ich musst Portia finden!

Ich rannte aus dem Zimmer, durch den Flur und nach draußen. Mein Bauchgefühl sagte mir, dass sie draußen war und als ich in die Ferne in Richtung des alten Oleanderfriedhofs blickte, der auf einem Hügel bei einer Trauerweide angelegt worden war, erblickte ich dort brennende Fackeln.

Die kranken Wichser hatten sie zum Friedhof gebracht, wo sie den Weg zu all den Vorfahren, die im Orden gewesen waren, finden sollte.

Ich bin noch nie in meinem Leben so schnell gerannt wie in diesem Moment. Ich konnte ihre Schreie nicht mehr hören. Das konnte nur eines bedeuten:

Sie hatten sie lebendig begraben.

Die brennenden Fackeln wiesen mir den Weg und die frische Erde bedeutete mir, wo genau ich zu graben hatte. Natürlich hatten mir die Bastarde keine Schaufel oder Ähnliches hiergelassen. Ich kannte keine andere Wahl, so ging ich auf die Knie und begann fanatisch mit meinen Händen zu graben.

„Halte durch, Portia", schrie ich, wobei ich mir nicht sicher war, ob sie mich hören konnte.

Ich hätte ihr weitere Dinge zugerufen, aber ich wusste, dass die Kamera an war und der gesamte Orden mich dabei beobachtete, wie ich versuchte, meine Schönheit zu retten.

Ich würde ihnen keine Show bieten und wenn ich gewusst hätte, wo die verdammte Kamera war, dann hätte ich sie in ihre Einzelteile zerlegt.

Ich grub und grub und grub, schnappte nach Luft, fast so, als wäre auch ich neben meiner Schönheit Portia begraben worden. Ich machte Fortschritte, aber nicht schnell genug. Unter mir war ein lebendiges Wesen begraben und der Gedanke daran, was sie gerade durchmachte, trieb meine Angst in neue Höhen.

Ich arbeitete mich mit so viel Kraft durch den Boden, dass meine Fingerspitzen zu bluten begannen, meine Nägel lösten sich von ihren Nagelbetten, aber nichts würde mich aufhalten. Ich entfernte die Erde pfundweise, schnell und voller Energie. Sie hätten mich umbringen müssen, hätten sie mich tatsächlich aufhalten wollen. Gerade als ich Panik bekam, dass ich es mit bloßen Händen nicht würde schaffen können und ich in Erwägung zog, loszurennen, zurück zum Haus, um eine Schaufel zu finden, trafen meine Finger auf das Holz.

„Portia", rief ich und nahm im selben Moment ihre gedämpften Schreie wahr. Sie war am Leben. Ich dankte Gott dafür. „Du schaffst das! Du schaffst das!"

Sie war am Leben. Ich erinnerte mich selbst immer wieder daran. Der Orden allerdings hatte niemals beabsichtigt, sie umzubringen. Sie wollten sie nur in die Knie zwingen.

Und nach dem hier...

Ich war mir sicher, dass sie gebrochen sein würde.

Ich hielt einen Moment lang inne, bevor ich den Deckel des Sargs anhob. Ich hatte Angst, dass zu viel Erde auf sie fallen würde, aber ich hatte keine Ahnung, wie ich es sonst bewerkstelligen sollte. Ich musste sie aus diesem Loch herausholen.

„Sully! Sully!", konnte ich sie schreien hören, während sie weiter gegen den Deckel hämmerte.

„Wenn du dein Gesicht bedecken kannst, dann mach das", rief ich ihr durch den hölzernen Sarg zu. „Ich mach ihn jetzt auf."

Ohne auf eine Antwort von ihr zu warten, zog ich den Deckel ab und Sekunden später zog ich ihren zitternden, nackten Körper aus der Hölle.

Ohne weiter darüber nachzudenken, hob ich sie aus dem Grab und drückte sie so fest an mich, dass ich fast der Nächste geworden wäre, der ihr die Luft nahm.

Sie schluchzte an meiner Schulter und ich konnte nichts weiter tun, als ihr über den Rücken zu streicheln und ihren schmutzigen Kopf zu küssen.

„Es tut mir leid. Es tut mir so, so leid…", wieder holte ich immer und immer wieder. Jede einzelne Minute, die sie in diesem Grab gewesen war, fühlte sich an wie ein Versagen meinerseits. Ich hatte mir beim Anziehen dieses blöden Anzugs so unglaublich viel Zeit gelassen. Wenn ich ihn doch nur schnell übergezogen hätte, dann hätten sie das Video schneller angeschaltet und ich hätte es früher gewusst. Ich hätte früher bei ihr sein können.

Als das Schluchzen endlich weniger wurde, klammerte sie sich an mich. Ihre großen Augen blickten aus einem verdreckten Gesicht zu mir hinauf. „Das muss dir nicht leid-tun. Du hast mich gerettet. Du bist gekommen und hast mich ausgegraben. Ich wusste, dass du das tun würdest. Ich habe es gewusst."

Als ihr Körper unter meinen Händen zu zittern begann, wusste ich, dass ich sie niemals wieder loslassen würde. Schnell zog ich mein Jackett aus und wickelte es um sie. Gerade als ich das tat, nahm ich ein Geräusch war, was mich fast in den Wahnsinn getrieben hätte.

Das Klopfen der Gehstöcke, während der gesamte Orden den Weg den kleinen Hügel erklomm. Sie erinnerten mich an Schlangen, die durch die Dunkelheit glitten. Immer und immer wieder schlugen ihre Stöcke auf den Boden, als sie begannen, etwas auf Latein zu singen. Die Stimmen würden mich verfolgen, die dunklen Augen der Männer, die von den flackernden Fackeln erhellt wurden und der Geruch des absoluten Wahnsinns.

Der Feind hatte angemeldet, dass er Besitz meiner Seele ergreifen wollte und ich weigerte mich, sie ihm kampflos zu überlassen. Die Wut kochte in meinen Adern. Ich ließ die zitternde Portia los und stürzte mich dann durch die Dunkelheit auf die Gruppe der reinen Bosheit. Ich schlug den ersten Mann, bei dem ich das Gefühl hatte, dass er es verdient hatte.

Montgomery Kingston strauchelte zu Boden. Er hielt sich das Gesicht an der Stelle, an der meine Faust darauf getroffen hatte. Ich hoffte, dass ich genug Kraft in den Schlag gelegt hatte, dass ich den Kiefer des Wichsers gebrochen hatte.

„Du Hurensohn", schrie ich. „Ich hatte das hier von den Wichsern erwartet, aber von dir? DIR?"

„Du weißt, wie diese Rituale sind", sagte Montgomery, der wieder auf die Beine gekommen war, sich aber noch immer das Gesicht rieb. „Und nur, damit das klar ist: Ich hatte keine Ahnung, was passieren würde. Ich würde dir so etwas niemals antun, Bruder."

„Glaubst du wirklich, das macht den geringsten Unterschied? Meinst du ernsthaft, du darfst dich noch meinen *Bruder* nennen? Du bist einer von ihnen geworden!", warf ich ihm an den Kopf. "Ich dachte, du wärest besser als sie. Nur weil du jetzt einen Umhang trägst, musst du ja nicht genauso krank sein wie diese alten Schlappschwänze."

„Du versuchst auch, einer von ihnen zu werden", warf Montgomery ein. Seine Augen zogen sich zusammen und sein Kiefer versteifte sich. „Reiß dich am Riemen, Sully. Du möchtest mich nicht als Feind haben."

Ich gab nach und fokussierte meine Wut nun auf die Ältesten.

„Seid ihr jetzt glücklich?", rief ich, während ich ein paar Schritte nach hinten machte und die Arme ausbreitete. „Ist es das hier, was ihr wolltet?" Ich deutete auf Portia, die mein Jackett fest um sich geschlungen hatte, aber trotzdem noch wie ein Häufchen Elend, dreckig und zitternd, dastand. „Ist sie jetzt verängstigt genug für euch? Hat sie um Gnade gebettelt, während ihr euren Bourbon getrunken und eure Zigarren geraucht habt?" Ich streckte meine zerkratzten und mitgenommenen Hände aus. „Soll ich mein Blut auf ihrem nackten Körper verteilen?"

Ich ging hinüber zu Portia. Ihr Mund stand offen und in ihren Augen konnte ich die Tränen schimmern sehen. Ich öffnete mein Jackett, legte meine Handflächen auf ihre Brüste und ließ sie ihren Körper hinabgleiten. Ich hinterließ eine Blutspur des schwarzen und abgrundtiefen Wahnsinns.

„Ist es so genehm? Ihr Kranken Wichser! So?" Ich drehte mich auf dem Absatz um und sah alle voller ungezügeltem Zorn an. „Ihr könnte alle zur Hölle fahren!"

Montgomery machte einen Schritt auf mich zu, was wirklich Mut bedurfte, schließlich wollte ich den Mann erschlagen. „Beruhige dich, Sully!" Er machte einen weiteren Schritt auf mich zu, sah Portia an und fragte diese dann: „Geht es dir gut?"

Portia kam an meine Seite und ergriff meinen Arm. Ich war mir nicht sicher, ob sie das tat, weil sie den Halt brauchte, oder ob sie versuchte, das Biest in mir, das tobte und freigelassen werden wollte, im Zaum zu halten. Ich wollte jeden Einzelnen der Männer, die in ihren Umhängen und mit ihren Gehstöcken vor mir standen, umbringen.

„Jetzt geht es schon", sagte Portia.

Montgomery nickte und erklärte: „Ich musste mein eigenes Ritual durchmachen, bei dem es um den Tod ging. Ich erinnere mich genau daran, wie schrecklich es war. Sie haben Grace an einem Galgen aufgehangen. Ich kann mich noch viel zu gut daran erinnern. Du musst ruhig bleiben. Denk an das große Ganze, Mann. Lass nicht zu, dass sie dich brechen. Lass es nicht zu. Erinnere dich daran, warum du hier bist."

„Sully VanDoren", rief dann einer der Ältesten. „Du hast das heutige Ritual absolviert. Du bist einen Schritt näher am Ziel, Mitglied des Ordens des Silbernen Geistes zu werden."

„Fickt euch alle", entfuhr es mir, als Portias zitternde Beine nachgaben. Ich fing sie gerade noch, bevor sie auf den Boden ging. Ich hob sie hoch und brachte uns beide weit weg von diesem verdammten Friedhof. „Ich werde nie so sein wie ihr. Niemals."

Ich würde alles geben, bevor ich mich diesem Wahnsinn hingab. Ja, es gab da noch das große Ganze. Meine Schwester. Das wusste ich. Aber ich würde mich selbst nicht verlieren.

Hatte der Orden es geschafft, mich zu brechen?

Ja.

Sie hatten den Mann, der ich dachte, der ich sei, gebrochen.

Alles, was jetzt in diesem Moment von ihm übrig war, war ein Monster, das sich nach Rache sehnte. Wenn ich jetzt nicht mit Portia das Weite suchte, würde jemand ernsthaft verletzt werden.

Irgendetwas musste sich ändern. Der Orden hatte sich zu einer wahren Schlangengrube entwickelt und ich weigerte mich, eine weitere Schlange zu sein, die nicht mehr herauskam.

KAPITEL 19

Portia

SULLYS ARM, der um mich lag, fühlte sich großartig an. Nach der Kälte und dem Dreck und der Tod, der in dem Sarg hing, in den sie mich gesteckt hatten, waren seine lebensrettenden Arme, die mich in Sicherheit brachten...

Ich kuschelte mich an ihn. Mein Gesicht drückte sich gegen seine feste Brust und ich lauschte seinem Herzschlag. Er war lebendig und dank ihm war ich das auch.

Ich wollte meine Arme um ihn schlingen und niemals wieder loslassen. *Niemals* wieder loslassen.

Solange wie wir beide lebten.

Wir kamen zu unserem Zimmer und Sully trat die Tür auf.

Ich hoffte, dass er mich direkt in die Dusche bringen und mich sanft sauber machen würde. Ich brauchte jemanden, der sich um mich kümmerte. Ich brauchte meinen starken Beschützer, der die Situation unter Kontrolle brachte. Nach der Erfahrung, die ich in dieser Nacht gemacht hatte, war in mir wahrlich nichts mehr übrig.

Allerdings betrat Sully stattdessen das Zimmer, trat die Tür mit demselben Fuß wieder zu und legte mich auf dem Bett ab.

Okay, nun, ich war schmutzig, aber ich hätte es verstanden, wenn er direkt mit mir zusammen sein musste, nach all dem, was wir durchgemacht hatten. Ich war zufrieden mit diesem Handeln. Ich würde seinen Körper mit offenen Armen willkommen heißen. Tatsächlich wurde ich alleine durch den Gedanken feucht...

„Was zur *Hölle* machst du noch hier?", schrie Sully mich an.

Immer langsam mit den jungen Pferden... WAS?!

Ich blinzelte ihn verwirrt an.

„Wie konntest du sie das mit dir machen lassen?", fuhr er unbeirrt fort. „Was *zur Hölle* ist es wert, dass sie dich behandeln wie ein Tier und dich im Garten begraben?"

Mein Mund stand offen. Machte er jetzt wirklich deshalb Theater? *In diesem Moment*? Nachdem ich lebendig begraben worden war? Er nahm es sich heraus, mich anzuschreien und mir Vorwürfe zu machen, so als wäre es meine Schuld gewesen, dass diese Bastarde mich in einen verdammten Sarg gesteckt hatten, während ich geschrien und mich gewehrt hatte? Dass ich darin gelegen hatte, während sie mich mit Erde bedeckt hatten und mich zu Tode erschrocken hatten und—

Ich fing an, langsam zu klatschen. „Schön, dass du dem Opfer die Schuld gibst, Sullivan VanDoren. Ich bin so froh, dass du so ein toller Mann bist, weil es ja nicht so ist, als wärest *du* nicht auch noch hier. Hast du in letzter Zeit mal in den Spiegel gesehen, mein Freund? Du versuchst, einer der

Wichser zu werden, der meint, es sei okay, eine unschuldige Frau in Särge zu sperren. Wer ist jetzt der Held?"

Sein Gesicht wurde rot. „Du *weißt* verdammt noch mal genau, dass ich nichts mit all dem Scheiß zu tun haben will!"

„Und glaubst du wirklich, dass ich das will?", schrie ich zurück. Nur war es kaum ein Flüstern, weil meine Stimme noch immer von all dem Schreien geschwächt war. Von den Momenten, in denen ich schrie, als ginge es um mein Leben, in diesem verdammten Sarg und ganz ehrlich, ich wollte *auf ihn scheißen*, wie konnte er jetzt mit *diesem* Schwachsinn anfangen?

Ich war vom Bett aufgestanden und hatte ihm den Rücken zugedreht. „Ich geh jetzt duschen", erklärte ich.

Dann plötzlich ergriff er meinen Arm und zog mich herum, sodass ich ihn ansah. „Sag mir einfach warum!"

Sein Blick brannte sich in meinen. Die Wut stand ihm noch immer ins Gesicht geschrieben. „Warum bist du hier? Was haben sie gegen dich in der Hand, dass du all diesen verfickten Wahnsinn mitmachst? Denn ich zermartere mir mein Gehirn und mir fällt nichts in der Welt ein, was begründen könnte, wieso jemand, der das mitgemacht hat, was du gerade erlebt hast, nicht einfach geht!"

Er war ein solcher Idiot. Ein so unglaublicher Vollidiot. Ihm fiel kein *einziger* Grund ein? Kannte er mich noch immer nicht? Hatte er keine Ahnung davon, wer ich war? Jeder, der mich wirklich kannte, wusste, dass ich das hier niemals für mich selbst durchstehen würde. Dass ich es nur durchstehen konnte, weil ich es für jemanden tat, den ich liebte.

Ich wollte ihn verfluchen, weil er herkam und mich in einem Augenblick beschuldigte und grausam zu mir war, als ich nichts weiter brauchte als Liebe und Mitgefühl. Ich brauchte eine sanfte Hand, die mir in die Dusche half.

Und trotzdem war er *noch immer* hier. Er verlangte nach Antworten, wenn er mir eigentlich Verständnis entgegenbringen sollte, wenn er mir wenigstens bis zum beschissenen Morgen Zeit geben sollte, weil ich verdammt noch mal LEBENDIG BEGRABEN worden war! Galt hier nicht im Zweifel für den Angeklagten.

Aber Sully war eben Sully. Er schnaubte also nur, seufzte und schüttelte denn den Kopf. „Ich schätze es ist dir zu peinlich, einfach zu sagen, dass du letztendlich doch hinter dem Geld her bist, was?"

Der Ekel stand ihm ins Gesicht geschrieben, als er einen Schritt nach hinten machte. „Ich werde mir eine Flasche was auch immer suchen und hoffentlich hilft mir das all die kranke Scheiße, die ich heute Abend gesehen habe, zu vergessen. Genieß deine Dusche."

Mein Mund stand schon wieder offen. „Du kannst das Zimmer nicht ohne mich verlassen. Die Regeln—"

Er schenkte mir ein grausames Grinsen. „Die Regeln besagten, dass *du* das Zimmer nicht ohne mich verlassen darfst, weil du eine Frau bist. Wir Männer, die Könige des Universums, können hingehen, wo immer wir wollen. Und nach dem heutigen Abend werde ich mich besaufen, denn Baby, es ist Zeit, dass ich das hier vergesse. Dich vergesse. Diesen ganzen verfickten kranken Ort vergesse."

Und mit diesen Worten... ging er einfach.

Er trat aus der Tür und *ging fort.*

Das war ein mir wohlbekannter Anblick. Die starke Silhouette eines Mannes, der einfach ging, ohne einmal einen Blick zurückzuwerfen.

Dasselbe hatte ich gesehen, als mein Daddy vor so langer Zeit gegangen war.

Mama war nur wenige Monate vorher gestorben und hatte sich alleine um ihre vier Töchter gekümmert... Das zu übernehmen, nun, das war nicht das, was Daddy sich gewünscht hatte oder?

So einfach war es für sie alle oder nicht?

Es war so einfach zu gehen. Keinen Gedanken an das Chaos, was man zurücklässt mehr zu verschwenden. Der Daddy, der so lange gelitten hatte, mochte auch seinen Alkohol. Es war so einfach alles zu vergessen, wenn die bernsteinfarbene Flüssigkeit floss. Er mochte auch klaren Alkohol. Wodka war im Notfall auch okay, aber tief im Herzen war mein Vater jemand, der Whiskey liebte.

Er hatte seine siebzehnjährige Tochter kurz vor ihrem achtzehnten Geburtstag zurückgelassen, damit sie sich nicht nur um ihre eigenen körperlichen und seelischen Bedürfnisse kümmerte, sondern auch um die ihrer Schwestern.

Ich hatte Pläne gehabt. Ich hatte aufs College gehen wollen. Ich hatte sogar Stipendien gehabt, denn Gott, wir hatten kein Geld gehabt. Ich hatte gehofft, dass ich es einfach um ein Jahr würde verschieben können, aber das Jahr verging und irgendwann wurde mir klar, dass ich mich von diesem Traum würde verabschieden müssen. Mein Vater würde nicht zurückkehren. Meine Mutter war längst begraben. Die Mädchen brauchten einen Vormund oder sie würden beim Jugendamt landen und ich hatte deutlich zu viele Horrorgeschichten darüber gehört.

Und dann war da natürlich Reba. Die liebe, liebe Reba.

Sie war immer so sehr wie unsere Mama.

Und es stellte sich heraus, dass sie zu sehr war, wie Mama.

Denn das Nierenversagen, das Mama geholt hatte, kam auch um Reba zu holen.

Daddy verließ uns in dem Moment, in dem wir die Nachricht erhielten. In seinem Brief sagte er, dass er einfach nicht stark genug war, um es noch einmal durchzustehen... dass er nicht einem weiteren Mädchen, das er liebte, dabei zusehen konnte, wie es das durchmachte.

Ich hatte den verdammten Brief verbrannt, bevor Reba ihn jemals zu Gesicht bekam.

Sie würde nicht so sterben, wie unsere Mutter.

Unsere Mutter hatte ihr ganzes Leben lang geraucht, sie hatte Diabetes Typ 2 und unglaublich viele andere Vorerkrankungen. Wie konnte mein Vater es *wagen*, auch nur anzusprechen, dass Reba eventuell ebenfalls sterben könnte?

Aber Reba musste viel zu früh mit der Dialyse anfangen.

Die Wahrheit war, dass sie eine neue Niere brauchte, und zwar schnell.

Und scheiß auf meinen Vater, scheiß auf die Gene, die er mir vererbt hatte, denn ich kam als Spenderin für meine Schwester nicht infrage. Tanya auch nicht. Vielleicht die Jüngste, Leann, aber wir hatten sie noch nicht einmal testen lassen. Sie war noch zu jung und musste all das nicht wissen.

Kaum irgendwo in den USA wartete man so lange auf eine neue Niere wie in Georgia. Natürlich war das so und natürlich mussten wir ausgerechnet hier leben. Wir hatten immer so viel Glück.

Aber Reba blieb nicht mehr viel Zeit.

Als ich also diese verrückte Einladung von einem verrückten Mann, der Abendkleidung trug, bei mir ankam und mir klar wurde, dass es wahr war und ein bisschen so, als wäre meine gute Fee erschienen, die mir *jeden Wunsch* würde erfüllen können, den ich jemals hatte, selbst wenn es war, dass meine kleine Schwester an die erste Stelle der Warteliste für eine neue Niere kam?

Ja, natürlich habe ich da direkt ja gesagt. Ich würde alles —wirklich *alles*—tun, damit das klappte.

Und deshalb war ich hier.

Gott, ich musste diesen Dreck abwaschen. Ich musste es alles abwaschen. Ich schüttelte erschöpft den Kopf. Ich summte leise vor mich hin: *I'm Gonna Wash That Man Right Outta My Hair.*

Meine Mama hatte alte Filme geliebt und ich hatte unzählige Male mit ihr *Süd Pazifik* gesehen. Den Film, aus dem die Melodie stammte. Ich lächelte und zuckte dann wegen meiner schmerzenden Muskeln zusammen.

Okay, Zeit zu duschen.

Aber in dem Augenblick, in dem ich gerade Sullys Jackett ausziehen und ins Bad gehen wollte, klopfte es an der Tür.

Einen Augenblick schlug mein Herz schneller. Ich dachte, es war Sully, der mich um Verzeihung bitten wollte, weil er ein solcher Idiot gewesen war. Dann aber verzog ich das Gesicht. Sully würde wohl kaum klopfen.

Ich ging hinüber zur Tür. „Wer ist da?"

„Mrs. Hawthorne, meine Liebe." Ihre Stimme war gesenkt, klang jedoch, als sei es dringend. „Es ist wichtig. Ich muss mit dir sprechen. Lass mich bitte rein."

Ich öffnete die Tür und zog Sullys Jackett noch fester um mich herum. „Was ist los?"

Mrs. Hawthorne betrat das Zimmer und schloss die Tür hinter sich. „Wo ist Sully?", fragte sie und sah sich um.

Ich verschränkte die Arme vor der Brust und starrte sie an. „Wollten Sie mir etwas sagen oder nicht?"

Sie sah ein wenig überrumpelt aus, als ihr Blick meinen wieder traf. „Ja, meine Liebe. Deine Schwester ist hier."

„Was?", fragte ich und raste hinüber zur Tür. „Welche?"

Mrs. Hawthorne gebot mir innezuhalten, bevor ich das Zimmer verlassen konnte.

„Sie sagte ihr Name sei Tanya. Aber, Liebe, du kannst ohne Sully nicht gehen."

Ich warf ihr einen bitterbösen Blick zu. „Sully ist gegangen, um sich irgendwo zu besaufen. Es ist mir wirklich— *scheißegal*, was Sully gerade macht oder nicht macht. Meine Schwester braucht mich und Sie werden mir nicht im Weg stehen."

Mrs. Hawthorne zog eine ihrer Augenbrauen nach oben. „Das mag so sein, aber du kannst trotzdem nicht einfach nur mit dem Jackett bekleidet hier durch die Villa laufen. Ich denke, es würde deine Schwester verwirren, wenn sie dich so sieht. Zieh etwas anderes an."

Verdammt, sie hatte recht. Hinter ihr konnte ich mich selbst in dem bodentiefen Spiegel sehen und ich war—

Ich sah aus, als hätte ich den Verstand verloren. Meine Haare waren zerzaust, mein Gesicht war noch immer schmutzig und ja, ich war fast nackt.

Ich ließ Sullys Jackett zu Boden fallen und rannte hinüber zur Kommode. So schnell ich konnte, holte ich Unterwäsche, Leggins, Socken und einen Pullover heraus. Dann sprintete ich ins Bad, wusch mein Gesicht und nutzte ein Handtuch, um den Dreck zu entfernen.

Schließlich nahm ich einen Kamm, um meine zerzausten Haare unter Kontrolle zu bringen und band sie dann in einen Dutt.

Dann kam ich zu Mrs. Hawthorne zurück. „Bringen Sie mich zu meiner Schwester."

KAPITEL 20

Sully

ICH SAß EINFACH DA und beobachtete das Wasser im Pool, das im Mondlicht funkelte. Ich gab mein Bestes, das Geschehen des Abends einfach zu vergessen. Keine der mir zur Verfügung stehenden Möglichkeiten half jedoch, das Grauen aus meinem Kopf zu verbannen. Jetzt, wo ich den Schock überwunden hatte, zitterte ich am ganzen Körper und langsam wurde ich wütend.

Wir waren mit Blut im Wasser geschwommen.

Der Orden stellte die Haie dar und es gab nichts, was wir hätten tun können, um sie zurückzuhalten... nichts, außer zu gehen.

Wieso zur Hölle waren wir noch immer hier?

Wieso zur Hölle war *sie* noch hier?

Ja, sie sah aus wie die handelsüblichen Südstaaten-schönheiten, die zu Debütantinnenbällen gingen und nur auf Geld aus waren. Diejenige, mit denen ich aufge-wachsen war, aber mein Bauchgefühl sagte mir, dass sie anders war. Sie hatte doch bewiesen, dass sie anders war... oder nicht?

Wieso war ihr das Geld also so wichtig? Tatsächlich konnte es nicht nur um das Geld gehen oder sie hätte mein Angebot eines Checks angenommen, als ich es ihr unterbreitet hatte. Sie war ganz eindeutig sehr erpicht darauf, diese Männer nicht gewinnen zu lassen. Wieso? Was hielt sie hier? Ich wurde aus der Frau nicht schlau. Im einen Augenblick war sie unglaublich stur, im Nächsten war sie anschmiegsam und brauchte meine Hilfe und dann tat sie wieder etwas, was mich komplett verwirrte. Wieso machte sie all das hier mit?

Und während ich auf dem Stuhl am Pool sah, die volle Flasche Wodka in der Hand, fragte ich mich, wieso ich eigentlich hier war.

Wieso erwartete ich von ihr, dass sie ging und blieb trotzdem selbst? Ich steckte die Füße in das Wasser, während ich darauf wartete, dass der Orden den Rest verspeiste, der noch von mir übrig war.

Jasmine.

Aber war das der wahre Grund? Wenn ich ehrlich zu mir selbst war, ging es um mehr als nur darum, das Geschäft meines Vaters für meine Schwester zu sichern.

Ich wollte auch nicht, dass die Männer des Ordens mich brachen. Genau wie Portia konnte ich sie nicht gewinnen lassen.

Ich starrte auf die Wodkaflasche und fragte mich zeitgleich, wieso ich noch nüchtern war. Ich hatte nicht einen einzigen Schluck genommen. Warum zum Teufel nicht?

Wegen *ihr*.

Sie wollte nicht, dass ich trank.

Und mir war das, was sie wollte, wichtig... verdammt, sie war mir wichtig.

„Sully!", hörte ich Mrs. Hawthorne, die zu mir an den Pool kam. Die Frau sah ein wenig durcheinander aus, aber ich hatte das Gefühl, dass ich sie in letzter Zeit des Öfteren verwirrt hatte. „Was machst du hier draußen?"

„Ich musste einfach mal in Ruhe nachdenken", sagte ich. Ich stellte die ungeöffnete Flasche Alkohol neben mir auf den Tisch.

„Du hast das arme Mädchen alleine gelassen, als es dich am meisten brauchte", erklärte Mrs. H vorwurfsvoll, während sie auf mich zu kam. Ihre Hände hatte sie auf die Hüften gelegt und ein urteilender Ausdruck war in ihr Gesicht gemeißelt.

„Sie braucht niemanden", warf ich ein. „Sie ist stark."

„Da hast du verdammt noch mal recht. Sie ist stark, stärker als du jemals wissen willst, aber das heißt nicht, dass du dich wie ein bockiges Kind verhalten kannst. Du kannst sie nicht einfach in eurem Zimmer zurücklassen."

„Sie schafft das schon", murmelte ich und wartete darauf, dass Mrs. Hawthornes Wut abebbte. Ich hatte schon als kleiner Junge gelernt, dass es besser war, den Zorn dieser Frau zu ertragen. Danach würde sie einem vergeben, sie hatte einen wieder lieb und sie würde uns einfach laufen lassen.

Ich blickte zu Mrs. H hinauf und sah sie genau an. Jetzt, wo das Poollicht sie von hinten erhellte, stellte ich fest, dass sie einst eine wunderschöne Frau gewesen sein musste—das war sie immer noch. Ja, inzwischen war sie eine ältere Dame, aber in keiner Weise zerbrechlich. Jede Falte in ihrem Gesicht ließ sie weiser, gebildeter wirken. Sie hatte sich seit meiner Jugend kein bisschen verändert, wenn es um ihr Temperament ging und ihre Standhaftigkeit beruhigte mich, obwohl sie gerade wutentbrannt vor mir stand.

„Weißt du was, Sullivan VanDoren? Du kannst manchmal ein wirklicher Wichser sein."

Ich schnappte nach Luft. Jetzt würde ich es wirklich abbekommen.

„Dein Vater würde sich im Grabe umdrehen, wenn er wüsste, wie du dich verhalten hast, seit du hier auf Oleander erschienen bist!"

„Und dafür danke ich Gott", flüsterte ich leise. Ich bereute meine Worte allerdings augenblicklich, denn Mrs. H. streckte den Arm aus und schlug mich auf den Kopf.

„Sag so etwas nicht. Du hattest zwar Probleme mit deinem Vater, aber das heißt nicht, dass dein Vater der Teufel war, junger Mann."

„Er war ein Arschloch."

„Vielleicht", räumte sie ein. „Ich stimme dir zu, dass er im Laufe der Zeit vom rechten Weg abgekommen ist. Vielen der Männer im Orden ist es ebenso ergangen. Aber eins muss ich dir sagen... immerhin hat dein Vater den rechten Weg *verloren*. Du andererseits musst überhaupt erst einmal herausfinden, wie du dorthin kommst." Sie atmete tief durch. Ihre Brust hob sich. Dann fuhr sie fort: „Ich weiß, dass du alles in deiner Macht stehende getan hast, um nicht so zu sein, wie er."

„Ich würde lieber sterben, als so zu sein wie dieser Mann", brach es aus mir hervor.

„Du bist noch mehr wie er, als du ahnst."

„Mrs. H., ich hab Sie wirklich lieb, aber ich werde nicht hier sitzen und mir das von Ihnen anhören."

Sie machte einen Schritt auf mich zu, sodass ich nicht mehr aufstehen konnte, ohne sie zur Seite zu schubsen. Also blieb ich sitzen.

„Du wirst es dir anhören, denn es ist die Wahrheit, Kleiner. Und glaubst du wirklich, dass du der erste VanDoren ist, der Georgia verlassen hat, um sich selbst zu finden?" Als ich nichts entgegnete, fuhr sie fort: „Nun, das bist du nicht. Dein Vater hat als junger Mann genau dasselbe getan. Er hat versucht wegzulaufen, genauso wie du und er kam aus denselben Gründen zurück. Deine Herkunft hat große Anziehungskraft, die Geister deiner Ahnen rufen dich und du hast keine Wahl, als ihnen zu folgen."

Das, was sie mir gerade über meinen Vater erzählt hatte, war für mich vollkommen neu, aber es änderte absolut gar nichts.

„Du bist ein VanDoren. Du hast deine Pflichten, deine Verantwortung. Du hast deine Mutter..."

„Ich bin nicht wegen meiner Mutter hier", unterbrach ich sie. „Sie kann das alles ganz ohne meine Hilfe schaffen. Sie hat mehr als genug Geld und Perlen und was für einen Scheiß diese schicken Südstaatendamen, die immer Geld brauchen, sonst noch benötigen."

„Es reicht, junger Mann!", erklärte sie bestimmt. „Hörst du dich eigentlich? Du hörst dich an wie ein verwöhnter Schnösel. Du magst deine Südstaatenherkunft vielleicht nicht, aber wag es ja nicht, diejenigen, die das tun, zu attackieren oder gar über sie zu urteilen." Sie deutete auf die Villa. „Du bist nicht besser als sie. Du kannst dir das weiter einreden, aber du bist es nicht. Tatsächlich bist du gerade, wenn ich ehrlich sein darf, einfach nur ein Arschloch."

Ich warf einen weiteren Blick auf die Falsche Wodka und zog in Erwägung, einen Schluck zu nehmen, allerdings hatte ich ein wenig Angst, dass ich dann für den Herzinfarkt dieser alten Frau verantwortlich sein würde. „Betiteln Sie mich, wie immer Sie wollen. Sie haben recht, ich bin ein Arschloch. Das sind wir alle. Das ist der Grund, warum ich überhaupt gegangen bin. Ich versuche ein besserer Mann zu sein, aber hier kann ich das nicht sein."

„Wegzulaufen macht dich nicht zu einem besseren Mann. Dich vor dem, was dich erschaffen hat, zu verstecken, vor den Leuten, die dich lieben, das ist nicht der richtige Weg. Du läufst fort, du trinkst, du wehrst dich gegen alles und jeden und alles, was das zur Folge hat, ist, dass du dir selbst wehtust. Das macht dich nicht besser."

„Fein. Ich habe es verstanden, Sie haben es klar und deutlich gesagt. Sind wir jetzt fertig?"

„Ich bin kurz davor, mir einen Besen zu suchen und dir eine Lektion erteilen, so jung und dumm bist du gerade. Offenbar hat irgendjemand versäumt, das zu tun."

Ich schloss die Augen und lehnte mich auf dem Stuhl zurück. „Was genau erwarten Sie von mir? Was kann ich sonst noch tun? Ich sitze in dieser Villa, obwohl ich nicht hier sein möchte. Ich mache das hier für Jasmine, obwohl ich Angst habe, dass das Geschäft dazu führen wird, dass sie genauso wird wie mein Vater. Ich versuche das Richtige zu tun."

„Ja, Jasmine. Denke an das arme Kind, wenn du übereilte Entscheidungen triffst. Du hasst vielleicht, wo du herkommst, aber übertrage diese Ansichten bloß nicht auf sie. Vielleicht ist sie stolz auf ihre Herkunft. Vielleicht möchte sie ihre Chancen nutzen und etwas aus sich machen, anstatt sich wie du im Dreck zu suhlen."

Ich öffnete die Augen und schaute in ihre. „Ich habe es verstanden. Okay? Ich hab's verstanden."

Mrs. H. streckte einen ihrer knochigen Finger in meine Richtung aus. „Sully, es ist an der Zeit, erwachsen zu werden. Ich könnte hierbleiben und dir den ganzen Tag etwas vorpredigen, aber du musst Portia nachgehen und sie wieder hierher zurückbringen, bevor ihr beide vom Orden geschnappt werdet und die Aufnahme beendet ist."

„Warten Sie... Was?", fragte ich. Ich stand auf, was dazu

führte, dass Mrs. H. ein paar Schritte nach hinten machte. „Portia hat Oleander verlassen?"

Mrs. H. nickte. „Was du wüsstest, wenn du nicht hier draußen im Selbstmitleid versinken würdest."

Obwohl mir das Herz bis zum Hals schlug, konnte ich ihr keinen Vorwurf machen. „Ich schätze, es war an der Zeit", sagte ich.

Aber verdammt... wir waren so kurz vorm Ziel. Unsere 109 Tage waren fast vorbei und es schien wirklich eine Schande zu sein, wenn wir ohne unsere Belohnung gehen würden, obwohl wir all diese Rituale absolviert hatten. Ich würde Portia keinen Vorwurf machen, dass wir wegen ihr verloren hatten.

Scheiße... sie hätte am ersten Abend schreiend vom Grundstück der Villa sprinten sollen.

„Sie rennt nicht vor der Aufnahme weg", erklärte Mrs. H. „Sie rennt, um an der Seite ihrer Schwester zu sein."

„Ihre Schwester?"

„Ja..." Mrs. H. legte den Kopf auf die Seite und blickte aufmerksam in mein Gesicht. „Hat sie dir nicht von ihrer Schwester erzählt?"

„Nein... Was ist denn? Wieso geht sie wegen ihrer Schwester?"

Mrs. H. schüttelte den Kopf. „Dieses Mädchen... Ich habe ihr doch gesagt—" Sie fokussierte sich wieder auf mich und erklärte: „Sie ist im Krankenhaus. Ihre Schwester ist sehr krank. Portia braucht dich gerade. Sie braucht allerdings den Mann in dir, nicht den Jungen."

Krank?

Mrs. H. ergriff sanft meinen Arm. „Ich kenne dich. Ich weiß, was du für ein Mann bist und ich kenne die Dämonen, gegen die du kämpfst. In diesem Moment braucht dieses liebe Mädchen all deine Kraft und Unterstützung. Es ist Zeit, die Augen zu öffnen. Hinter all der Dunkelheit, mit der du alles und jeden bedeckt hast, wartet das Licht. Sorge dafür, dass der Name VanDoren weiter Bedeutung hat. Ich weiß, dass du das kannst."

„Was ist mit ihrer Schwester? Warum ist sie im Krankenhaus?" Meine Gedanken überschlugen sich und mein Körper war komplett angespannt. Ich versuchte mich daran zu erinnern, ob sie jemals angemerkt hatte, dass ihre Schwester krank war, aber ich konnte mich nicht an den kleinsten Hinweis erinnern. Warum hatte Portia mir das nicht gesagt?

„Ich bin nicht die, die es dir erzählen sollte", sagte Mrs. H. „Aber sie ist gerade im St. Josephs Krankenhaus."

Ich war im Begriff, zu meinem Truck zu laufen, den ich fast 109 Tage nicht angefasst hatte, aber dann hielt ich inne. „Weiß der Orden, dass sie gegangen ist?"

Mrs. H. schüttelte den Kopf. „Noch nicht. Ich habe nichts gesagt und ich habe es auch nicht vor. Aber du weißt, wie sie sind..."

Ich seufzte und mir wurde klar, dass wir all das hier durchgestanden hatten und an diesem Abend trotzdem vielleicht alles verlieren würden. Irgendwie bekamen sie immer alles heraus. Aber Scheiß drauf, wen interessierte es? Es ging gerade nicht um sie. Es ging nicht um den Orden des Silbernen Geistes. Es ging nicht um mich. Es ging nicht um die Dämonen meines Vaters oder um meine Geschichte. Es ging nicht um all das, was ich hasste.

Nein. Es ging um jemanden, den ich liebte. Liebte.

Es ging um Portia Collins.

Sie war alles, was in diesem Moment Bedeutung hatte.

KAPITEL 21

Portia

ICH SPRANG FÖRMLICH aus dem Auto, nachdem ich es am Krankenhaus geparkt hatte. Ich war gefahren, denn ich traute Tanya mit unserem uralten Toyota Prius auf den dunklen Landstraßen um Darlington nicht recht. Das Letzte, was wir jetzt brauchen konnten, war, dass sie ein Reh anfuhr, wo Reba uns so dringend brauchte.

Aber Scheiß auf die Geschwindigkeitsbegrenzung. Tanya war ein verdammter Profi, wenn es darum ging, sich aus Situationen mit der Polizei herauszureden, wenn man zu schnell war. Außerdem konnte Gott uns ja auch nur so viele Hindernisse in den Weg stellen oder?

Rebs brauchte mich und ich würde zu ihr kommen. Egal was passierte.

Ich hatte Tanya die ganze Fahrt über ausgequetscht, aber sie hatte nicht viel mehr gesagt, als dass Reba sehr krank sei. Reba hatte offenbar eine weitere Harnwegsinfektion erlitten, was ein *riesiges* Problem darstellte, wenn man kurz vor dem Nierenversagen stand. Tanya hatte sie „gerade rechtzeitig" ins Krankenhaus gebracht.

Was auch immer das heißen sollte. Es war eindeutig schlimm genug, dass sie gekommen war und mich geholt hatte, obwohl wir alle wussten, warum ich dort war.

Ich hatte unglaubliche Angst davor, dass Tanya nur gekommen war und mich geholt hatte, damit ich die Chance bekam, um mich zu verabschieden.

Alleine der Gedanke daran, mich *jemals* von meiner kleinen Schwester verabschieden zu müssen, feuerte mich erneut an. Ich rannte vom Parkplatz in die Lobby und verlangte zu wissen, wo Reba Collins war.

„Ich weiß, in welchem Zimmer sie liegt. LeAnn hat mir eine SMS geschrieben", erklärte Tanya, die inzwischen wieder hinter mir war, während sie ihr Hände in die Höhe hob. Das war wahrscheinlich auch gut so, denn die Dame hinter dem Tresen sah tatsächlich aus, als würde sie sich vor mir fürchten. Vielleicht zog sie sogar bereits in Erwägung, Verstärkung zu rufen.

Ich ignorierte sie einfach und drehte mich zu Tanya um. „Dann los. Wo ist sie?"

Tanya fragte nach dem Weg. Dafür fehlte mich gerade wirklich die Geduld und schließlich hasteten wir die langen Flure entlang, nahmen den Aufzug in den ersten Stock und navigierten über weitere Flure.

„Komm schon, Kleine. Komm schon, Kleine", flüsterte ich immer wieder leise vor mich hin. „Komm schon, Süße. Du schaffst das." Sie musste es schaffen. Sie hatte es schon so weit geschafft. Wir hatten es so weit geschafft. Sie würde es schaffen.

Wir gelangten schließlich in einen weiteren Empfangs-bereich und LeAnn sprang von einem Stuhl auf. Ihr Make-up, das normalerweise immer perfekt war, war fleckig und verschmiert. Es war offensichtlich, dass sie geweint hatte. Sie rannte auf uns zu und warf die Arme um mich.

„Wo bist du gewesen?", weinte sie, während sie mich drückte. „Beba ist so krank. Du bist einfach weggegangen, genau wie Daddy." LeAnn hatte Reba schon immer Beba genannt, weil sie als kleines Kind das R nicht hatte aussprechen können. Irgendwie war der Spitzname hängengeblieben.

Ein Schlag in die Magengrube. Natürlich hatten Tanya und ich ihr nicht gesagt, wo ich wirklich hingegangen war oder was ich dort tat. Ich hatte ihr aber gesagt, dass ich für Reba ging. Ich ließ meine Finger durch LeAnns Haare fahren, während ich sie an mich drückte. Endlich fanden auch meine Tränen den Weg meine Wangen hinab. „Du weißt, dass ich gegangen bin, um eine neue Niere für Reba zu bekommen."

LeAnn lehnte sich zurück und die Hoffnung schimmerte in ihren Augen. „Hast du sie bekommen? Sie braucht sie, Porsche. Sie braucht sie jetzt oder es ist vielleicht zu spät."

Ein doppelter Schlag in die Magengrube. Ich schüttelte den Kopf. Meine Unterlippe begann zu zittern. Nach dem heutigen Abend, nachdem ich das Grundstück einfach so verlassen hatte... Nein, da bestand wohl nicht mehr die Möglichkeit. Ich hatte die Chance verspielt. Reba hatte ihre Chance auf eine Niere verloren.

Es war alles umsonst gewesen.

LeAnn machte einen Laut, den man wohl nur als Mischung aus Trauer und Wut bezeichnen konnte, und ich zog sie fester an mich. Sie wehrte sich einen Augenblick lang, gab dann allerdings nach. Sie drückte mich nicht ebenfalls an sich, aber immerhin ließ sie zu, dass ich sie umarmte. Ich hatte das gebraucht, selbst wenn sie gerade wütend auf mich war, weil ich sie enttäuscht hatte. Weil ich sie alle enttäuscht hatte.

„Sag schon, wie geht es ihr?", fragte ich sie. „Konntest du sie sehen?"

LeAnn löste sich von mir und verschränkte die Arme vor der Brust. Sie senkte den Blick zum Boden und ihr Haar fiel wie ein Vorhang vor ihr Gesicht, sodass ich ihren Ausdruck nicht mehr sehen konnte. Trotzdem konnte ich ihr Murmeln vernehmen: „Es sieht nicht gut aus."

Verdammte Scheiße, wieso sagten alle dasselbe, ohne mir irgendwelche Details zu geben?

In diesem Augenblick erschien jedoch eine Schwester auf dem Flur. Ich eilte zu ihr herüber. „Ich bin Reba Collins älteste Schwester. Bitte, sagen sie mir, wie es ihr geht. Was ist passiert? Gibt es einem Arzt, mit dem ich über ihren Zustand sprechen kann?"

Mitgefühl breitete sich im Gesicht der Frau aus. „Ich werde Dr. Reynard für Sie holen. Haben Sie einen Augenblick Geduld."

Ich nickte und ließ sie gehen. Sie reichte einer anderen Person im Wartezimmer einige Zettel und verschwand dann hinter einer Tür. Ich lief auf und ab, kaute auf meinen Fingernägeln herum. Es dauerte knapp zehn Minuten, dann erschien eine Frau mittleren Alters.

Ich eilte zu ihr herüber. „Dr. Reynard?", fragte ich hoffnungsvoll. „Ich bin Rebas größte Schwester."

Sie schenkte mir ein warmes, freundliches Lächeln. „Sie hat vorhin nach Ihnen gefragt, aber jetzt schläft sie."

Der zehntausendste Schlag in die Magengrube. Sie hatte Schmerzen gehabt, sie war so krank und sie hatte nach mir gefragt—und ich war nicht da gewesen. Ich hatte versucht, unsere letzte Chance zu nutzen und ich hatte spektakulär versagt.

„Wie geht es ihr?"

Dr. Reynards Gesicht verdunkelte sich. „Nicht sonder-lich gut. Sie steht kurz vor dem Nierenversagen. Eine weitere Harnwegsinfektion werden ihre Nieren wohl nicht mitmachen."

„Was zur Hölle soll das heißen?", entfuhr es mir. Dann zuckte ich zusammen. „Scheiße, tut mir leid." Dann wurde mir klar, dass ich schon wieder geflucht hatte. „Entschuldi-gung. Also, kommt sie endlich nach ganz vorne auf die Liste? Bekommt sie ein Spenderorgan?"

Und dann legte sie *den Ausdruck* auf.

Denselben verdammten Ausdruck, den ich schon in den Gesichtern hunderter Ärzte gesehen hatte— Erst als Mama im Sterben gelegen hatte, dann als Reba ein Teenager war und wir herausfanden, dass sie an derselben Nierenerkran-kung litt, die Mama schließlich das Leben gekostet hatte.

Der Ausdruck, der sagte, dass es ihnen leidtat, aber dass es wirklich nichts gab, was sie für sie tun konnten.

Ich begann den Kopf zu schütteln. „Nein", sagte ich. Ich ergriff den Unterarm der Ärztin und führte uns von meinen Schwestern weg und in eine andere Ecke des Zimmers. „Nein. Meine Schwester hat eine neue Niere verdient. Sie verdient einen Platz ganz vorne auf der Liste. Tanya hat mir nicht sonderlich viel erzählt, aber sie hat mir gesagt, dass Reba *zusammengebrochen* sei. Sie ist verd— Sie ist einfach zusammengebrochen. Meine Mutter ist an dieser Krankheit *gestorben*. Ich kann nicht zu diesen Mädchen herübergehen und ihnen sagen, dass sie auch noch ihre Schwester verlieren werden. Wagen Sie es ja nicht, mich ihnen das sagen zu lassen. Sie sind Ärztin. Machen Sie meine Schwester gesund!"

Dr. Reynard sah mich mit mehr Mitgefühl an, als jemals ein Arzt vor ihr gezeigt hatte. Und ich verstand es, ich konnte es wirklich verstehen. Sie hatte nicht Nachtschicht in einem kleinen Krankenhaus mitten im Nirgendwo in Georgia. Trotzdem, *trotzdem*... Wenn sie mir nicht helfen würde, wer würde es dann tun?

„Es ist noch immer möglich, dass das Antibiotikum anschlägt und sie sich von der Harnwegsinfektion erholt. Ich werde alles tun, was ich kann, um sie weiter nach oben auf die Liste zu bekommen, aber es gibt sehr strenge Vorschriften. Es gibt einfach so viele Menschen, die warten und so wenige Spender..."

Ich wendete mich von ihr ab. Mir war schlecht. Ich hatte all das hier schon viel zu häufig gehört.

Gerade in diesem Moment kam Sully in das Wartezimmer. Seine schweren Schritte hallten von den Wänden wider, selbst als er zum Halt kam und sich umsah.

Sein Blick fiel einen Bruchteil einer Sekunde, nachdem ich ihn erblickt hatte, auf mich.

Er war gekommen.

Er hatte Oleander verlassen und alles aufs Spiel gesetzt, wofür er geblieben war... Was auch immer es war, was ihn dableiben und all das, was er hasste, hatte durchhalten lassen. Er hatte es alles hinter sich gelassen.

Für mich.

Ich flog förmlich durch das Wartezimmer und warf mich in seine Arme.

KAPITEL 22

Portia

SIE LIEẞEN mich Reba die ganze Nacht lang nicht sehen. Die ganze qualvolle Nacht lang musste ich abwarten, bis ich meine wunderschöne kleine Schwester sehen konnte.

Das überstand ich nur dank Sully.

Als er mich in seinen Armen hatte, ließ er mich nicht mehr los. Auf irgendeine Art und Weise hielt er mich die ganze Nacht. Er hielt meine Hand, während ich ihn zögerlich Tanya und LeAnn vorstellte. Sie waren neugierig. Tanya sah tatsächlich misstrauisch aus, während sie ihn betrachtete, wie er in dem Smoking, den die Ältesten ihm für diesen Abend gegeben hatten, dastand. Und oh Gott, war es wirklich dieser Abend gewesen, an dem er nackt an meiner Seite die Treppe hinabgestiegen war? Es fühlte sich an, als wäre das eine Ewigkeit her.

Also, ja, Tanya hatte ihm quasi den ganzen Abend böse Blicke zugeworfen, während er an meiner Seite war. LeAnn sah ihn an, als wäre er ein Märchenprinz, der gekommen war, um uns alle zu retten. Sie hatte als Kind viel zu viele Disneyfilme gesehen—dafür konnte ich nur mir die Schuld geben.

Ich wusste es besser. Sully konnte Reba genauso wenig retten, wie ich.

Aber er hatte alles getan, was in seiner Macht stand—er war gekommen. Er hatte das, was ihn in den Orden des Silbernen Geistes getrieben hatte, aufgegeben.

Er war hier.

Für mich.

Ich hatte sogar das Unmögliche geschafft. Etwa eine Stunde lang hatte ich an seine Brust gelehnt geschlafen, während wir darauf warteten, dass die Besuchszeiten des Morgens endlich begannen.

Und als ich aufgewacht war, blickte ich in die unglaublichsten braunen Augen hinauf. Die Morgensonne schien durch die Fenster und seine Augen schienen im Licht fast durchsichtig.

Ausnahmsweise sah er nicht aus, als trüge er die Welt auf seinen Schultern. Ausnahmsweise sah er nicht wütend aus.

Er beobachtete mich aufmerksam und er sah aus, als würde er... Nun, ich konnte das Gefühl nicht beschreiben. Ich hatte diesen Ausdruck bisher noch nie in seinem Gesicht gesehen.

Aber während meine Augen sich auf ihn fokussierten, hob er schließlich eine seiner großen, brutalen Hände und ließ sie sanft über mein Gesicht gleiten. So sanft, dass ein Schauer durch meinen gesamten Körper ging.

„Süße, wieso hast du es mir nicht erzählt?", fragte er flüsternd. Seine Stimme war ein tiefer, einfühlsamer Bass.

Ich antwortete ihm so aufrichtig, wie ich konnte: „Du

hast nie wirklich gefragt. Du hast immer nur angenommen."

Seine Augen schlossen sich kurz und sein Kopf senkte sich, bevor er nickte. Dann zog er mich an sich heran und drückte einen Kuss auf meine Stirn. Das war so, so lieb. Noch nie hatten seine vollen Lippen sich so weich angefühlt.

War es falsch, dass ich mich so gut fühlte, wenn meine Schwester, meine Schwester—

Ein Schluchzen blieb mir im Hals stecken.

Sully zog mich noch enger an sich heran. „Ist schon gut, Baby. Du kannst es mir jetzt sagen." Ich sah mich über die Schulter nach meinen Schwestern um, während ich den Kopf schüttelte. Ich musste für sie die Fassung bewahren.

„Während du geschlafen hast, habe ich Tanya gesagt, dass sie LeAnn für eine Weile nach Hause bringen soll", flüsterte er gegen mein Haar.

Ich lehnte mich zurück, hauptsächlich vor Überraschung. „Und sie hat auf dich gehört?"

Sully grinste. Er war umwerfend, perfekt. „Nun, es hat sich herausgestellt, dass ihr Collins-Mädchen alle einen ganz schönen Dickkopf habt. Bevor sie gegangen ist, hat sie mich gewarnt, dass sie mir die Eier abschneiden würde, wenn ich dir wehtue. Aber LeAnn brauchte ein wenig Ruhe, also hat sie nachgegeben."

Ich schenkte ihm ein schwaches Lächeln. Das hörte sich nach Tanya an. Meine Lippe begann wieder zu zittern und schließlich konnte ich es nicht mehr zurückhalten.

Ich vergrub mein Gesicht in seiner Schulter und schluchzte. „Reba", entfuhr es mir gedämpft von seiner Schulter. „Sie ist doch erst zwanzig. Sie hat noch nicht einmal richtig gelebt! Ich sollte vom Orden eine Niere bekommen, aber selbst *das* habe ich versaut!"

Sully versuchte mich nicht zu trösten oder mir zu sagen, dass ich mit dem Weinen aufhören solle. Er nickte einfach nur und stellte mir Fragen. Es stellte sich heraus, dass er ein wirklich guter Zuhörer sein konnte, wenn er denn wollte. Er hörte sich an, dass ich immer die Mutter gewesen war, nachdem unsere Mama gestorben und Daddy fortgelaufen war. Dass es manchmal einfach viel zu viel wurde und *ich selbst* davon geträumt hatte, einfach wegzulaufen, wenn es zu schlimm wurde. Aber Reba war die beste von uns und sie hatte all die Scheiße, die sie abbekommen hatte, am wenigsten verdient.

Und irgendwie schaffte Sully es, zuzuhören, ohne das zu tun, was ich bei Männern wirklich hasste. Er machte keine Vorschläge, wie man es besser machen konnte oder gab mir auf der Stelle zehn Gründe, warum er anders gehandelt hätte.

Er hörte zu... einfach so.

Und dann, als ich schließlich alles gesagt hatte, was mir auf dem Herzen lag, erzählte er mir schließlich von *seiner* Schwester, während er mich noch immer fest im Arm hielt.

Es stellte sich heraus, dass wir deutlich mehr gemein hatten, als ich mir je hätte vorstellen können.

„Schon komisch, wie gleich wir sind, obwohl wir so unterschiedlich sind. Ich hatte mein ganzes Leben lang einen Vater. Er ist nicht einfach davongelaufen, nun, zumindest nicht so wie deiner. Trotzdem war mein Vater eigentlich immer am Arbeiten und wenn er nicht gearbeitet hat, dann war er in Oleander Manor. Der Orden des Silbernen Geistes hat ihm mehr bedeutet als meine Mutter, meine Schwester Jasmine und ich zusammen."

„Ich bin mir sicher, dass das schwer war", entgegnete ich.

„Es war nun einmal so. Ich war mir aber sicher, dass ich

verschwinden wollen würde, sobald ich konnte. Und das habe ich auch getan. Ich bin wirklich einfach nach Westen gegangen, bis ich an den Ozean kam und nicht mehr weiterkonnte. Kalifornien war mein Zufluchtsort, aber auch die Meilen, die uns trennten, haben nicht für meine Freiheit gereicht. Er ist gestorben und ich musste zurückkommen."

„Wieso?", fragte ich ihn. „Ich habe das Gefühl, dass du deinen Vater gehasst hast. Wieso hattest du dann die Notwendigkeit verspürt, dass du seinetwegen wieder zurückkehren musstest?"

„Ich bin nicht wegen ihm oder seiner Beerdigung zurückgekehrt." Er atmete hörbar aus. „Ja, ich habe meinen Vater gehasst. Er war ein egoistischer Hurensohn, der sich nur um sich und sein Ansehen gekümmert hast. Nichts, was meine Schwester oder ich jemals taten, war gut genug für ihn."

„Er hat uns nie geschlagen oder so, aber ich glaube, dass verprügelt werden wahrscheinlich besser gewesen wäre als die verbalen Attacken, die wir abbekamen, wenn er denn dann mal da war. Ich bin zurückgekommen, um meine Schwester zu unterstützen und wenn ich ganz ehrlich zu mir selbst bin, dann bin ich wahrscheinlich auch aus irgendeinem verqueren Grund zurückgekommen, um meiner Mutter zu helfen."

Er schüttelte den Kopf. „Meine Mutter war auch nicht viel besser als mein Vater. Sie hat sich immer mehr um ihre Partys und ihre Wohltätigkeitsveranstaltungen gesorgt als um ihre eigenen Kinder. Meine Eltern waren sehr auf sich selbst fokussiert und haben nicht sonderlich viel in unsere Erziehung gesteckt. Du kannst all den unterschiedlichen Kindermädchen für meine gut gelungene Persönlichkeit danken." Ein kleines Lächeln breitete sich auf seinen Lippen aus. „Aber meine Schwester war anders. Jasmine hat ein Herz aus Gold. Ihre Liebe für mich war die einzig aufrichtige Liebe, die ich als Heranwachsender je kannte und wahrscheinlich gilt das bis heute. Sie ist so wie ich. Sie hat nicht darum gebeten, in diesen Albtraum aus Silberlöffeln hineingeboren zu werden. Das habe ich auch nicht."

„Das ist sicher besser als arm zu sein. Das kannst du mir glauben."

Er nickte. „Vielleicht. Dazu kann ich nichts sagen. Aber eines kann ich dir sagen: Ich hasse Geld. Ich hasse, was es mit Menschen macht. Ich hasse das Verlangen, die Sucht nach materiellen Dingen und die Gier, die mein ganzes Leben lang vorherrschend waren."

„Wieso wolltest du dann überhaupt Mitglied im Orden werden?"

„Für meine Schwester. Ich muss das Aufnahmeritual absolvieren, wenn ich das Familiengeschäft bekommen möchte. VanDoren Enterprises wird nicht automatisch an mich vererbt. Das steht im Testament meines Vaters. Ein Mitglied des Ordens muss das Geschäft besitzen. Ich muss also Mitglied werden oder verliere es für immer."

Ich konnte ihm ansehen, wie schwer es für ihn war, alleine darüber zu sprechen. Sein Kiefer war angespannt und seine Augen schienen mit jedem Wort dunkler zu werden. „Ich glaube, ich verstehe nicht ganz. Du hast gerade gesagt, dass du all das hasst. Wieso möchtest du dann überhaupt das Geschäft der Familie haben?"

„Ich möchte es nicht. Meine Schwester möchte es. Aber wir kennen doch den Orden? Deren kranken Regeln machen es unmöglich für sie, Erbin zu sein. Ich mache all das hier für sie. Nur für sie."

„Miss Collins?" Ich blickte auf und sprang dann auf die Beine, als ich die nette Krankenschwester vom Vorabend erkannte.

„Ja?"

„Ich habe jetzt Feierabend, aber Dr. Reynard hat mich gebeten, Sie ein wenig eher in das Zimmer ihrer Schwester zu lassen, weil Sie doch die ganze Nacht gewartet haben. Sie ist jetzt wach."

„Vielen Dank!"

Ich ergriff Sullys Hand und zog ihn förmlich den Flur entlang zu der Tür, die sie uns aufhielt. Der Rest des Wartezimmers war komplett verwaist.

Meine Gedanken drehten sich noch immer um das, was er mir soeben erzählt hatte.

Er war geblieben und hatte all diese schrecklichen Rituale über sich ergehen lassen, weil er seine Schwester ebenfalls liebte. Familie bedeutete ihm etwas. Ein großer Teil seines Lebens war vom Verrat seines Vaters bestimmt gewesen und von dem Gefühl, alleine zu sein. Irgendwie war es auch Vernachlässigung, obwohl sie eine andere Gestalt hatte als die, die wir durch unseren Vater erlebt hatten. Vielleicht war sie noch schrecklicher, denn auch wenn sein Vater ständig da gewesen war, hatte er sich immer dafür entschlossen, die Zeit bei der Arbeit oder im Orden zu verbringen, anstatt mit seiner Familie, die zu Hause auf ihn wartete. Das hatte Sully genauso sehr verletzt wie mein Vater mich.

Es waren nur noch wenige Schritte bis in Rebas Zimmer. Ich ließ Sully draußen warten, denn ich wollte Reba nicht erklären müssen, wer er war, jetzt, wo wir uns doch auf sie konzentrieren mussten. Alleine das Wissen, dass er ganz in der Nähe war, beruhigte mich schon ungemein. Nicht, dass ich über diese Tatsache zu lange nachdenken wollte. Aber er war wirklich letzte Nacht für mich hier aufgetaucht und nach allem, was wir zusammen durchgemacht hatten...

Ich ging durch die Tür und mein Mund stand offen, als ich Reba erblickte.

„Beba", rief ich und machte somit von LeAnns Spitznamen für sie Gebrauch. Ich eilte an ihre Seite und setzte mich dann auf das Bett neben ihren kleinen, schwachen, abgemagerten Körper.

Was zur *Hölle* war passiert, seit ich vor nur drei Monaten gegangen war?

Sie war nur noch Haut und verdammte Knochen.

Ich ergriff ihre Hand und sie fühlte sich eiskalt an. Auf der Stelle begann ich sie zu reiben, damit sie ein wenig wärmer wurde.

„Hey, Süße", sagte ich und versuchte so viel Wärme wie möglich in meine Stimme zu legen. Sie musste nicht wissen, dass es mich komplett aus der Bahn warf, sie so zu sehen.

Ihre Augen waren eingefallen, ihre Lippen trocken, ihre Haut... Sie sah aus, als...

Sie sah aus, als würde sie im Sterben liegen.

Ich hielt ihre Hand so als könnte ich ein wenig meiner Lebensenergie auf ihren schlappen Körper übertragen.

Sie machte den Mund auf, so als würde sie versuchen wollen, Hallo zu sagen oder meinen Namen, aber kein Ton verließ ihre Lippen.

Ich schüttelte den Kopf. „Nein, Kleine. Ist schon gut. Versuch gar nicht erst zu reden. Ich habe gehört, dass du einen kleinen Unfall hattest und deine Beine nachgegeben haben. Das ist wirklich nicht in Ordnung von euch, Beine!"

Ich tadelte ihre Beine mit dem Finger und lächelte sie dann wieder an. „Deine große Schwester ist jetzt hier. Ich bringe alles wieder in Ordnung, wie immer."

Aber sie sah mich einfach nur an. In ihre Augen war eine Weisheit, die klar machte, dass, dass— Dass sie mir nicht glaubte.

So, als hätte ich keine Ahnung, wovon ich eigentlich sprach.

Es war, als wäre ich das Kind und sie die Erwachsene, die die Realität der Erwachsenen wie den Tod und das Sterben verstand, während ich noch ein kleines Kind war, das gegen Schatten kämpfte, ohne jemals gewinnen zu können oder überhaupt etwas verstehen konnte.

Ich schüttelte einfach meinen Kopf. „Nein, Rebs. Nein:"
Sie lächelte ein schwaches Lächeln.

Dann weiteten sich ihre Augen vor Schreck und es sah aus, als würde sie schreckliche Schmerzen erleiden. Ein kleiner, schwacher Schrei drang aus ihrer Kehle und all die Maschinen, an die sie angeschlossen war, gaben zeitgleich Alarm.

„Reba, Reba!", schrie ich.

Aber sie konnte nicht antworten. Sie hatte wieder das Bewusstsein verloren.

Ich rannte hinüber zur Tür: „Schwester! Wir brauchen einen Arzt. Einen *Arzt!*"

KAPITEL 23

Sully

SO LANGSAM FIEL uns im Krankenhaus die Decke aus dem Kopf. Die Geister der Toten, die über die Flure spukten, erinnerten uns daran, dass es viele gab, die diesen Ort nicht wieder lebendig verließen.

Portias Schwester lag im Sterben und es gab absolut nichts, was ich hätte tun können, um zu helfen. Seit die Ärztin gekommen war, um uns darüber zu informieren, dass die wiederkehrenden Harnwegsinfektionen der Grund waren, warum sich ihr Zustand so sehr verschlechtert hatte, stand Portia neben sich und war wütend. Sie hatte gesagt, dass dies bei Nierenversagen zu schwerwiegenden Komplikationen führte und so weiter und so fort. Kurzgesagt: Wenn sie nicht bald eine neue Niere bekam, würde sie sterben.

Zum ersten Mal in meinem Leben wünschte ich mir, mein Vater zu sein.

Mein Vater hatte Macht. Reichtum. Konnte unglaubliche Hebel in Bewegung setzten.

Er hätte Portias Schwester retten können.

Er hätte machen können, dass alles gut würde.

Aber weil ich so unglaublich stur gewesen war und jeden Olivenzweig, den er mir angeboten hatte, abgelehnt hatte, hatte ich nicht einmal die leiseste Ahnung, wo ich anfangen konnte, um für das arme Mädchen eine Niere zu finden. Ich konnte nicht einfach ein paar Anrufe tätigen und dafür sorgen, dass es geschah.

Ich war hilflos.

Gott, ich wünschte, ich wäre wie mein Vater.

Meine Augen waren geschlossen, aber ich schlief nicht. Ich war die ganze Nacht lang wach geblieben, während Portia an meine Schulter gelehnt geschlafen hatte oder unterwegs gewesen war, um nach Neuigkeiten über ihre Schwester zu suchen. Langsam setzte die Erschöpfung ein, aber ich machte mir sorgen, dass ich nicht da sein würde, wenn sie mich brauchte, wenn ich jetzt einschlief. Ich würde sie nicht für eine Sekunde alleine lassen.

Ich konnte ihrer Schwester vielleicht keine Niere besorgen, aber ich konnte immerhin dafür sorgen, dass ich Portia mein Bestes gab.

Ein Klopfen auf die Schulter, an die Portia nicht gelehnt war, sorgte dafür, dass ich überrascht die Augen öffnete.

Es war Montgomery Kingston.

Ich blinzelte einige Male, um sicherzugehen, dass er echt war und nicht einfach nur eine Einbildung aufgrund der Müdigkeit. Als ich jedoch die Sorge im besorgten Gesicht meines alten Freundes sah, der mir mit dem Kopf bedeutete, dass ich aufstehen solle, damit ich in Ruhe mit ihm sprechen konnte, wusste ich, dass dieser Albtraum tatsächlich real war.

Der Orden hatte mich gefunden.

Sie wussten, dass Portia und ich gegangen waren... Wir hatten alles verloren.

Ich war mir nicht sicher, wie ich aufstehen sollte, ohne Portia aufzuwecken, aber sie machte die Entscheidung einfacher, als sie den Kopf hob und Montgomery ansah.

„Sie wissen, dass wir weg sind?", fragte sie Montgomery.

Dieser nickte: „Ja, das tun sie."

„Es war ein Notfall", warf ich ein.

Montgomery nickte traurig und sah Portia dann mit vollem Mitgefühl an, welches sich selbst in seinen Augen widerspiegelte. „Das mit deiner Schwester tut mir leid. Als der Orden des Silbernen Geistes davon gehört hat... Nun, als ich es gehört habe... Also, es tut mir wirklich leid."

Nickend stand sie auf. Sie reckte und streckte ihren Nacken. „Ich sollte nach Reba schauen und mich umhören, ob es etwas Neues gibt", sagte sie.

Ich ergriff ihre Hand und drückte sie, sagte ihr stumm, dass ich hier sein würde, wenn sie mich brauchte.

Als sie das Wartezimmer verließ, fuhr ich zu Montgomery herum. „Also, bist du hier, um mir zu sagen, dass wir die Aufnahme nicht bestanden haben? Haben sie dich für die Drecksarbeit geschickt?"

„Ich wollte es tun", erklärte Montgomery. „Und nein, offiziell seid ihr noch nicht durchgefallen. Sie wollen, dass ihr beide nach Oleander zurückkehrt und euch ihrem Urteil stellt."

„Wieso sollten wir das tun?" Wütend rieb ich mir den Schlaf aus den Augen. „Ehrlich gesagt ist es mir gerade vollkommen egal, ob ich jemals wieder auch nur einen Fuß in dieses Haus setzen werde."

„Ihr beide wart fast fertig mit den Ritualen. Willst du nicht abwarten, ob sie nicht eine Ausnahme machen werden, in Anbetracht der Gründe, aus denen ihr gegangen seid?"

„Ich kenne die Ältesten jetzt nicht als sonderlich erbarmungsvoll oder besorgt. Die Regeln sind die Regeln", sagte ich. „Das weißt du genauso gut wie ich."

„Gib dich nicht so leicht geschlagen", verlangte Montgomery, während er sich auf den leeren Platz neben mir setzte. „Ich weiß, warum du es getan hast. Jetzt weiß ich auch, warum Portia es getan hat. "

„Eine Niere", sagte ich. „Sie hat es getan, um ihrer Schwester das Leben zu retten."

Ich schüttelte den Kopf. Ich fühlte mich unwürdig und schmutzig. Meine Gründe und die der meisten Personen, die vor uns das Aufnahmeritual absolviert hatten, hörten sich plötzlich so albern an. Der Orden des Silbernen Geistes konnte einen zum König krönen. Sie konnten Träume erfüllen und sie alleine hatten die Macht Portia ihren Wunsch zu erfüllen. Aber jetzt... nun, das war jetzt eigentlich alles egal. Was passiert war, war passiert.

„Wie geht es ihrer Schwester?", fragte Montgomery mit gedämpfter Stimme.

„Schrecklich. Sie stirbt. Sie hat große Schmerzen und die Schwestern tun alles, damit es ihr möglichst gut geht, aber es sieht nicht gut aus. Immerhin sind Portias Schwestern zum Schlafen nach Hause gegangen, das ist gut, aber Reba baut wirklich schnell ab."

„Und sie können keine Niere für sie finden?"

„Nicht schnell genug, nein." Ich lehnte mich nach vorne, sodass meine Ellenbogen auf meinen Knien lagen und ließ dann die Finger durch meine Haare fahren. Ich war mir ziemlich sicher, dass ich schlimm aussah. Es war das erste Mal in meinem Leben, dass ich Stunden über Stunden im

Krankenhaus verbrachte, aber ich hatte nicht vor, ohne Portia zu gehen.

„Ich habe versucht, jeden zu erreichen, der mir eingefallen ist." Ich schüttelte den Kopf. „Ich war selbst bei der Verwaltung und habe das getan, was ich geschworen hatte, niemals im Leben zu tun: Ich habe versucht, den Namen VanDoren zu nutzen, um das zu bekommen, was ich will. Es hat nichts gebracht."

„Der Orden kann die Niere besorgen oder sie hätten Portias Wunsch abgelehnt, bevor sie das Aufnahmeritual begonnen hat", lamentierte Montgomery.

„Klar, also haben wir wirklich auf ganzer Linie versagt. Ich bezweifle wirklich, dass sie mir einfach eine Kühlbox mit einer Niere in die Hand drücken werden. Einfach als Trostpreis dafür, dass wir das Aufnahmeritual nicht geschafft haben."

„Ihr seid nicht durchgefallen. Ihr seid disqualifiziert", stellte Montgomery klar. „Und selbst das wissen wir noch nicht sicher. Sie wollen, dass ihr beide zurückkommt und mit ihnen sprecht."

„Ich lasse Portia nicht alleine hier", sagte ich. „Das ist momentan keine Option. Und Portia wird ihre Schwester nicht alleine lassen, also—"

„Wir kommen mit", hatte mich Portia, die in diesem Augenblick in das Wartezimmer zurückgekommen war, unterbrochen. „Reba schläft und meine Schwestern sind wieder auf dem Weg hierher." Sie sah mich an. „Wir müssen uns dem hier stellen. Wahrscheinlich wird es nichts bringen... aber wenn wir die kleinste Chance auf die Niere hätten... wenn sie auch nur ein bisschen Mitgefühl zeigen..."

Ihre tränenverhangenen Augen trafen auf meine. Ich war mir nicht sicher, wie ich ihr sagen sollte, dass ich nicht glaubte, dass das Wort *Mitgefühl* überhaupt im Wortschatz des Ordens auftauchte. Es war nicht einmal in deren Wörterbüchern zu finden.

Ich stand auf, legte meinen Arm und sie und flüsterte ihr ins Ohr: „Der Orden. Das Aufnahmeritual. Das ist egal. Ignoriere es einfach."

„Das können wir nicht machen", erwiderte sie, während sie sich aus meiner Umarmung löste, um dann meine Hand zu ergreifen. „Ich habe mich verpflichtet. Das hast du auch. Wir können nicht einfach so tun, als gäbe es sie nicht. Dadurch verschwinden sie auch nicht. Wir müssen hingehen. Wir müssen es *versuchen*." Beim letzten Wort brach ihre Stimme.

Und erkannte plötzlich, wieso diese Frau jedes der erniedrigenden, peinlichen und schmerzhaften Rituale des Ordens über sich hatte ergehen lassen. Sie würde wirklich *alles* für ihre Familie tun. Sie würde sogar in die Höhle der Löwen zurückkehren, allerdings mit hocherhobenem Haupt und in voller Absicht, notfalls zu betteln.

Ich atmete tief ein und sah Montgomery an. „Ruf sie an. Wir fahren jetzt los."

Während ich zurück nach Oleander fuhr, brach ich schließlich das lange Schweigen zwischen uns. „Ich verspreche dir, dass ich nicht damit aufhören werde, nach einer Niere für Reba zu suchen. Ich werde schauen, ob mir Montgomery und meine anderen Freunde nicht helfen können. Ich habe vielleicht nicht die gesamte Macht des Ordens, aber ich werde nicht aufgeben."

Sie starrte weiter aus dem Fenster und betrachtete die Eichen, die am Fenster vorbezogen. „Die Warteliste ist lang. Wirklich lang."

„Das weiß ich", entgegnete ich. „Aber ich verspreche,

dass ich mein Bestes geben werde. Ich werde nicht einfach ein Nein akzeptieren."

Sie seufzte und schloss die Augen. Ihre Schultern senkten sich und ihr Körper schien so klein und zerbrechlich auf dem großen Ledersitz. Wenn ich gekonnt hätte, hätte ich sie in diesem Augenblick in den Arm genommen und ich bin mir nicht sicher, ob ich sie jemals wieder losgelassen hätte.

Als wir vor der Villa vorfuhren, versuchte ich das Gefühl im Magen einfach zu ignorieren. Ich wusste, was ich zu tun hatte und es würde meine ganze Persönlichkeit an ihre Grenzen bringen. „Bist du dir sicher, dass du da reingehen möchtest?"

Sie öffnete die Augen und nickte: „Wir können nicht mehr tun als unsere Wahrheit zu sagen."

Unsere Wahrheit.

Mrs. H. wartete an der Tür auf uns. Sie ließ den Blick über Portias Gesicht schweifen und sagte dann: „Was immer da drinnen passiert, ich möchte, dass du weißt, dass du das Richtige getan hast." Dann sah sie mich an: „Es hat Mut gekostet und ich bin sehr stolz auf euch beide."

Sie führte uns in den weißen Ballsaal, wo die Ältesten bereits in ihre silbernen Umhänge gehüllt und mit den Gehstöcken an ihrer Seite hinter einem langen Tisch auf uns warteten. Die anderen Mitglieder standen entlang der Wand und ich wusste, was uns als Nächstes erwartete.

Das Urteil.

Das letzte Ritual.

„Sully VanDoren, Portia Collins. Ihr beide habt es nicht geschafft, die 109 Tage, die es dauert, das Aufnahmeritual zu beenden, durchzuhalten", erklärte einer der Ältesten, der durch einen Schlag des Stocks auf den Boden das Signal gab, dass das Ritual begonnen hatte.

109. Die Adresse von Oleander, 109 Oleander Lane. Das war auf den ersten Blick recht offensichtlich, aber irgendein Numerologe hatte irgendwann ein wenig Spaß mit den Zahlen gehabt. 100 plus 9. 9 bekommt man, wenn man 3 mal 3 rechnet und 3 ist die Zahl der Dreifaltigkeit, nun, es war einfach perfekt. Die 109 Tage des Aufnahmerituals auf Oleander Manor war ein Weg, eine Art heiligen Status in ihren Reihen zu erlangen und somit Mitglied der Bruder-schaft zu werden. Die Götter unter den Männern, die Könige von Imperien der Neuzeit.

In anderen Worten: Einfach. Nur. Schwachsinn.

„Weil ihr die Regeln gebrochen habt, indem ihr die Oleander Villa verlassen hat, hat der Orden beschlossen, dass die letzte Zeremonie jetzt geschehen soll."

Der Älteste, der ganz rechts am Tisch saß, forderte: „Sul-livan VanDoren, bitte erkläre, wieso du die Regeln des Ordens des Silbernen Geistes gebrochen und das Grund-stück verlassen hast."

Die Wichser kannten die Antwort genau.

Mein altes ich hätte genau diese Worte einfach laut gesagt. Ich wäre ein Arschloch gewesen. Ich hätte sie wütend gemacht. Ich hätte sie beschimpft. Ich hätte für mich gekämpft... anstatt für Portia... für uns.

Aber jetzt war die Zeit gekommen, mich zurückzuhalten und endlich erwachsen zu sein. Es war an der Zeit. Tatsäch-lich war es eigentlich schon zu spät.

„Portia hatte einen Notfall in der Familie und musste zu ihrer Schwester. Wir haben uns die Entscheidung nicht leicht gemacht, aber wir beide hatten nicht das Gefühl, dass wir eine Wahl hatten", erklärte ich ruhig. „Der Orden steht für Loyalität, und wenn man seiner Familie gegenüber nicht loyal sein kann, wie kann man dies dann gegenüber des Ordens sein?"

Der Älteste, der zuerst das Wort erhoben hatte, sagte: „Die Loyalität gegenüber dem Orden kommt *vor* der Loyalität zur Familie außerhalb. Das weißt du genau. Hat einer der Ältesten etwas einzuwenden, was gegen die Disqualifizierung der beiden spricht?"

„Ich habe etwas einzuwenden", sagte Montgomery und machte einen Schritt auf die Ältesten zu. „Ich weiß, dass ich keiner der Ältesten bin, aber ich bin nun ein Mitglied dieses Ordens. Ich denke nicht, dass das hier eine Entscheidung ist, die allein von den Ältesten gefällt werden sollte. Ich denke, dass alle Mitglieder über das Schicksal von Mr. VanDoren und Portia Collins entscheiden sollten. Wir sollten abstimmen. Wir alle sollten eine Stimme haben."

Ich streckte die Hand aus und nahm Portias kalte Hand in meine. Es gab nichts, was wir hätten tun können, außer hier zu stehen und zu hoffen, dass wir nicht komplett chancenlos waren. Würde Montgomery uns wirklich helfen können?

Unwahrscheinlich.

Aber vielleicht...

Einer der Ältesten erklärte: „In den Regeln steht ganz klar, dass kein Rekrut das Grundstück verlassen darf, *egal* aus welchem Grund. Weil diese Regel gebrochen wurde, kann er nicht länger Besitzansprüche auf die Firma VanDoren erheben oder dem Orden beitreten. Die Schönheit hat keinen Anspruch mehr auf die Erfüllung ihres Traums."

Montgomery schien keineswegs von den Ältesten eingeschüchtert zu sein. „Ich verstehe, dass es Regeln gibt. Sowohl Sully als auch Portia haben jedoch bisher jedes der Rituale bestanden. Die Rituale waren nicht einfach und beide haben jedes einzelne mit Mut und Respekt für die Aufgabe absolviert, genau wie vom Orden verlangt. Ich denke, dass sie verdient haben, das zu bekommen, weshalb sie herkamen."

Mr. Sinclair—einer der Ältesten, der nicht gerade ein Fan von mir war, obwohl ich gut mit seinem Sohn Walker befreundet war—schlug mit dem Stock auf den Boden, um der Diskussion Einhalt zu gebieten. „Unsere Blutlinien stehen für Respekt, Ansehen und Wohlstand. Wir sind die Elite und du, Sullivan VanDoren hast dich von dem Moment an, in dem du durch diese Türen getreten bist, gegen alles gewehrt, wofür wir stehen. Du respektierst unsere Regeln nicht. Du respektierst nicht das, wofür der Orden des Silbernen Geistes steht. Dass du dort jetzt stehst und erwartest, dass wir Erbarmen mit dir und der Schönheit haben..." Seine Augen verengen sich zu Schlitzen und er lehnte sich vor, bevor er fortfuhr: „Warum sollten wir das tun?"

Ich ließ den Blick über die Ältesten schweifen und suchte nach einem Hinweis darauf, was sie hören wollten, aber die Gesichter der Männer waren komplett emotionslos. Ich wurde aus ihnen nicht schlau, aber mir war intuitiv klar, dass Walkers Vater wollte, dass ich bettelte.

Betteln... flehen... Verdammt, ich würde auf die Knie gehen, wenn das notwendig war.

Also war das genau das, was ich tat.

Ich ließ Portias Hand los und machte ein paar Schritte auf die Ältesten zu. Ich ging auf die Knie, neigte den Kopf nach unten und hielt so inne, damit meine gegenwärtige Pose von den Männern, die über unser Schicksal entscheiden würde, wahrgenommen wurde.

„Ich gebe zu, dass ich dem Orden bisher nicht den Respekt entgegengebracht habe, den er verdient. Dasselbe gilt für den Namen VanDoren. Tatsächlich habe ich mich gegen all das hier gewehrt, so sehr ich konnte. Jetzt bin ich allerdings hier, auf meinen Knien und flehe Sie alle an, Erbarmen mit der Frau hinter mir zu haben. Wir können beim Aufnahmeritual nicht durchfallen, denn wenn das der Fall ist, dann stirbt eine unschuldige Frau. Der Wunsch der Schönheit war, dass der Orden eine Niere für ihre im Sterben liegende Schwester besorgt. Wir sind nur vom Grundstück gegangen, weil ihre Schwester kurz davor ist, zu sterben, nicht, weil uns der Respekt für den Orden fehlt."

Ich hob den Blick vom Boden, damit ich jedem Einzelnen der Ältesten in die Augen blicken konnte. „Bitte. Ich bin ein VanDoren. Mein Vater war einer von Ihnen. Er war Ihr Freund, Ihr Bruder, Ihr Kollege. Sie haben ihn respektiert." Mein Blick fiel auf Walkers Vater. „Und, obwohl Sie keinen Respekt für mich haben, möchte ich Sie bitten, nachgiebig mit mir zu sein, um meinem Vater einen Gefallen zu tun. Können Sie das für ihn tun? Für den Namen VanDoren. Bitte."

Und dann sah ich es. Ich war ein VanDoren und benutzte die Kraft dieses Namens, um das zu bekommen, was ich brauchte. Ich benutzte meinen Vater zur Unterstützung, obwohl ich geschworen hatte, dass ich das niemals tun würde. Aber ich brauchte ihn jetzt. Vielleicht hatte er mir zu Lebzeiten nicht helfen können, aber jetzt, wo er tot war, konnte er das tun. Ich musste mich auf meine Herkunft berufen. Ich brauchte meine Vorfahren. Ich brauchte all das, was mein Vater so mühevoll aufgebaut hatte.

Ich schätze, ich hätte versuchen können, unseren Namen für gute Zwecke zu benutzen, anstatt fortzulaufen und mich zu verstecken. Ich schätzte, ich hätte ein Mann sein und versuchen können, mich damit zu arrangieren, anstatt mich immer zu wehren.

Ein VanDoren zu sein hieß nicht, dass ich verflucht war. Es war ein Name, auf den ich stolz sein konnte.

Vielleicht war es zu spät, aber ich musste es wenigstens versuchen.

„Mein Name ist Sullivan VanDoren. Aufgrund meiner Herkunft ist es mein Recht, Mitglied im Orden des Silbernen Geistes zu werden. Das ist der Grund, warum ich mich hiermit respektvoll an den Orden wende und darum bitte, mir dieses Recht zuzusprechen."

Der erste Älteste, der mit dem Schlag seines Gehstocks das Ritual begonnen hatte, schlug erneut auf den Boden. Laute Schläge des Holzes auf den Marmorboden sorgten dafür, dass es selbst in meinen Knien widerhallte, denn ich war noch immer in einer Position der Untergebenheit und Unterwerfung.

„Mr. VanDoren, bitte verlass gemeinsam mit deiner Schönheit den Ballsaal, damit wir die Angelegenheit weiter besprechen können." Er schlug erneut mit dem Stock auf den Boden, um seiner Aussage noch mehr Ausdruck zu verleihen.

Mir wurde klar, dass ich die Luft angehalten hatte. Ich atmete auf und erhob mich. Mit einem Blick in Montgomerys Richtung, welcher mir ein aufmunterndes Kopfnicken zugedachte, ging ich auf Portia zu, die bewegungslos und mit Tränen in den Augen dastand.

Ich legte meine Hand auf ihren Rücken und führte sie, wie von mir erwartet wurde, aus dem Ballsaal.

„Alles, was wir jetzt tun können, ist abwarten", bemerkte ich.

„Du... du... Das hast du für mich getan?", entfuhr es ihr, während eine einzelne Träne ihre Wange hinunterlief. „Du bist für mich vor diesen Männern, die du sehr hasst, auf die Knie gegangen? Du hast für uns gekämpft. Du—"

Ich brachte sie mit einem festen und besitzergreifenden Kuss zum Schweigen. Ich brauchte ihre Berührung genauso sehr, wie sie vermutlich die meine brachte. Ich löste mich von ihr und wischte die Tränen weg, die aus ihren hellen blauen Augen über ihre Wangen liefen. „Es gibt nichts, was ich nicht für dich tun würde. Für deine Schwester. Und von jetzt an werde ich der Krieger an deiner Seite sein, selbst wenn das heißt, dass ich das Schwert niederlegen muss."

Sie schlang die Arme um mich und drückte ihr Gesicht gegen meinen Hals. Leise murmelnd hörte ich Worte, von denen ich niemals gedacht hätte, dass sie mir so viel bedeuten könnten: „Du bist nicht der Mann, der ich dachte, der du bist Sully VanDoren. Ich werde dir niemals genug danken können. Was du da drinnen für mich getan hast. Was du gesagt hast... Ich weiß, dass dir das nicht leichtgefallen ist."

„Nein, es war nicht einfach. Mir ist immer noch schlecht. Aber wenn es sie zum Nachdenken gebracht hat und sie uns nicht einfach so gehen lassen, dann würde ich ihnen sogar die Füße küssen. Ich würde über zerbrochenes Glas krabbeln, um sie zu überzeugen. Ich würde wirklich alles tun."

Ich ergriff eine Haarsträhne, die ihr ins Gesicht gefallen war und schob diese sanft hinter ihr Ohr. „Ich weiß, dass ich bisher kein Mann war, auf den du dich verlassen konntest. Zumindest nicht hier drin. Aber das wird sich ändern. Ich verstehe, dass man eine Verantwortung übernimmt, wenn es um Liebe geht und vor dieser werde ich mich niemals drücken. Ich bin hier. Ich bin für dich da. Ich werde mich nicht verstecken. Ich werde keinen Ausweg suchen. Ich bin hier."

Wir konnten nicht lange dastehen und unsere Liebeserklärungen verarbeiten, denn die Gehstöcke wurden wieder auf den Boden geschlagen und die Türen des Ballsaals öffneten sich. Sie hatten eindeutig eine Entscheidung gefällt.

„Egal, was passiert, wir stehen das zusammen durch", versprach ich ihr, während ich uns zurück in den Ballsaal führte.

Ich erspähte Montgomery in der Menschenmenge, aber er wich meinem Blick aus.

Irgendwas war falsch gelaufen. Das hier würde nicht gut enden.

Ich hatte das Gefühl, dass ich noch immer auf den Knien sein sollte, also nahm ich meinen Platz vor ihnen ein und ging auf den Boden. Portia tat es mir gleich, wobei ich nicht glaubte, dass der Orden das jemals von einer Schönheit erwarten würde. Es zeigte trotzdem klar, dass wir beide auf Gnade hofften.

Mr. Sinclair erhob laut das Wort: „Der Orden des Silbernen Geistes hat abgestimmt, so wie Montgomery Kingston es vorgeschlagen hat. Es wurde entschlossen, dass nur einer von euch das Aufnahmeritual bestehen wird. Nur einer!"

Er sah erst Portia an, dann mich. „Sullivan VanDoren, die Entscheidung liegt bei dir. Du kannst derjenige sein, der bestanden hat. Du kannst die VanDoren-Geschäfte übernehmen, so wie dein Vater es wollte und du kannst Mitglied im Orden des Silbernen Geistes werden. *Oder* Portia Collins kann diejenige sein, die das Aufnahmeritual bestanden hat. Ihr Wunsch war eine Niere. Der Orden ist bereit, ihr heute diesen Wunsch zu erfüllen. Wir können alles direkt in die Wege leiten."

Mein Herz blieb stehen und alles drehte sich.

Eine Entscheidung. Es war nur eine Entscheidung.

Kein Anspruch auf VanDoren Enterprises. Nichts, was ich an Jasmine weitergeben könnte. All meine Zeit hier und mein Ziel war für immer verloren, wenn ich mich für die Niere für Portias Schwester entschied.

Wir wären nicht gemeinsame Sieger.

Ein Verlierer. Ein Gewinner.

Mr. Sinclair sprach weiter: „Um es kurz zu sagen: Du hast die Wahl. Was soll es sein? Soll der Orden dich zum König machen oder sollen wir den Traum erfüllen?

KAPITEL 24

Portia

MEIN MUND STAND vor Schock offen. Das war nicht fair! Ich war die, die einen Notfall in der Familie gehabt hatte. Meine Schwester lag im Sterben. Diese Bastarde hatten kein bisschen Mitgefühl in ihren kalten, seelenlosen Herzen—

„Gebt Portias Schwester die Niere", verlangte Sully mit lauter Stimme. „Ich verzichte auf meinen Anspruch auf die Firma meines Vaters."

Mein Mund stand offen und ich fuhr zu ihm herum. „Sully, Nein! Das ist dein Erbe! Du hast mir gesagt, wie wichtig es für deine Familie ist. Deine Mutter. Deine *Schwester!*"

Sully schüttelte einfach nur den Kopf, streckte die Hand aus und legte diese auf meine Wange. „Es geht nicht um Leben und Tod, Baby. Und du weißt es noch nicht, aber ich kann wirklich unglaublich motiviert sein, wenn es sein muss. Ich werde sicherstellen, dass Mama und Jasmine alles haben, was sie brauchen."

Mr. Sinclair unterbrach Sully und sorgte dafür, dass, was immer Sully noch hatte sagen wollen, ein Geheimnis blieb. „Die Entscheidung ist gefallen. Ms. Collins, dein Wunsch wird umgehend gewährt werden. Eine Niere ist bereit und wird noch in dieser Stunde ins St. Josephs Krankenhaus gebracht werden."

Meine Beine gaben nach, aber Sully fing mich auf, bevor ich zu Boden gehen konnte. War das wirklich wahr? Das konnte nicht wahr sein. Nach all der Zeit...

„Verlasst jetzt die Villa und wir besprechen die Details des Verkaufs von VanDoren Enterprises", fuhr Mr. Sinclair unbeirrt fort. „Da Sullivan nicht an die Spitze treten wird, steht es jetzt unter den Mitgliedern zum Verkauf."

Wenn Sully davon überrumpelt wurde, dann zeigte er seine Überraschung nicht. Er legte einfach meinen Arm um seine Taille und stützte mich, während ich auf wackeligen Beinen den Weg aus dem Ballsaal fand. Wir gingen durch das Foyer und dann die Stufen hinab, bis wir in der Auffahrt standen.

Das Morgenlicht brachte mich zum Blinzeln. „War das ihr Ernst?"

„Der Orden macht keine Versprechen, die er nicht halten kann. Deine Schwester wird innerhalb der nächsten Stunde ihre Niere bekommen."

Erleichterung und Wärme durchfluteten mich. Reba konnte es tatsächlich schaffen. Diese verrückten, mächtigen und sadistischen Bastarde konnten wirklich Wunder wahr werden lassen. Ungläubig schüttelte ich den Kopf.

Dann fiel mein Blick wieder auf Sully und mein Magen drehte sich um, als mir klar wurde, was er soeben für mich aufgegeben hatte. „Aber Sully, was ist mit deiner Firma?"

Er zuckte mit den Schultern, so als wäre es keine große

Sache. „Das war die Firma meines Vaters nicht meine. Sie hat mir nie gehört."

So leicht würde ich ihn nicht davonkommen lassen. „Aber es hätte deine sein können. Sie sollte dir gehören. Dir und deiner Schwester. Sie haben nicht das Recht, sie einfach unter sich an den Meistbietenden—"

Sully streckte die Hand aus und drückte meine Hände sanft. „Sie haben das Recht. Das hier ist die Welt meines Vaters und er liebte sie. Er liebte den Orden und ihre Macht, ihr Ansehen, mehr als alles andere. Manchmal habe ich sogar geglaubt, dass er sie mehr liebte als seine Familie. Ich bin mir sicher, dass der alte Bastard jetzt von der Hölle aufschaut und zustimmend zu allem, was sie tun, nickt."

Ich drückte Sullys Hand fester. Er sah in die Ferne, über meinem Kopf die von Eichen gesäumte Auffahrt hinab. Die Blätter waren jetzt im Winter braun. Da, wo ich wohnte, hatten wir ähnliche Eichen und sie ließen ihre Blätter erst kurz vor dem Frühling fallen. Sie sind nicht wirklich immergrün. Trotzdem sind sie wahre Symbole für Könige und sie haben vieles miterlebt. In Sullys nächsten Worten schwang die Wahrheit mit.

„Und heute habe ich einen Eindruck davon bekommen, zumindest einen kleinen, warum er das tat, was er tat. Es ist ihm immer wichtig gewesen, seine Familie zu unterstützen und uns alle Träume zu ermöglichen er hat hart dafür gekämpft, dass seine Firma zu dem geworden ist, was sie zu Hochzeiten war. Dafür hat er teuer bezahlt, denn er ist viel zu früh gestorben, aber man kann nicht behaupten, dass der Mann keinen Ehrgeiz hatte."

Ich nahm war, dass Sully das Gesicht verzog, während er über seinen Vater sprach und wollte nichts mehr, als wieder die Arme um ihn zu schlingen. Und meine Beine. Ich wollte ihn mit meinem Körper umhüllen und ihn trösten und dafür sorgen, dass alles nur noch halb so schlimm war.

Die Schmerzen, die bei ihm verursacht wurden, da sein Vater so viel beschäftigt war und niemals Zeit für ihn hatte, taten mir in der Seele weh. Ich wollte die Zeit zurückdrehen und diesen Mann schütteln und ihn fragen, ob er nicht erkannte, wie großartig sein Sohn war. Ihn aufwecken. Ihm sagen, dass er großartig sei, dass er ihn wertschätzen solle und dass sie einander lieb haben sollten, solange sie Zeit dafür hatten. Die Blätter würden fallen und seine Zeit würde vergehen und dann wäre es zu spät.

Aber so etwas wie Zeitmaschinen gab es natürlich nicht. Alles, was wir nun tun konnten, war einander zu lieben, die Schmerzen, die unsere Eltern in uns hervorgerufen hatten, irgendwie zu mildern. Die Narben des anderen pflegen, sodass sie heilten, genauso wie das Brandmal auf meiner Hüfte.

„Du weißt, dass ich dich liebe oder?", fragte Sully plötzlich.

Ich verschluckte mich kurz, brachte aber irgendwie stotternd hervor: „W-was?"

Er sah zu mir hinab und grinste. „Du weißt genau, dass du mich liebst. Wahrscheinlich hast du dich zuerst in mich verliebt."

Ich schlug ihm auf die Brust. „Das habe ich nicht." Augenblicklich folgte allerdings: „Es ist doch offensichtlich, dass *du* dich zuerst in *mich* verliebt hast. Du konntest die Hände nicht von mir lassen."

Er ließ das große Lachen los, das ein Echo verursachte und dafür sorgte, dass alles in mir zu Leben erwachte. *Er sagte, dass er mich liebt!* Seine Worte wiederholten sich immer und immer wieder in meinem Gehirn und hinterließen kleine Elektroschocks. *Er liebt mich!*

„Baby, ich hasse es, dir etwas über Männer beibringen zu müssen, aber das heißt nicht, dass man jemanden liebt."

Ich schlug ihm erneut gegen die Brust. Fest. Und zog eine Augenbraue hoch. „Nun, wenn das deine Gefühle sind, dann muss ich meinen Körper ja in Zukunft nicht mehr so häufig hergeben."

Ich begann mich von ihm zu lösen, aber er legte die Arme um meine Taille und zog mich wieder an sich heran, allerdings so, dass sich sein Becken gegen mich drückte und plötzlich war sein Ausdruck ernst.

„Nein, Schöne, sag das nicht!" Er suchte in meinen Augen nach einem Anzeichen, ob ich es ernst meinte oder Spaß machte. „Außerdem warte ich noch immer darauf, dass du es auch sagst."

Ich schluckte, mein Mund fühlte sich plötzlich knochentrocken an. Aber er war so, so mutig gewesen und das konnte ich auch sein. „Ich liebe dich."

Einfach, geradeheraus, auf den Punkt.

Es dauerte nur etwa eine Millisekunde, nachdem ich die Worte gesprochen hatte, bis seine Lippen auf meine trafen. Wir küssten uns und küssten uns und küssten uns und tief in mir war etwas erwacht. Ich war wirklich kurz davor, alleine von dem Kuss zu kommen, als sich plötzlich hinter uns jemand laut räusperte, was dafür sorgte, dass ich mich von den besten Lippen, die es auf Gotts Erde gab, löste.

Es war Montgomery. Er stand auf der untersten Treppenstufe und lächelte, während er uns beobachtete. „Es ist vorbei. VanDoren Enterprises ist verkauft worden."

Sully nahm meine Hand und führte mich zu ihm herüber. „Was ist passiert? Wer besitzt das Erbe meines Vaters?"

Montgomerys Lächeln wurde noch breiter. „Ich."

Sully machte einen Schritt nach hinten und ich konnte

ihm ansehen, dass er nicht glücklich war. „Ich hatte nicht gedacht, dass du mich so hintergehen würdest, du Hurens—"

Montgomery verdrehte die Augen. „Ich habe sie gekauft, damit ich sie managen und führen kann, bis deine Schwester sie übernimmt, du Vollidiot."

Sullys Anspannung fiel augenblicklich von ihm ab. Er ließ meine Hand los, aber nur, damit er seine Arme um seinen Freund werfen und ihn enthusiastisch umarmen konnte. Es war eine kurze Umarmung, aber so wie sie aussahen, als die beiden Männer sich wieder voneinander trennten, war klar, dass sie beiden viel bedeutet hatte.

„Danke, Bruder", sagte Sully.

Montgomery nickte: „Natürlich."

„Also das war's jetzt?", fragte Sully. „Wir können einfach gehen?"

„Nun, du bist kein Mitglied, falls es das ist, was du wissen willst."

Sully lachte bitter auf. „Oh, nein, ich darf nicht mit Umhang herumrennen und armen Frauen, die wie Hunde gejagt werden und in Särgen vergraben werden, Angst einjagen? Entschuldige, Kumpel, aber das scheint eher deins zu sein als meins. Ich bin unglaublich froh, wenn ich diese verdammte Villa das letzte Mal im Rückspiegel sehe und werde niemals wieder daran denken."

Das brachte Montgomery sichtbar zum Zusammenzucken, aber Sully nahm seine Worte nicht zurück. Ich wusste, dass Sully noch immer wirklich wütend wegen all der grausamen Dinge war, die wir unter diesem Dach, auf diesem Grundstück erlebt hatten. Ich konnte mir Sully wirklich nicht als Mitglied des Ordens vorstellen.

Montgomery lehnte sich nach vorne und zog die Augenbrauen zusammen. „Das ist wirklich schade, denn ich versuche den Orden von innen zu ändern und ich hätte einen guten Mann wie dich wirklich brauchen können."

Sully schüttelte einfach nur den Kopf. „Ich habe für diesen Schwachsinn nicht die Geduld. Wenn ich etwas sehe, was so offensichtlich kaputt ist, will ich es komplett zerstören, nicht neu aufbauen."

Dann umarmte Sully ihn erneut und ich konnte die leisen Worte, die er Montgomery ins Ohr flüsterte, gerade so verstehen. „Aber danke dir, Bruder. Du kannst dir meines ewigen Danks gewiss sein, wegen dem, was du heute für mich getan hast. Das wird sich niemals ändern."

Als sie sich voneinander trennten, war es offensichtlich, dass auch Montgomery gerührt war, auch wenn er versuchte, es zu verstecken. Er räusperte sich erneut und deutete dann mit dem Daumen über die Schulter zurück auf die Villa. „Nun, ich gehe besser zurück. Sie bereiten gerade den Papierkram vor."

„Und was ist mit der Niere", fragte ich, denn ich brauchte ein wenig Gewissheit. „Ist sie wirklich auf dem Weg zu Reba?"

Montgomery lächelte. „Sie bereiten sie gerade auf die Operation vor."

Ich ergriff Sullys Hand. „Oh mein Gott, wir müssen los. Wir können es kaum mehr rechtzeitig schaffen!"

Sully verabschiedete sich über die Schulter von Montgomery, während ich ihn zurück zu seinem Truck zog, damit wir die zwanzigminütige Fahrt ins Krankenhaus beginnen konnten.

Den ganzen Weg über lag seine Hand auf meinem Knie, wo er kleine Kreise malte, um mich zu beruhigen.

EPILOG

Rafe Jackson

SIE HATTEN VERSUCHT, Sully lebendig unter ihren Sünden zu begraben, und trotzdem hatte er selbst geschafft, sich wieder zu befreien.

Ich beneidete den Mann.

Sie hatten ihr Bestes gegeben, ihn zu brechen, aber sie hatten keinen Erfolg.

Tatsächlich war es eigentlich offensichtlich, dass sie auf ganzer Bahn versagt hatten.

„Der Mann, der sich durch den Raum bewegt, scheint überhaupt nicht mehr der Sully zu sein, den wir alle kennen", stellte Montgomery fest, der neben mir stand. Wir beide beobachteten Sully und seine Freundin Portia, die gerade feierten, dass deren Schwester endlich aus dem Krankenhaus entlassen worden war. Sie hatte endlich ihre Niere bekommen und erholte sich gut.

„Wo ist das grimmige Arschloch, das wir alle lieben gelernt haben?", fragte ich mit einem leichten Grinsen im

Gesicht. Das Glück stand Sully gut... Vielleicht war es komisch und ungewohnt, es zu sehen, aber es stand ihm nichtsdestotrotz.

„Wenn ich es nicht mit eigenen Augen gesehen hätte, würde ich jeden, der behauptet, Sully sei verliebt, einen Lügner nennen", verkündete Beau, der mit einem Bier in der Hand neben uns trat.

Sully stand neben Portia, schlang die Arme um sie herum, sodass alle es sehen konnte und räusperte sich dann laut, bevor er zu sprechen begann. Beide hatten einen Drink in der Hand. „Ich möchte euch allen danken, dass ihr heute gekommen seid, um mit uns dieses mutige und starke Mädchen zu feiern. Es gibt niemanden, der so widerstandsfähig ist wie Reba."

Er hob das Glas und blickte zu Reba herüber, die auf der Couch saß, die den beiden am nächsten war. „Es war nicht einfach, aber es hat sich gelohnt. Auf gute Gesundheit und eine glückliche Zukunft."

Alle stimmten mit ein. Gläser und Flaschen trafen aufeinander.

Portia war die Nächste, die das Wort ergriff: „Und danke an alle, die geholfen haben, dass es wahr wurde." Sie drehte sich, sodass sie sich komplett Sully zugewendet hatte. Ihre Stimme wurde sanfter und sie begann zu strahlen. Ich hatte die Blicke, die die unterschiedlichsten Frauen im Laufe der Jahre für Sully reserviert hatten, im Gedächtnis, war jedoch sicher, dass keine ihn *so* angesehen hatte, wie sie. „Das hier wäre nicht passiert, wenn es dich nicht gäbe. Du warst an meiner Seite. Du hast meiner Familie geholfen und du selbst hast so viel aufgegeben. Danke, Sully. Meine Familie und ich, wir können dir nicht genug danken." Sie sah aus, als könnte sie sich kaum zurückhalten, als wolle sie ihm einfach nur um den

Hals fallen. Ihr Grinsen war breit und ihre Augen funkelten.

Aber sie schaffte es, sich zurückzuhalten und lenkte ihre Aufmerksamkeit wieder auf die Anwesenden im Raum. „Und danke an euch alle, alte Freunde und neue Freunde, die Reba angefeuert haben. Wir brauchten eure Unterstützung und wir sind so dankbar, dass wir stets Leute hatten, auf die wir uns verlassen konnten. Danke!"

Reba stand vom Sofa aus. Obwohl sie noch immer dünn und zerbrechlich wirkte, war es offensichtlich, dass sie auf dem Weg der Besserung war. Ohne ein einziges Wort umarmte sie Sully und die drei begannen eine Unterhaltung, während die Atmosphäre im Raum wieder intimer wurde.

„Er ist jetzt ein echter Softie", stellte Walker zu meiner Rechten fest. „Wer ist dieser Sully, der küsst und eine Frau förmlich anbetet?" Er lachte und schüttelte den Kopf. „Was zur Hölle haben sie mit ihm in Oleander angestellt?"

„Ist das, was auch uns passieren wird?", fragte Beau. „Wird man während der Aufnahme zu einem Schleimbolzen voller Gefühle?"

Montgomery lachte, zog die Augenbraue hoch und nahm dann einen großen Schluck von seinem Bourbon. „Weit daneben."

„Ist es wahr?", fragte ich. „Hat Sully wirklich nicht bestanden? Wird er jetzt niemals Mitglied im Orden? Ist alles vorbei? Oder kann er noch dagegen Einspruch einlegen?"

Montgomery schüttelte den Kopf. „Er wollte sowieso niemals Mitglied werden. Das wissen wir alle."

„Vielleicht sollten wir uns alle eine Scheibe von ihm abschneiden", überlegte Walker und seine Augen verdunkelten sich. „Der Orden des Silbernen Geistes ist nicht mehr, was er einst war. Mein Vater ist jetzt der höchste Älteste. Ob das so das Gelbe vom Ei ist..."

„Wussten wir jemals, was es wirklich bedeutete?", fragte ich. „Wir sind quasi programmiert darauf, zu glauben, dass wir ein Teil davon sein *müssen*. Es ist eine Pflicht. Vielleicht sind wir aber einfach geblendet? Vielleicht ist Sully der Einzige, der erkannt hat, was es wirklich ist." Ich blickte zu Montgomery hinüber. „Ich weiß, dass du nicht wirklich über das Aufnahmeritual sprechen darfst, aber was ich gehört habe... Es hört sich an, als würde hinter den Türen die Hölle auf uns warten."

Als alle Augenpaare auf ihm ruhten, begann Montgomery zu sprechen. Ihm war bewusst, dass wir uns alle nach Antworten von ihm sehnten, weil er der Einzige war, der die Aufgaben und Rituale erfolgreich absolviert hatte und somit Mitglied im Orden geworden war.

„Es ist alles krank", gab er zu. „Ich wünschte, ich könnte euch sagen, dass das Aufnahmeritual eine positive Erfahrung für euch sein wird. Nach allem, was ich durchgemacht habe und allem, was Sully und Portia durchmachen mussten, kann ich aber nicht sagen, dass ich glaube, dass das möglich ist. " Er schüttelte den Kopf und sah kurz auf den Boden. „Sie bringen einen an den Rande des Wahnsinns und haben keinerlei Respekt für die Schönheiten. Überhaupt keinen. Sully war nicht der Einzige, der alles hinschmeißen wollte, und ich bin mir sicher, dass ihr euch ebenso fühlen würdet."

„Würdest du es noch einmal machen?", fragte Walker.

Montgomery nickte. „So krank es sich anhört, das würde ich. Ich habe dabei die Liebe meines Lebens kennengelernt. Eine Zukunft ohne Grace kann ich mir nicht mehr vorstellen." Er ließ den Blick durch den Raum schweifen, bis er Grace fand, die gerade lachte und sich mit einer anderen

Frau unterhielt. „Und ich habe das Geschäft bekommen, von dem ich immer geträumt hatte."

Er nahm einen weiteren Schluck aus dem Glas in seiner Hand und fügte dann hinzu: „Aber ich werde euch nicht anlügen: Es wird nicht einfach werden. Keinesfalls. Es wird ziemlich schlimm werden."

„Warum zur Hölle machen wir es dann?", fragte Emmet, der soeben zur Gruppe gestoßen war, aber die Unterhaltung mitbekommen hatte. „Sollten wir nicht alle etwas mehr wie Sully sein und sagen, dass es reicht?"

„Sully wollte all das nie", warf ich ein. „Ich bin anders. Ihr seid alle anders. Ich möchte es. Ich brauche es. Es ist wichtig, dass ich das hier mache."

Jeder der Männer, der mich ansah, wusste genau, warum das so war. Für mich und für die meisten von ihnen auch. Soweit ich das einschätzen konnte, war es für sie alle so.

„Ich werde keine Schande auf meine—" Ich schluckte die Worte herunter. „Ich werde nicht einfach alles hinschmeißen, weil ich zu stolz bin. Das ist eben etwas, das wir alle wegen unseres Familiennamens hinter uns bringen müssen. Ich kann 109 Tage lang ein wahrer Mann sein und einfach mit allem umgehen, was meines Weges kommt."

Montgomery nickte. „Genau. Ich denke, das solltet ihr alle. Ehrlich gesagt möchte ich, dass jeder von euch Mitglied im Orden wird, damit wir in Zukunft etwas ändern können. Wir brauchen dringend frisches Blut."

Sully löste sich endlich von Portia und kam zu uns herüber. „Ich finde es wirklich toll, dass ihr alle gekommen seid. Ich weiß, ihr kennt Reba nicht, aber es bedeutet uns viel, dass ihr alle zur Party gekommen seid."

„Wären wir nicht erschienen, hätten wir ja verpasst, dass

du zum ersten Mal im Leben wirklich lächelst", zog ich ihn auf. „Unmöglich!"

Sully kicherte—das war auch ein ungewohnter Anblick und ein ungewohnter Laut. Er klopfte mir auf den Rücken und sagte dann: „Rafe, du bist als Nächster dran. Bist du bereit?"

„Habe ich eine Wahl?", entgegnete ich schulterzuckend.

War ich bereit? Wie konnte man dafür bereit sein? Anders als die anderen hatte ich nicht seit meiner Kindheit gewusst, dass das hier mein Schicksal sein würde. Erst in näherer Vergangenheit war klar geworden, dass ich eines Tages einen Platz in ihren Reihen einnehmen würde.

„Also, was geht zwischen dir und Portia?", fragte Montgomery Sully. „Machst du eine ehrliche Frau aus ihr?"

Sullys Blick fiel kurz auf Portia, die mit ihren Schwestern zusammenstand. Sie lachte und sah glücklicher aus, als ich für möglich hielt. „Das muss ich gar nicht. Das hier ist die ehrlichste und authentischste Person, die mir je begegnet ist. Sie hat nichts mit der Schönheit zu tun, die ich erwartet hatte, die ich hätte brechen sollen." Er sah Montgomery an: „*Sie* muss einen ehrlichen Mann aus *mir* machen. Vielleicht wird sie das eines Tages schaffen."

„Gott", entgegnete ich lachend. „Ich brauch noch einen Drink, sonst komm ich mit all dem Kitsch nicht klar."

Ich ließ meine Freunde stehen, machte mich auf den Weg hinüber zu dem Tisch, auf dem der Alkohol stand und stellte fest, dass der Bourbon leer war. Ich wollte noch etwas mehr und wusste, dass es den anderen Jungs früher oder später genauso gehen würde, also ging ich in Richtung der Küche, auf der Suche nach einer weiteren Flasche. Die Kellner schwärmten umher und bereiteten Tabletts mit Vorspeisen und Fleisch und Käse vor. Einige füllten Champagnergläser und hatten scheinbar keine Ahnung, dass die meisten der Gäste im Raum etwas stärkere Drinks bevorzugten.

Es war überhaupt nicht typisch für Sully, dass er für eine seiner Partys Kellner bestellte. Das war zu schick. Ich hatte allerdings langsam das Gefühl, dass es nichts auf dieser Welt gab, dass er nicht für Portia tun würde... Und wenn es ein Team aus Kellnern für die Party ihrer Schwester war.

„Kann ich Ihnen helfen?", ertönte eine weibliche Stimme hinter mir, während meine Augen die Küche nach einer neuen Flasche Bourbon absuchten.

Ich drehte mich um und erstarrte zur Salzsäule, bevor ich auch nur ein Wort gesagt hatte.

Sie trug ein weißes Oberteil und eine schwarze Hose, sowie eine schwarze Schürze...

Nein...

Fallon?

War das Fallon Perry, die hier vor mir stand?

„Rafe?", fragte sie und war offensichtlich genauso schockiert darüber, mich zu sehen, wie ich, sie hier anzutreffen. „Heilige Scheiße! Rafe!" Sie stellte das Tablett, das mit Essen gefüllt war, ab und kam herüber, um mich zu umarmen, hielt jedoch kurz vor der Berührung inne. „Wow. Wir haben uns echt lange nicht mehr gesehen."

Es war so, als hätte diese Frau mich direkt in die Magengrube geschlagen. Nun, wenn sie die Kraft hätte, konnte man es wahrscheinlich eher damit vergleichen, dass sie ihre Faust in meine Brust gerammt und mir das schlagende Herz herausgerissen hatte.

„Fallon... ich hätte dich fast nicht erkannt."

Sie kicherte und ließ die Finger durch ihre welligen, braunen Haare gleiten. „Ja, ich habe das mit den schwarzen Haaren kurz nach der High School aufgegeben. Die Tage des rebellischen Teenagers sind gezählt."

Der Schock wandelte sich zu Verlegenheit und ich wusste nicht recht, was ich sagen oder tun sollte. Sollte ich sie umarmen, obwohl sie selbst im Begriff gewesen und dann innehalten hatte? Sollte ich ihr ein Kompliment wegen ihrer Schönheit machen? Denn verdammt. Sie war wirklich wunderschön.

„Also, arbeitest du hier?", fragte ich.

Einfacher Small Talk würde reichen müssen.

Sie nickte, deutete auf ihre Uniform, die der gesamte Cateringservice trug. „Offensichtlich. Ich schätze, ich hätte wissen können, dass du hier sein würdest, schließlich waren du und Sully an der Darlington Prep gute Freunde."

„Ja, wir sind in Kontakt geblieben."

Gott, ihre Augen. Das Grün in ihnen funkelte selbst in dem Licht in der Küche. Diese Frau. Diese atemberaubende Frau. Kein dickes, schwarzes Make-up mehr. Keine Schatten, die ihre Gesichtszüge umhüllten oder weite Kleidung, um die Kurven zu verstecken. Dieses Mädchen... meine alte Jugendfreundin, nun... sie hatte nicht mehr viel mit dem Mädchen, das ich einst gekannt hatte, gemein.

Sie warf einen Blick auf das Tablett mit Essen, das sie gehalten hatte und sah dann mich an. „Nun, ich mache mich besser wieder an die Arbeit."

Ich nickte, aber ich wollte nicht, dass sie ging. „Wir sollten was trinken gehen oder so", schlug ich vor, wobei der Themenwechsel für meinen Geschmack ein wenig zu abrupt kam. „Über alte Zeiten quatschen."

Sie lächelte, während sie das Tablett hochhob. „Ja, das sollten wir." Wobei ich das Gefühl hatte, dass keiner von uns vorhatte, den Worten Taten folgen zu lassen.

Sie drehte sich auf dem Absatz um und ließ mich einfach stehen. Sie war wirklich eine Überraschung aus meiner Vergangenheit gewesen. Verdammt... sie war mehr als nur eine Überraschung.

Fallon Perry.

Meine Vergangenheit.

Meine Erinnerungen.

Meine Obsession.

Du hast noch nicht genug? Dann höre noch nicht mit dem Lesen auf.

Die Breaking Belles Serie geht mit

Unzähmbares Verlangen weiter.

Bist du bereit für Rafe Jacksons Geschichte?

Bestellen Sie jetzt den dritten Teil "Unzähmbares Verlangen" (geni.us/UnVe-DE-w) !

Hast du Lust auf eine Bonusszene mit einem Ritual zwischen Grace und Montgomery, dass dich wirklich schockieren wird? Für eine extra-heiße und dunkle Bonusszene, die so dreckig ist, dass sie es nicht einmal ins Buch geschafft hat, musst du jetzt nur https://BookHip.com/GVSCQB ...

EBENFALLS VON STASIA BLACK

Eine dunkle Stieffamilien-Liebesgeschichte

Daddys Süßes Mädchen (geni.us/DaSuMa-DE-w)

Dunkle Liebe im Geheimbund-Reihe

Elegante Fehltritte (geni.us/ElFe-DE-w)

Wunderschöne Lügen (geni.us/WuLu-DE-w)

Unzähmbares Verlangen (geni.us/UnVe-DE-w)

Geerbte Bosheit

Durchtriebene Rache

Ungezügeltes Verderben

Die Heirats-Verlosungen-Reihe

Von Ihnen Beschützt (geni.us/VoIhBe-DE-w)

Von Ihnen Vergnügt (geni.us/VoIhVe-DE-w)

Von Ihnen Geheiratet (geni.us/VoIhGe-DE-w)

Von Ihnen Angestachelt (geni.us/VoIhAn-DE-w)

Von Ihnen Freigekauft (geni.us/VoIhFr-DE-w)

Die Heirats-Verlosungen Box-Set

(geni.us/DiHeVe-DE-w)

Die Ländliche Leidenschaft-Reihe

Die Jungfrau und das Biest

(geni.us/DiJuUnDaBi-DE-w)

Hunter (geni.us/Hunter-DE-w)

Die Jungfrau von nebenan (geni.us/DiJuVoNe-DE-w)

EBENFALLS VON ALTA HENSLEY

Top Shelf Series

Bastarde & Whiskey (amazon.de/dp/B089GSNK3Q)

Verbrecher & Wodka (amazon.de/dp/B08BNFG2M6)

Schurken & Scotch (amazon.de/dp/B08CCGNSVC)

Teufel & Roggen (amazon.de/dp/B08DNTXY8Y)

Bestier & Bourbon (amazon.de/dp/B08GVGRWT3)

Sünder & Gin (amazon.de/dp/B08L12RXGD)

Captive Vow - Auf Ewig Dein (amazon.de/dp/B08GN8WPV6)

Die Wahrheit über Cinder (amazon.de/dp/B08LQ78NLQ)

Naughty Girl (amazon.de/dp/B08NCNQQK8)

Dark Fantasy Series

Schneewittchen & Die Sieben Jäger (amazon.de/dp/B089HJWZFB)

Rot Und Die Wölfe (amazon.de/dp/B089K8F2P5)

Die Königin Und Die Männer Des Königs
(amazon.de/dp/B089KCGRQR)

ÜBER STASIA BLACK

STASIA BLACK ist in Texas aufgewachsen. Nach fünf kurzen frostigen Jahren in Minnesota und ist nun glücklich im sonnigen Kalifornien beheimatet, das sie niemals wieder verlassen wird.

Sie liebt es zu schreiben, zu lesen, sich Podcasts anzuhören und nach einer zwanzigjährigen Pause hat sie kürzlich wieder mit dem Radfahren angefangen (und hat die entsprechenden Beulen und blauen Flecken, die das beweisen). Sie lebt mit ihrem persönlichen Cheerleader, aka ihrem gutaussehenden Ehemann und ihrem Teenager zusammen. (Wow, jetzt fühlt sie sich alt.) Und über sich selbst in der dritten Person zu schreiben, lässt sie ein wenig wie eine Spinnerin aussehen. Aber gut, wo waren wir?

Stasia fühlt sich zu romantischen Geschichten hingezogen, die sich nicht für den leichten Weg entscheiden. Sie will hinter die Fassade der Menschen blicken und ihren dunkelsten Stellen herausfinden, ihre verdrehten Motive und tiefsten Bedürfnisse. Im Grunde will sie Charaktere erschaffen, die die Leser abwechselnd lachen und weinen lassen und sie am liebsten ihr Kindle quer durch den Raum werfen wollen, nur um dann bekanntzugeben, dass sie einen neuen BBF (Besten-Bücher-Freund) haben.

Newsletter: geni.us/SBA-nw-de-cont-w
Website: stasiablack.com
Facebook: facebook.com/StasiaBlackAuthor

Twitter: twitter.com/stasiawritesmut
Instagram: instagram.com/stasiablackauthor
Goodreads: goodreads.com/stasiablack
BookBub: bookbub.com/authors/stasia-black

ÜBER ALTA HENSLEY

Alta Hensley ist eine Bestsellerautorin für heiße, dunkle und schmutzige Romantikbücher. Sie ist auch eine Amazon Top 100 Bestseller-Autorin. Als mehrfach veröffentlichte Autorin im Genre Romantik ist Alta bekannt für ihre dunklen, groben Alpha-Helden, manchmal auch süßen Liebesgeschichten, tabuisierten Unterthemen und spannenden Geschichten über den ständigen Kampf zwischen Dominanz und Unterwerfung.

Alta liebt es auch über soziale Medien mit ihren Lesern in Kontakt zu sein. Sie lädt alle ein, sich ihrem Facebook-Raum namens Altas Hot, Dark & Dirty Romance-Raum anzuschließen.

Newsletter: readerlinks.com/l/727720/nl
Website: www.altahensley.com
Facebook: facebook.com/AltaHensleyAuthor
Twitter: twitter.com/AltaHensley
Instagram: instagram.com/altahensley
BookBub: bookbub.com/authors/alta-hensley